Un extraño en casa

Shari Lapena

Un extraño en casa

Traducción de
Ana Momplet

Título original: *A Stranger in the House*
Primera edición: junio de 2018
Segunda edición: agosto de 2018

© 2017 by 1742145 Ontario Limited
© 2018, Penguin Random House Grupo Editorial, S. A. U.
Travessera de Gràcia, 47-49. 08021 Barcelona
© 2018, de la presente edición en castellano:
Penguin Random House Grupo Editorial USA, LLC.
8950 SW 74th Court, Suite 2010
Miami, FL 33156
© 2018, Ana Momplet, por la traducción

Adaptación del diseño original de portada de Zoe Norvell:
Penguin Random House Grupo Editorial
Fotografía de portada: Aurelia Frey / Plainpicture

ISBN: 978-1-947783-51-5

Impreso en Estados Unidos - *Printed in USA*

Penguin
Random House
Grupo Editorial

A Manuel, Christopher y Julia, siempre

Prólogo

No debería estar aquí.

Sale corriendo por la puerta trasera del restaurante abandonado y avanza a trompicones en la oscuridad —la mayoría de las farolas están quemadas o rotas— con la respiración entrecortada en ásperos jadeos. Corre como un animal aterrorizado hacia el lugar donde ha aparcado, apenas consciente de lo que hace. De algún modo logra abrir la puerta del coche. Se abrocha el cinturón sin pensar, da la vuelta con dos maniobras haciendo rechinar las ruedas y sale del aparcamiento, incorporándose a la calle con un giro temerario y sin frenar. Con el rabillo del ojo advierte algo en el centro comercial de enfrente que llama su atención, pero no tiene tiempo para asimilar lo que ve, porque ya está en una intersección. Se salta el semáforo en rojo, acelerando. No puede pensar.

Otro cruce; lo atraviesa como una bala. Va por encima del límite de velocidad, pero le da igual. Tiene que huir.

Otra intersección, otro semáforo en rojo. Hay coches cruzando. No para. Irrumpe en el cruce, esquivando un vehículo, sembrando el caos a su paso. Oye el rechinar de frenos y una bocina furiosa detrás de ella. Está a punto de perder el control del coche. Y entonces lo pierde: tiene un momento de claridad, de incredulidad, cuando pisa frenéticamente el freno y el automóvil derrapa, salta por encima del bordillo de la acera y se da de frente contra un poste.

1

En esta cálida noche de agosto, Tom Krupp aparca su coche —un Lexus alquilado— en el camino de entrada de su bonita casa de dos pisos. La vivienda, que cuenta con un garaje para dos automóviles, se alza tras un generoso tramo de césped y está enmarcada por preciosos árboles centenarios. A la derecha de la entrada para vehículos, un sendero de baldosas cruza hacia el porche y varios escalones llevan hasta una sólida puerta de madera en el centro de la fachada. A la derecha de la puerta de entrada hay un enorme ventanal que abarca toda la sala de estar.

La casa está en una calle ligeramente en curva y sin salida. Todas las residencias a su alrededor son igual de bonitas y bien conservadas, y se parecen bastante. Los vecinos son gente de éxito y acomodada; todo el mundo es un poco engreído.

Este tranquilo y próspero barrio residencial al norte del estado de Nueva York, habitado principalmente por parejas de profesionales y sus familias, parece ajeno a los problemas de la pequeña ciudad que lo rodea, ajeno a los problemas del mundo, como si el sueño americano siguiera vivo allí, tranquilo e inalterado.

Sin embargo, este apacible escenario no encaja con el estado de ánimo de Tom. Apaga las luces del coche y se queda un momento sentado a oscuras, odiándose.

De repente, se asusta al ver que el coche de su mujer no está en su lugar habitual en el camino de entrada. Automáticamente, mira su reloj: las nueve y veinte. Se pregunta si habrá olvidado algo. «¿Iba a salir?». No recuerda que mencionara nada, pero últimamente ha estado muy ocupado. «Tal vez ha ido simplemente a hacer algún recado y volverá en cualquier momento». Se ha dejado las luces encendidas; dan a la casa un resplandor de bienvenida.

Sale del coche a la noche de verano —huele a hierba recién cortada— tragándose su decepción. Tenía una necesidad bastante febril de ver a su mujer. Se queda parado un momento, con la mano apoyada en el techo del coche, y mira hacia el otro lado de la calle. Entonces coge su maletín y la chaqueta del traje del asiento del copiloto y cierra la puerta con un movimiento cansino. Avanza por el sendero, sube los escalones y abre la puerta. Algo no va bien. Contiene la respiración.

Tom se queda totalmente inmóvil en el umbral, con la mano apoyada en el pomo. Al principio no sabe qué es lo que le inquieta. Entonces cae en la cuenta. La puerta no está cerrada con llave. Esto en sí mismo no es raro; la mayoría de las noches llega a casa y abre directamente, porque casi siempre Karen está en casa, esperándole. Pero hoy ella se ha ido con su coche y ha olvidado cerrar con llave. Es muy extraño en su mujer, siempre tan maniática con cerrar las puertas. Suelta lentamente el aire de sus pulmones. «Puede que tuviera prisa y se le haya olvidado».

Sus ojos revisan rápidamente el salón, un sereno rectángulo de colores gris claro y blanco. Está completamente en calma; es evidente que no hay nadie en casa. Se ha dejado las luces encendidas, así que no tardará mucho. «Puede que haya salido a comprar leche». Probablemente le haya dejado una nota. Suelta las llaves sobre la mesita que hay junto a la entrada y va directamente a la cocina, en la parte trasera de la casa. Está hambriento. Se pregunta si Karen habrá cenado o si le ha estado esperando.

Está claro que ha estado preparando la cena. Hay una ensalada casi terminada; ha dejado un tomate a medio cortar. Observa la tabla de madera, el tomate y el afilado cuchillo a su lado. Hay pasta sobre la encimera de granito, lista para hervir, y una olla con agua sobre los fogones de acero inoxidable. El fuego está apagado y el agua de la olla, fría; mete el dedo para comprobarlo. Busca una nota en la puerta de la nevera, pero no hay nada escrito para él en la pizarra blanca. Frunce el ceño. Saca el móvil del bolsillo del pantalón y comprueba si le ha mandado algún mensaje y no lo ha visto. Nada. Ahora ya está un poco cabreado. Podría haberle avisado.

Tom abre la puerta de la nevera y se queda un minuto contemplando su contenido con la mirada perdida, luego coge una cerveza importada y decide ponerse a hacer la pasta. Está seguro de que ella va a volver en cualquier momento. Mira a su alrededor para ver qué se puede haber acabado. Hay leche, pan, salsa para la pasta, vino y parmesano. Comprueba el baño; hay mucho papel higiénico. No se le ocurre qué otra cosa puede ser tan urgente. Mientras espera a que hierva el agua, llama al móvil de Karen, pero no lo coge.

Un cuarto de hora más tarde la pasta está lista, pero no hay ni rastro de su mujer. Tom deja la pasta en el colador sobre el fregadero, apaga el fuego de la cazuela con la salsa y va hacia el salón con paso intranquilo. Ya ni se acuerda de que estaba hambriento. Mira por el ventanal la calle más allá del césped. «¿Dónde demonios está?». Empieza a ponerse nervioso. Vuelve a llamarla y oye una tenue vibración detrás de sí. Gira rápidamente la cabeza hacia el sonido y ve su móvil, vibrando sobre el respaldo del sofá. «Mierda. Se ha dejado el teléfono. ¿Cómo la localizo ahora?».

Empieza a buscar por toda la casa algún indicio de adónde ha podido ir. Arriba, en el dormitorio, le sorprende encontrar su bolso sobre la mesilla de noche. Lo abre con torpeza, sintiéndose un poco culpable por mirar en las cosas de su mujer. Es privado. Pero esto es una emergencia. Vuelca el contenido en medio de la cama perfectamente hecha. Su cartera está ahí, también su monedero para el dinero suelto, el pintalabios, un bolígrafo y un paquete de pañuelos de papel: está todo ahí. «Entonces, no ha salido a hacer un recado. Tal vez haya salido a echar una mano a alguna amiga. Alguna emergencia». Aun así, si iba a coger el coche, se habría llevado el bolso. Y, a estas horas, ¿no le habría llamado si pudiera? Podía coger prestado el teléfono de alguien. Esta falta de consideración no es propia de ella.

Se queda sentado en el borde de la cama, intentando comprender en silencio. El corazón le late demasiado deprisa. Algo no va bien. Cree que tal vez debería llamar a la policía. Se pregunta qué le dirán. «Mi mujer ha salido y no sé dónde está. Salió sin el móvil y el bolso. Se le ha olvidado cerrar la puerta con llave. No es propio de ella. En absoluto». Probablemente no le tomen en serio si ella lleva tan poco tiempo fuera. No ha visto ningún indicio de violencia. Nada fuera de su sitio.

De repente, se levanta de la cama y empieza a registrar toda la casa. Pero no encuentra nada sospechoso: ningún teléfono descolgado, ninguna ventana rota, ninguna mancha de sangre en el suelo. Sin embargo, su respiración está alterada como si hubiera sucedido.

Duda por un instante. Tal vez la policía piense que se han peleado. De nada servirá que les asegure que no han discutido, que les diga que casi nunca lo hacen. Que el suyo es un matrimonio casi perfecto.

En vez de llamar a la policía, vuelve corriendo a la cocina, donde Karen guarda la lista con sus números de teléfono, y empieza a llamar a sus amigos.

El agente Kirton menea la cabeza resignado, contemplando el desastre que tiene ante sí. La gente y los coches. Ha visto cosas que le han hecho vomitar en el acto. Esta vez no ha sido tan horrible.

Aún no han identificado a la víctima del accidente, una mujer de unos treinta y pocos años. Ni bolso, ni cartera. Pero los papeles del vehículo y del seguro estaban en la guantera. El coche se encuentra registrado a nombre de una tal Karen Krupp, con domicilio en Dogwood Drive, número 24. Va a tener que darle unas cuantas explicaciones. Y enfrentarse a unos cuantos cargos. Por ahora, una ambulancia se la ha llevado a un hospital cercano.

Por lo que de momento puede deducir, y según los testigos, iba conduciendo a todo gas. Se saltó un semáforo en rojo y fue a dar con el Honda Civic rojo de cabeza contra un poste. Es un milagro que nadie más haya resultado herido.

«Probablemente estuviese colocada», piensa Kirton. Ellos le harán las pruebas de toxicología.

Se pregunta si el coche era robado. Es fácil averiguarlo.

El caso es que no tenía aspecto de ladrona de coches ni de yonqui. Parecía un ama de casa. Por lo que ha podido ver entre tanta sangre.

Tom Krupp ha llamado a la gente con la que sabe que Karen se ve más a menudo. Si ellos ignoran dónde puede estar, entonces no va a esperar más. Va a llamar a la policía.

La mano le tiembla al descolgar el teléfono otra vez. Se siente enfermo del miedo.

Una voz contesta: «911. ¿Dónde es la emergencia?».

En cuanto abre la puerta y ve al policía con gesto serio en la entrada, Tom sabe que algo muy malo ha ocurrido. Le inunda un temor que le produce náuseas.

—Soy el agente Fleming —se presenta el policía, enseñándole la placa—. ¿Puedo pasar? —pregunta respetuosamente, en voz baja.

—Han llegado rápido —responde Tom—. He llamado al 911 hace un par de minutos. —Tiene la sensación de estar entrando en shock.

—No vengo por una llamada al 911 —contesta el agente.

Tom le hace pasar al salón y se deja caer en el gran sofá blanco como si le fallaran las piernas, sin siquiera mirar a la cara al policía. Quiere posponer todo lo posible el momento de la verdad.

Pero ese momento ha llegado. Apenas puede respirar.

—Agache la cabeza —dice el agente Fleming, poniendo una mano suavemente sobre su hombro.

Tom inclina la cabeza hacia su regazo, sintiendo que se va a desmayar. Cree que su mundo está a punto de desaparecer. Tras un momento, alza la mirada; no tiene ni idea de lo que le espera, pero sabe que no puede ser bueno.

2

Los tres chicos —dos de trece años y uno de catorce, al que empieza a asomarle un poco de vello sobre el labio superior— están acostumbrados a actuar sin control. En esta parte de la ciudad los chavales crecen rápido. Por las noches no están en sus casas, frente a las pantallas del ordenador haciendo sus deberes o en la cama. Están por ahí buscando problemas. Y parece que los han encontrado.

—Tío —dice uno, parándose en seco al atravesar la puerta del restaurante abandonado donde van a veces para fumarse un porro, cuando lo tienen. Los otros dos aparecen a su lado y se detienen, tratando de ver en la oscuridad.

—¿Qué es eso?

—Creo que es un muerto.

—No jodas, Sherlock.

Con los sentidos aguzados de repente, los tres se quedan inmóviles, temiendo que haya alguien más allí. Pero comprueban que están solos.

Uno de los más jóvenes suelta una risita nerviosa de alivio.

Avanzan con curiosidad, observando el cadáver en el suelo. Es un hombre, tirado boca arriba, con evidentes agujeros de bala en la cara y el pecho. Lleva una camisa de color claro, empapada en sangre. Ninguno de ellos es ni en lo más remoto impresionable.

—¿Llevará algo encima? —pregunta el mayor.

—Lo dudo —responde uno de los otros.

Pero el de catorce años desliza la mano hábilmente en un bolsillo de los pantalones del hombre y saca una cartera. La registra.

—Parece que estamos de suerte —dice sonriendo mientras levanta la cartera para que la vean. Está llena de billetes, pero a oscuras es demasiado difícil saber cuánto hay. Saca un móvil del otro bolsillo del muerto—. Cogedle el reloj y las cosas —apremia a los otros mientras recorre el suelo con la mirada buscando una pistola. Sería genial encontrar un arma, pero no ve ninguna.

Uno de los chicos le quita el reloj. Al otro le cuesta sacarle al cadáver un pesado anillo de oro del dedo, pero finalmente lo consigue y se lo mete en el bolsillo de los vaqueros. Luego le pasa al hombre la mano por el cuello para ver si lleva cadena. No la lleva.

—Quitadle el cinturón —ordena el mayor, claramente el líder—. Y los zapatos también.

Ya habían robado antes, aunque nunca a un cadáver. Están flipando de la emoción, con la respiración acelerada. Han cruzado una especie de línea.

—Hay que largarse de aquí —dice entonces el mayor—. Y nada de contárselo a alguien.

Los otros dos miran al chico más alto y asienten sin pronunciar palabra.

—Nada de fardar de lo que hemos hecho. ¿Entendido? —advierte el mayor.

Vuelven a asentir, con rotundidad.

—Si alguien pregunta, no hemos estado aquí. Vámonos.

Los tres chicos salen rápidamente del restaurante abandonado llevándose consigo las pertenencias del muerto.

Tom sabe por la voz y la expresión del agente que las noticias son muy malas. La policía tiene que dar noticias trágicas a la gente todos los días. Ahora le toca a él. Pero Tom no quiere saberlo. Quiere que la noche vuelva a empezar: bajarse del coche, entrar por la puerta y encontrar a Karen en la cocina, preparando la cena. Quiere rodearla con sus brazos, aspirar su olor y abrazarla fuerte. Quiere que todo sea como antes. Si no hubiera llegado a casa tan tarde, tal vez lo sería. Puede que esto sea culpa suya.

—Me temo que ha habido un accidente —dice el agente Fleming, con voz grave y los ojos llenos de empatía.

Lo sabía. Tom se queda aturdido.

—Su esposa ¿conduce un Honda Civic rojo? —pregunta el policía.

Tom no contesta. Esto no puede estar pasando.

El agente le lee un número de matrícula.

—Sí —contesta Tom—. Es su coche. —Su voz suena extraña, como si viniera de otro lugar. Mira al agente. El tiempo parece haberse ralentizado. Ahora se lo va a decir. Va a comunicarle que Karen ha muerto.

—La conductora está herida. No sé de cuánta gravedad. Está en el hospital —informa el agente Fleming con suavidad.

Tom se cubre el rostro con las manos. ¡No está muerta! Está herida; pero siente que le brota una desesperada esperanza de que tal vez no esté tan grave. Puede que todo se arregle. Se retira las manos de la cara, inspira profunda y temblorosamente, y pregunta:

—¿Qué demonios ha pasado?

—Ha sido un accidente de un solo vehículo —explica en voz baja el agente Fleming—. El coche chocó con un poste, de frente.

—¿Qué? —pregunta Tom—. ¿Cómo puede chocar un coche con un poste sin motivo? Karen es muy buena conductora. Nunca ha tenido un accidente. Alguien ha debido provocarlo. —Advierte la expresión cautelosa del agente. ¿Qué es lo que no le está contando?

—La conductora no llevaba identificación —dice Fleming.

—Se dejó el bolso aquí. Y el móvil. —Tom se frota la cara con las manos, tratando de mantener la compostura.

Fleming inclina la cabeza a un lado.

—¿Va todo bien entre su esposa y usted, señor Krupp?

Tom le mira con incredulidad.

—Sí, claro que sí.

—¿No han discutido, ni se les han ido las cosas un poco de las manos?

—¡No! Yo ni siquiera estaba en casa.

El agente Fleming se sienta en el sillón frente a él, se inclina hacia delante.

—Porque las circunstancias..., en fin, cabe una leve posibilidad de que la mujer que conducía el coche, la que ha sufrido el accidente, no sea su esposa.

—¿Cómo? —exclama Tom, sorprendido—. ¿Por qué? ¿Qué quiere decir?

—Dado que no llevaba identificación, en este momento no sabemos con certeza si su esposa era quien conducía, solamente que el coche era suyo.

Tom se queda mirándole, mudo.

—El accidente ocurrió en la parte sur de la ciudad, en la esquina de Prospect con Davis Drive —continúa el agente Fleming, clavándole una mirada llena de intención.

—No puede ser —dice Tom. Es una de las peores zonas de la ciudad. Karen nunca va por ahí de día, mucho menos sola y de noche.

—¿Se le ocurre alguna razón por la que su mujer, Karen, pudiera ir conduciendo de forma temeraria, por encima del límite de velocidad y saltándose semáforos en rojo, en esa parte de la ciudad?

—¿Cómo? ¿Qué me está diciendo? —Tom mira al agente con incredulidad—. Karen nunca iría a esos barrios. Nunca superaría el límite de velocidad y nunca se saltaría un semáforo. —Se deja caer contra el respaldo del sofá. Nota cómo le inunda una sensación de alivio—. No es mi mujer —asegura con certeza. Conoce a su esposa y ella nunca haría algo así. Casi sonríe—. Es otra persona. Alguien debe de haberle robado el coche. ¡Gracias a Dios!

Vuelve a mirar al agente de policía, que sigue observándole, profundamente preocupado. Y entonces se da cuenta y el pánico le vuelve de inmediato.

—Entonces, ¿dónde está mi mujer?

3

Necesito que me acompañe al hospital —dice
el agente Fleming.

Tom no logra entender del todo lo que está pasando. Levanta la vista hacia el policía.

—Perdón, ¿qué ha dicho?

—Ahora debe usted acompañarme al hospital. Necesitamos una identificación, de un modo u otro. Tenemos que saber si la mujer que está en el hospital es su esposa. Y, si no lo es, tenemos que encontrarla. Me contó que había llamado al 911. Ella no está en casa y su coche ha sufrido un accidente.

Tom asiente de inmediato, comprendiendo al fin.

—Sí.

Coge rápidamente su cartera y sus llaves —le tiemblan las manos— y sale de casa detrás del agente, se mete en el asiento trasero de un coche patrulla blanco y negro aparcado en la calle. Tom se pregunta si los vecinos lo estarán viendo. Piensa fugazmente qué se imaginarán, viéndole sentado en el asiento de atrás de un vehículo de la policía.

Cuando llegan al hospital Mercy, Tom y el agente Fleming entran por Urgencias a la ruidosa y abarrotada sala de espera. Tom camina nervioso de un lado a otro por el suelo liso y reluciente, mientras el agente Fleming trata de encontrar a alguien que les pueda decir dónde está la víctima del accidente. Mientras espera, la ansiedad se desata en él. Casi todos los asientos están ocupados y hay pacientes en camillas a lo largo del pasillo. Policías y ayudantes de ambulancia van y vienen. El personal del hospital trabaja sin cesar detrás del metacrilato. Varias pantallas grandes de televisión colgadas del techo emiten una serie de vídeos aburridos sobre salud pública.

Tom no sabe qué esperar. No quiere que la mujer herida sea Karen. Es posible que esté grave. No puede ni pensarlo. Por otro lado, no saber dónde se encuentra, temer lo peor... «¿Qué demonios ha pasado esta noche? ¿Dónde está?».

Por fin, Fleming le llama desde el otro lado de la abarrotada sala de espera. Tom se apresura hacia él. Junto a Fleming hay una enfermera con gesto preocupado.

—Lo siento —dice ella suavemente, mirando a Tom primero y después al agente—, ahora mismo le están haciendo una resonancia. Tendrán que esperar. No debería tardar mucho.

—Debemos identificar a esa mujer —insiste Fleming.

—No voy a interrumpir una resonancia —responde la enfermera con firmeza. Mira a Tom con empatía—. Verán —añade—, tengo la ropa y los efectos personales que llevaba la mujer encima cuando llegó. Si quieren, se los puedo enseñar.

—Sería de gran ayuda —contesta Fleming, mirando a Tom. Este asiente.

—Acompáñenme. —Los conduce por un largo pasillo hasta una habitación cerrada, que abre con una llave. A continuación rebusca entre varios armarios abarrotados, saca una bolsa de plástico transparente con una etiqueta y la deja sobre una mesa de acero. Los ojos de Tom se clavan inmediatamente en el contenido. En su interior hay una blusa estampada que reconoce al instante. Le invade una ola de náuseas. Karen la llevaba puesta esta misma mañana, cuando se fue a trabajar.

—Necesito sentarme —dice Tom y traga saliva.

El agente Fleming le acerca una silla y Tom se deja caer sobre ella, contemplando la bolsa transparente con los efectos personales de su mujer. La enfermera se ha enfundado unos guantes de látex y empieza a sacar cuidadosamente los artículos, colocándolos sobre la mesa. La blusa estampada, los vaqueros, las zapatillas de correr. Hay salpicaduras de sangre en la blusa y los vaqueros. Tom nota un poco de vómito en la boca, pero se lo traga. El sujetador y las bragas de su mujer también están manchados de sangre. En otra bolsita con cierre hermético están su alianza y su anillo de compromiso, y la cadenita de oro con un diamante que le regaló por su primer aniversario de boda.

Alza la vista hacia el agente a su lado con incredulidad y dice, con la voz quebrada:

—Son suyos.

Poco después, el agente Fleming vuelve a comisaría y se encuentra con el agente Kirton en la cafetería. Ambos cogen un café y buscan sitio para sentarse.

—Pues el coche no era robado —dice Kirton—. Esa mujer iba conduciendo su propio coche de esa manera. ¿Qué demonios...?

—No tiene sentido.

—Debía de ir puesta hasta las trancas.

Fleming le da un sorbo al café.

—El marido está en shock. Cuando le dije dónde se produjo el accidente y cómo ocurrió, no podía creer que fuera su esposa. Casi me convence de que tenía que ser otra mujer. —Fleming menea la cabeza—. Se quedó helado cuando reconoció su ropa.

—Bueno, muchas amas de casa tienen una afición secreta por las drogas y sus mariditos ni se lo huelen —replica Kirton—. Puede que estuviera en esa zona por eso, que se colocara y luego se le fuera la cabeza en el coche.

—Es posible. —Fleming hace una pausa y da otro sorbo a su café—. Con la gente nunca se sabe. —Lo siente por el marido, parecía como si le hubieran dado un puñetazo en el estómago. Fleming ha visto muchas cosas a lo largo de sus años en el cuerpo y sabe que algunas personas de las que nunca te lo esperarías esconden serios problemas con las drogas. Y comportamientos muy sospechosos para mantener su hábito. Mucha gente tiene secretos sucios. Fleming se encoge de hombros—. Cuando nos dejen verla, puede que nos cuente qué demonios hacía. —Da un último trago a su café—. Seguro que a su marido también le gustaría saberlo.

Tom sigue en la sala de espera de Urgencias, caminando de un lado a otro preocupado y esperando. Trata de recordar si su esposa estaba distinta, si había algo inusual en ella estos últimos días. No se le ocurre nada, pero ha estado muy ocupado con el trabajo. ¿Se le ha pasado algo por alto?

¿Qué demonios hacía en esa parte de la ciudad? ¿Y yendo por encima del límite de velocidad? Lo que la policía dice que ha hecho esta noche es tan poco propio de ella que no llega a creerlo. Y sin embargo... es Karen quien está ahí dentro con los médicos. En cuanto pueda hablar con ella, se lo preguntará. Después de decirle lo mucho que la quiere.

No puede evitar pensar que si hubiese vuelto a casa antes, como debería, en lugar de...

—¡Tom!

Al oír su nombre, se vuelve. En cuanto llegó al hospital, llamó a su hermano Dan y ahora le ve avanzando hacia él, con su cara de niño fruncida de preocupación. Tom nunca se ha alegrado tanto de ver a nadie.

—Dan —contesta aliviado.

Se dan un abrazo rápido y se sientan en las duras sillas de plástico, uno enfrente del otro, lejos de la multitud. Le pone al corriente. Resulta extraño que Tom se apoye en su hermano menor; normalmente es al revés.

—Tom Krupp —anuncia una voz desde el otro extremo del barullo de la sala de espera.

Se levanta de golpe y va apresuradamente hacia el hombre de bata blanca, con Dan pisándole los talones.

—Soy Tom Krupp —dice con voz temblorosa.

—Y yo el doctor Fulton. He estado tratando a su mujer —contesta, con un tono más expeditivo que cordial—. En el accidente ha sufrido bastantes traumatismos en la cabeza. Le hemos hecho una resonancia magnética. Tiene una conmoción cerebral, pero afortunadamente no hay hemorragia en el cerebro. Ha tenido mucha suerte. El resto de las lesiones son bastante leves. Tiene la nariz rota. Hematomas y cortes. Pero se recuperará.

—Gracias a Dios —responde Tom, hundiendo los hombros aliviado. Se vuelve a mirar a su hermano con los ojos llenos de lágrimas. En ese momento se da cuenta de lo mucho que se ha estado conteniendo.

El médico asiente con la cabeza.

—El cinturón de seguridad y el airbag le han salvado la vida. Estará dolorida durante algún tiempo y va a tener una cefalea importante, pero con el tiempo se recuperará. Tendrá que tomarse las cosas con calma. La enfermera les explicará cómo llevar la conmoción cerebral.

Tom asiente.

—¿Cuándo puedo verla?

—Ahora —contesta el médico—, solo usted de momento, y no mucho tiempo. La hemos llevado a la cuarta planta.

—Esperaré aquí —dice Dan.

Y, al pensar en ver a Karen, Tom siente un cosquilleo de inquietud.

4

Haren no puede moverse. Ha pasado por varios periodos de inconsciencia. Ahora, cada vez más consciente del dolor, gime.

Aunque le cuesta mucho, hace un esfuerzo por parpadear y abre los ojos. Tiene unos tubos insertados en el brazo. Está ligeramente incorporada y la cama tiene raíles de metal a los lados. Las sábanas son de alguna institución, blancas. Se da cuenta inmediatamente de que está en una cama de hospital y le inunda la alarma. Gira la cabeza muy levemente y siente punzadas de dolor. Se estremece y la habitación empieza a dar vueltas. Una mujer que es claramente enfermera entra en su borroso campo de visión y se queda ahí rondando, con una forma indefinida.

Intenta enfocar la vista, pero no puede. Trata de hablar, pero parece que no puede mover los labios. Se siente como si fuera de plomo, como si tuviera pesos lastrándola. Parpadea. Ahora hay dos enfermeras. No, es solo una; está viendo doble.

—Ha tenido un accidente de coche —dice la enfermera en voz baja—. Su marido está fuera. Voy a buscarle. Se va a alegrar mucho de verla. —Sale de la habitación.

«Tom», piensa aliviada. Se pasa la lengua torpemente por el interior de la boca. Tiene mucha sed. Necesita agua. Nota la lengua hinchada. Se pregunta cuánto tiempo lleva allí y cuánto tiempo estará así, inmovilizada. Le duele todo el cuerpo, pero lo peor es la cabeza.

La enfermera vuelve a entrar en la habitación, trayéndole a su marido como si fuera un regalo. Su vista está cada vez menos borrosa. Puede ver a Tom nervioso y agotado, sin afeitar, como si hubiera pasado toda la noche despierto. Aunque sus ojos la hacen sentir a salvo. Quiere sonreírle, pero no lo consigue.

Tom se inclina sobre ella, mirándola con amor.

—¡Karen! —susurra y le coge la mano—. Menos mal que estás bien.

Intenta decir algo, pero lo único que sale es un ronco gemido. La enfermera le acerca con prontitud un vaso de plástico con agua y una pajita quirúrgica doblada hacia su boca para que pueda beber. Sorbe codiciosamente. Cuando termina, la enfermera aparta el vaso.

Intenta hablar otra vez. Le cuesta demasiado esfuerzo y desiste.

—No pasa nada —dice su marido. Levanta la mano para quitarle el pelo de la frente, un gesto familiar, pero la aparta de un modo extraño—. Has tenido un accidente. Pero te vas a poner bien. Estoy aquí. —La mira a los ojos intensamente—. Te quiero, Karen.

Ella intenta levantar la cabeza, solo un poco, pero la recompensa es un dolor punzante, abrasador, mareo y náuseas. Oye que alguien más entra por la puerta de la pequeña habitación. Es un hombre, más alto y esbelto que su marido, casi cadavérico, y lleva una bata blanca y un estetoscopio al cuello. Se acerca a la cama y la mira como desde muy arriba. Su marido le suelta la mano y se aparta para dejarle espacio.

El médico se inclina hacia ella y apunta una linternita sobre sus ojos, primero uno y después el otro. Parece satisfecho y vuelve a guardar la linterna en el bolsillo.

—Ha sufrido una conmoción cerebral grave —explica—. Pero se pondrá bien.

Karen por fin encuentra su voz. Mira hacia el hombre despeinado y desaliñado al lado del médico de bata blanca y susurra:

—Tom.

Tom siente el corazón henchido contemplando a su esposa. Llevan casi dos años casados. Esos son los labios que besa cada mañana y cada noche. Conoce esas manos tan bien como las suyas. Ahora mismo, sus preciosos ojos azules, envueltos en hematomas, parecen llenos de dolor.

—Karen —susurra. Se acerca un poco más y dice—: ¿Qué ha sucedido esta noche?

Ella le mira sin comprender.

Tom insiste, tiene que saberlo. Su voz adopta un tono de urgencia.

—¿Por qué saliste tan rápido de casa? ¿Adónde ibas?

Karen empieza a negar con la cabeza, pero desiste y cierra los ojos un instante. Vuelve a abrirlos y consigue murmurar:

—No lo sé.

Tom la mira abatido.

—Tienes que saberlo. Sufriste un accidente. Ibas por encima del límite de velocidad y chocaste contra un poste.

—No me acuerdo —responde lentamente, como si necesitara hasta su última gota de energía para decirlo. Sus ojos están clavados en los de él y parece asustada.

—Es importante —insiste Tom con tono casi desesperado, acercándose más. Ella se aparta, hundiéndose más en la almohada.

El médico interviene.

—Dejemos que descanse por ahora. —Dice algo en voz baja a la enfermera y hace un gesto a Tom para que le acompañe.

Tom sale de la habitación detrás del médico, girándose otra vez para ver a su mujer en la cama del hospital.

Debe de ser la lesión en la cabeza, piensa preocupado. Tal vez sea más grave de lo que creían.

Con la mente a mil por hora, Tom sigue al doctor Fulton por el pasillo. Hay un silencio inquietante; Tom recuerda que es plena noche. El médico encuentra una habitación libre detrás del puesto de enfermeras.

—Siéntese —dice el médico tomando una silla libre.

—¿Por qué no recuerda lo que pasó? —pregunta Tom, frenético.

—Siéntese —repite con firmeza Fulton—. Intente tranquilizarse.

—De acuerdo —acepta Tom, cogiendo la única silla que queda en el hacinado espacio. Pero le cuesta mantener la calma.

—No es raro que los pacientes con traumatismo craneal sufran amnesia retrógrada durante un breve periodo de tiempo —explica el médico.

—¿Qué quiere decir?

—Después de un traumatismo físico en la cabeza, o incluso de un trauma emocional, el paciente puede perder temporalmente sus recuerdos de lo ocurrido justo antes de que este se produjera. La pérdida de memoria puede ser leve, o más seria. Por lo general, con un golpe en la cabeza, también se produce otro tipo de amnesia: problemas con la memoria a corto plazo después del accidente. Es probable que también la sufra durante un tiempo. Pero a veces puede ser retrógrada y más amplia. Creo que eso es lo que ocurre en este caso.

El médico no parece demasiado preocupado. Tom intenta decirse a sí mismo que esto debería tranquilizarle.

—¿Recuperará la memoria?

—Desde luego yo creo que sí —contesta el médico—. Solo tenga paciencia.

—¿Hay algo que pueda hacer para ayudarla a recuperarla antes? —Se muere por saber qué le ocurrió a Karen.

—La verdad es que no. Lo que necesita es descanso. El cerebro tiene que curarse. Estas cosas llevan su tiempo.

El busca del médico vibra y lo mira, se disculpa y deja a Tom solo con todas sus preguntas.

5

A la mañana siguiente, Brigid Cruikshank, buena amiga de Karen y vecina de enfrente, está sentada en la sala de la cuarta planta del hospital Mercy con las agujas de tejer en su regazo, devanando el suave ovillo amarillo que hay en una bolsa de tela a sus pies. La sala, iluminada por amplias ventanas que se asoman al abarrotado aparcamiento, no se encuentra lejos de los ascensores. Brigid está haciendo un jersey de bebé, pero se está saltando puntos y cabreándose con el jersey, aunque sabe que en realidad no es con la prenda con quien está enfadada.

Distingue a Tom —con vaqueros y una camiseta lisa, alto y anguloso, el pelo enmarañado— caminando hacia los ascensores. Parece que le coge desprevenido cuando la ve. Puede que no le agrade demasiado que esté allí. Y a ella tampoco le sorprende del todo. Es posible que Karen y él quisieran un poco de intimidad. Hay gente así.

Pero necesita saber lo que está pasando, así que, cuando sus miradas se cruzan, ella no aparta los ojos, hasta que él se acerca lentamente hacia donde está sentada.

Le observa preocupada.

—Tom, me alegro tanto de verte... He estado intentando llamarte. Siento mucho lo de...

—Sí —la interrumpe él bruscamente. Se sienta a su lado, inclinándose hacia delante y apoyando los codos en las rodillas. Tiene muy mal aspecto, como si llevara veinticuatro horas sin dormir. Probablemente sea ese el caso.

—He estado preocupada —dice Brigid. Tom la llamó dos veces anoche: la primera para ver si tenía alguna idea de dónde estaba Karen y la segunda, ya desde el hospital, para decirle que había tenido un accidente de coche. Pero aquella llamada fue breve y Tom colgó de manera brusca, sin darle detalles. Ahora se muere por saber más. Quiere que se lo cuente todo—. Dime qué ha pasado.

Tom clava la mirada al frente, evitando la de ella.

—Estampó el coche contra un poste.

—¿Cómo?

Asiente con la cabeza lentamente, como si el cansancio fuera insoportable.

—La policía dice que iba por encima del límite de velocidad, que se saltó un semáforo en rojo. De alguna manera, chocó contra un poste.

Brigid se queda observándole un minuto.

—¿Qué dice ella que pasó? —pregunta finalmente.

Ahora sí la mira y Brigid ve una especie de indefensión en sus ojos.

—Dice que no lo recuerda. Ni el accidente, ni nada de lo que ocurrió inmediatamente antes —contesta—. No recuerda nada de anoche.

—¿En serio?

—Sí, en serio —responde Tom—. El médico me ha dicho que es normal después de una lesión como la suya.

Brigid aparta los ojos y vuelve a mirar sus agujas.

—Bueno, pero ¿recuperará la memoria? —pregunta.

—Creen que sí. Eso espero. Porque me gustaría saber qué demonios estaba haciendo. —Titubea un momento, como si no estuviera seguro de querer contarle nada más. Después añade—: Se fue sin el bolso y olvidó cerrar la puerta con llave. Como si tuviera prisa.

—Qué extraño. —Brigid se queda en silencio un instante. Finalmente agrega—: Estoy segura de que se recuperará. —De algún modo suena inapropiado, pero Tom no parece percatarse.

Suelta un fuerte suspiro y dice:

—Y tengo que lidiar con la policía.

—¿La policía? —pregunta rápidamente Brigid, mirándole de nuevo. Nota unas arrugas que no había visto antes en su rostro.

—Están investigando el accidente —explica Tom—. Probablemente presenten cargos.

—¡Oh! —exclama Brigid, dejando a un lado sus agujas—. Lo siento mucho, Tom. No es lo que necesitas oír ahora mismo, ¿verdad?

—No.

La voz de Brigid se suaviza.

—Si quieres un hombro sobre el que llorar, ya sabes que estoy aquí, ¿verdad? Los dos lo sabéis.

—Claro —responde Tom—. Gracias. —Se levanta—. Voy a buscar un café. ¿Quieres uno?

Ella niega con la cabeza.

—No, gracias. Estoy bien. Pero ¿puedes decirle a Karen que estoy aquí?

—Sí. Pero tal vez estés perdiendo el tiempo. No creo que le apetezca ver a nadie hoy. Tiene mucho dolor, así que le están dando analgésicos fuertes. Está bastante atontada y desorientada. Quizá deberías irte a casa.

—Voy a esperar un poco más. Por si le apetece —dice Brigid y vuelve a coger las agujas de punto. Cuando Tom se da la vuelta y va hacia los ascensores, alza la vista de su regazo y se queda observándole. No se cree que Karen no quiera verla, solo un minuto. No se quedará mucho. Cuando ve a Tom desaparecer en el ascensor y oye que se cierran las puertas, Brigid recoge sus cosas y va hacia la habitación 421.

Karen mueve las piernas con impaciencia bajo las sábanas blancas. Está incorporada sobre las almohadas. Esta mañana se siente algo mejor, y piensa y habla con más claridad. Se pregunta cuánto tiempo seguirá allí.

Oye un golpecito en la puerta entreabierta y sonríe débilmente:

—Brigid —dice—. Pasa.

—¿Se puede? —pregunta Brigid en voz baja, acercándose a la cama—. Tom dijo que a lo mejor no querrías verme.

—¿Por qué iba a decir eso? Claro que me alegro de verte. Ven, siéntate. —Da unas lánguidas palmadas sobre la cama.

—¡Hala, mira cuántas flores! —exclama Brigid.

—Son todas de Tom —contesta Karen—. Me está cubriendo de rosas.

—Ya lo veo —dice Brigid, sentándose con cuidado en el borde de la cama. Observa a Karen atentamente—. Qué mal aspecto tienes...

—¿Sí? —responde Karen—. No me han dejado acercarme a un espejo. Me siento como FrankenKaren. —La broma es un intento de mantener a raya el miedo que siente desde que tomó conciencia de que había tenido un accidente; un accidente del que no recuerda nada. Se alegra de ver a Brigid, su mejor amiga. Es una distracción y un alivio para la ansiedad casi sobrecogedora que siente. Le da una sensación de normalidad, cuando poco más lo hace.

No sabe qué sucedió anoche. Pero sí que, pasase lo que pasase, fue horrible y aún le aterra. No conocer la verdad la está volviendo loca. No sabe qué hacer.

—Menos mal que te vas a recuperar, Karen. He estado muy preocupada.

—Lo sé. Lo siento.

—No lo sientas. Has tenido un accidente. No es tu culpa.

Karen se pregunta qué sabe Brigid, cuánto le habrá explicado Tom. Probablemente no mucho. A Tom nunca le ha caído especialmente bien y no entiende por qué. Simplemente, nunca se han gustado. Algunas veces eso ha provocado situaciones incómodas.

—Es horrible, Brigid —comenta Karen titubeando—. No recuerdo qué pasó. Tom dice que conducía dando tumbos, a demasiada velocidad, y no para de preguntarme...

En ese momento Tom entra en la habitación con dos cafés en vasos de papel. Karen ve cómo intenta ocultar el malestar que le produce encontrar a Brigid sentada en la cama, pero a ella no la engaña. Nota cómo la temperatura de la habitación baja un par de grados. Tom le da a Karen uno de los cafés.

—Hola, Brigid —saluda Tom con despreocupación.

—Hola —contesta Brigid, lanzándole una mirada rápida. Se vuelve de nuevo hacia Karen—. Solo quería verte con mis propios ojos, asegurarme de que estás bien —añade, levantándose de la cama—. Me voy a ir, para dejaros solos.

—No tienes por qué —protesta Karen.

—Necesitas descansar —replica Brigid—. Volveré mañana, ¿vale? —Sonríe a Tom y sale de la habitación.

Karen mira a Tom frunciendo el ceño y dice:

—Pero ¿por qué te cae tan mal Brigid?

—No me cae mal.

—¿En serio? Está claro que no te ha hecho mucha gracia verla aquí.

—Solo estoy siendo protector —protesta Tom—. Ya sabes lo que ha dicho el médico. Necesitas tranquilidad.

Le mira por encima del vaso de papel, sin llegar a creerle.

Por la tarde, mientras Tom está en casa descansando un poco, el doctor Fulton vuelve. Karen le recuerda de la noche anterior.

—¿Qué tal se encuentra hoy? —pregunta.

Habla en voz baja y suave, y Karen lo agradece. Su dolor de cabeza ha empeorado con el paso de las horas.

—No sé. Dígamelo usted —contesta ella con cautela.

Fulton responde con una sonrisa profesional.

—Creo que se va a recuperar. Aparte de la conmoción, todo parece bastante leve. —Realiza su rutina de mirarle los ojos con la linternita, sin dejar de hablarle suavemente—. Lo único que me preocupa es que no recuerde el accidente, pero tampoco es tan extraño. Probablemente recuperará la memoria en poco tiempo.

—O sea, que ya lo ha visto antes —dice ella lentamente—, que la gente pierda la memoria.

—Sí, lo he visto.

—¿Y siempre vuelve?

—No, no siempre. —Le está tomando el pulso.

—Pero… ¿normalmente?

—Sí.

—¿Cuánto tarda? —pregunta con nerviosismo. Tiene que ser pronto. Necesita recordar qué pasó exactamente.

—Depende. Podrían ser días, semanas. Cada persona es un mundo. —Comprueba algo en la tabla—. ¿Cómo va el dolor?

—Se puede aguantar.

Él asiente.

—Irá a mejor. Vamos a dejarla en observación uno o dos días más. Cuando vuelva a casa, tendrá que tomárselo con calma. Le daré una receta que le pueden servir aquí, en la farmacia del hospital, antes de marcharse. Y le he dado instrucciones a su marido sobre cómo tratar una conmoción como la suya.

—¿Puedo hacer algo que me ayude a recuperar la memoria? —pregunta.

—La verdad es que no. —Sonríe—. Solo dele tiempo. —Y luego la deja sola con el miedo hirviendo a fuego lento.

Más tarde, entra una enfermera distinta, tranquila y amable, actuando como si todo fuera bien. Pero todo no va bien.

—¿Puede traerme un espejo? —pide Karen.

—Claro, voy a ver si encuentro uno —contesta.

La enfermera vuelve con un espejo de mano.

—No se asuste por lo que va a ver —dice—. Hay heridas superficiales, pero se le va a curar todo. No está tan mal como parece.

Karen coge el espejo agitada por el nerviosismo. Se queda conmocionada al ver que está casi irreconocible: sus rasgos finos y su buena piel están ocultos bajo una inflamación tremenda y oscuros moratones. Pero lo que más le inquieta son los ojos, confusos y aterrados. Le devuelve el espejo a la enfermera sin mediar palabra.

Más tarde esa noche dos adolescentes vuelven caminando a casa del cine. El paseo es largo, pero hace una noche preciosa; quieren estar juntos y no tienen dónde ir. Finalmente él la apoya contra una pared oscura en un extremo del centro comercial y la besa. Es mayor que ella y va despacio, no como los chavales que van a tientas y se lanzan sin tener idea de lo que hacen. Ella le devuelve el beso.

Se oye un fuerte ruido metálico junto al contenedor y se separan. Un hombre vaciando la basura de un restaurante se les queda mirando. Él la rodea con el brazo con gesto protector, cobijándola.

—Vamos —dice—. Conozco un sitio.

Su cuerpo palpita de la emoción. Podría haber estado toda la vida besándole así. Quiere estar a solas con él, pero... Se detiene.

—¿Adónde vamos?

—A un lugar donde tendremos algo de intimidad. —La acerca hacia sí—. Si quieres. —Vuelve a besarla—. O te puedo acompañar a casa.

Ahora mismo le seguiría a cualquier parte. Le da la mano y cruzan la calle, pero no sabe adónde va. Solo es consciente de la sensación de la mano de él en la suya, de lo que desea. Llegan a una puerta. Él la abre de un empujón. Inclina la cabeza hacia ella.

—Venga. No pasa nada. No hay nadie.

En cuanto ella atraviesa el umbral, la coge entre sus brazos. Vuelve a besarla, pero hay algo que la inquieta. Es un olor. Se aparta un poco y él también parece notarlo. Los dos lo ven al mismo tiempo. Hay un cuerpo tirado en el suelo, manchado de sangre.

Ella grita. Él le tapa la boca suavemente con la mano, intentando silenciarla.

—¡Chsss! ¡Chsss! ¡Calla!

Deja de gritar y se queda mirando el cadáver en el suelo, horrorizada. Cuando él le quita la mano de la boca, susurra:

—¿Está muerto?

—Debe de estarlo —contesta él, aproximándose al hombre para verle. Ella no se atreve a acercarse más. Le da miedo ponerse a vomitar.

Se vuelve, sale corriendo del edificio y se detiene en la calle, intentando tomar aliento. Él va inmediatamente detrás. Le mira angustiada.

—Tenemos que llamar a la policía. —Es lo último que quiere hacer. Le dijo a su madre que esta noche se quedaría en casa de una amiga.

—No —contesta él—. Que lo encuentre otro y llame a la policía. No tenemos por qué ser nosotros.

Ella sabe lo que le preocupa. Solo tiene quince años. Y él, dieciocho.

—Mira —dice él con apremio—. Si el tipo estuviera vivo, sería distinto, pero no podemos hacer nada por él. Vámonos. Ya le encontrará otro.

Ella no cree que sea lo correcto, pero se siente aliviada al oírle decirlo. Asiente. Solo quiere irse a casa.

6

Como cada mañana, Brigid está sentada en su sillón favorito junto al ventanal del salón, observando. Su casa está justo enfrente de la de Tom y Karen. Con su taza de café, espera ante la ventana a que Tom salga para el hospital.

Su marido, Bob, entra en el salón de camino a la puerta para despedirse antes de ir a trabajar.

—Esta noche llegaré tarde —dice—. Puede que no llegue a cenar. Probablemente coma algo por ahí.

Ella no contesta, está perdida en sus pensamientos.

—¿Brigid? —insiste.

—¿Qué? —replica Brigid, volviéndose hacia él.

—He dicho que volveré tarde. Esta noche tenemos un velatorio.

—Muy bien —responde ella con voz ausente.

—¿Qué vas a hacer hoy? —pregunta.

—Voy al hospital a ver a Karen otra vez. —Quizá hoy tengan más tiempo para estar juntas.

—Qué bien —dice Bob. Se queda un momento indeciso en el umbral de la puerta y luego se va.

Brigid sabe que se preocupa por ella.

En realidad, a Bob no le importa lo que haga hoy. Simplemente cree que a ella no le viene bien tener demasiado tiempo libre. Lo único que le interesa es saber si ella cumple con sus citas médicas. Así que ella siempre le dice que lo hace.

El accidente ya era bastante extraño de por sí, piensa Fleming: la conductora, un ama de casa presuntamente respetable, estaba en la zona más peligrosa de la ciudad y no se ha encontrado ni rastro de drogas o alcohol que explique su comportamiento. Y ahora el médico les dice que tiene amnesia.

«Tiene que ser una broma», piensa Fleming.

—Qué oportuno... —comenta el agente Kirton, detrás de él.

Se paran brevemente ante la puerta de la habitación de Karen Krupp. Fleming estira la mano para detener al médico.

—¿Cabe la posibilidad de que esté fingiendo?

El doctor Fulton le mira sorprendido, como si ni siquiera se le hubiese pasado por la cabeza.

—No lo creo —contesta lentamente—. Tiene una conmoción grave.

Fleming asiente pensativo. Los tres entran en la pequeña habitación privada. El marido está sentado en la única silla. Con todos allí, el espacio parece abarrotado. Karen Krupp está cubierta de golpes y moratones y los mira con recelo.

—Señora Krupp —comienza—. Soy el agente Fleming y este es el agente Kirton. Queríamos hacerle unas preguntas.

Ella se endereza sobre las almohadas. Tom Krupp se remueve inquieto.

—Sí, claro —contesta Karen—. Pero..., no sé si se lo ha dicho el médico, pero no recuerdo nada del accidente todavía. —Frunce el ceño como disculpándose.

—¿Le han contado lo que pasó? —pregunta Kirton.

Asiente con la cabeza dubitativa.

—Sí, pero la verdad es que no recuerdo nada.

—Qué lástima —dice Fleming. Nota que su presencia allí la altera, aunque intente disimularlo. Entonces añade—: El accidente se produjo en el cruce de Prospect y Davis, en el extremo sur de la ciudad. —Hace una pausa. Ella le mira con nerviosismo, pero no dice nada—. Usted vive en el extremo norte. ¿Por qué cree que podía estar en esa zona?

Ella niega con la cabeza y hace una leve mueca de dolor.

—No..., no lo sé.

—¿No se le ocurre nada? —pregunta el agente con tono amable. Cuando ve que ella no contesta, continúa—: Esa parte de la ciudad es conocida por las drogas, las pandillas y el crimen. No es el típico lugar que visitaría normalmente un ama de casa de un barrio residencial.

Ella se encoge de hombros impotente y dice con un hilo de voz:

—Lo siento... —Su marido estira la mano y estrecha la de ella.

Fleming le entrega un papel.

—¿Qué es esto? —pregunta inquieta.

—Me temo que una multa por conducción temeraria, una infracción muy grave en Nueva York.

Karen la mira y se muerde el labio.

—¿Tengo que buscarme un abogado? —pregunta con tono vacilante.

—Sería buena idea —responde Fleming—. Se considera un delito. Si la encuentran culpable, tendrá antecedentes penales y puede que tenga que ir a la cárcel. —Puede ver el impacto de sus palabras en la expresión de Karen. Tom Krupp parece estar a punto de vomitar. Fleming mira a Kirton, los dos se despiden con un gesto de la cabeza y salen de la habitación.

El doctor Fulton sigue a Fleming y Kirton hasta la puerta. Por muy ajetreada que sea su vida como médico de Urgencias, ha tenido suficiente tiempo para preguntarse qué hacía esta paciente saltándose semáforos en el peor barrio de la ciudad. Parece una mujer agradable. Culta, educada en su manera de expresarse; para nada el tipo de persona del que uno esperaría que hiciera algo así. Y está claro que su marido también está confundido.

Observa a los dos agentes alejarse por el pasillo, dos figuras robustas de uniforme negro entre el mar de colores pastel de las enfermeras. Por un momento se pregunta si debería hacerlos volver. Pero el instante pasa y deja que se marchen.

Karen Krupp estaba desorientada cuando la trajeron hace dos noches, perdía y recobraba el conocimiento. No parecía saber dónde estaba, ni siquiera fue capaz de decirles cómo se llamaba. Estaba agitada y no dejaba de repetir algo, cree que el nombre de un hombre. No recuerda cuál era exactamente —fue una noche de locura en Urgencias—, pero está casi seguro de que no era Tom. No se le va de la cabeza. Tal vez una de las enfermeras se acuerde.

No cree que esté fingiendo la amnesia. Sospecha que ella quiere saber lo que pasó esa noche tanto como su marido.

Esa noche —casi cuarenta y ocho horas después del accidente— Tom sale del hospital y va hacia su coche en el otro extremo del aparcamiento. Karen parecía distraída y alterada el tiempo que estuvo con ella. La visita de los policías al comienzo del día les ha dejado preocupados a los dos. La idea de que Karen acabe con antecedentes penales, la posibilidad de que vaya a la cárcel, aunque sea brevemente —ha estado buscando en Google información sobre el delito de conducción temeraria en Nueva York—, es algo que no le cabe en la cabeza. Respira hondo. Puede que sean indulgentes. Tiene que mantenerse fuerte; intenta apartar los cargos policiales de su mente por ahora.

Mientras conduce hacia casa, piensa en Karen, en su vida juntos. Estaban tan felices, tan asentados. Y ahora esto...

Se conocieron cuando ella empezó a trabajar como empleada temporal en la empresa en la que él es contable. La atracción fue inmediata. Le costó esperar las dos semanas que duraba su contrato para pedirle una cita. Aunque fue cauteloso, porque ya se había equivocado antes. Así que se prometió que se tomaría su tiempo para conocerla. A Karen no pareció molestarla: en un principio se mostró reservada. Y él pensó que tal vez ella también se había equivocado antes.

Pero no era como otras mujeres que había conocido. No le gustaban los juegos. No intentó manipularle. No había nada en ella que despertara las alarmas. Nunca lo ha habido.

Tiene que haber una razón para lo que ha hecho. Alguien la debió de atraer allí con falsos pretextos. Recobrará la memoria y entonces podrá explicarlo todo.

Puede percibir que Karen está asustada. Él también lo está.

Aparca en el camino de entrada y sube con paso pesado los escalones del porche. Una vez dentro, mira a su alrededor, cansado. La casa está hecha un desastre. Hay platos sucios en la cocina: en el fregadero, sobre la mesa. Ha estado picoteando a deshora, yendo y viniendo del hospital.

Debería limpiar. Karen no puede volver a una casa desordenada, lo odiaría. Empieza en el salón, colocando, guardando cosas, llevando tazas de café sucias a la cocina. Pasa la aspiradora por la alfombra grande, limpia el cristal de la mesa baja con limpiacristales y papel absorbente. Luego se pone con la cocina. Llena el lavavajillas, pasa una bayeta por las encimeras y llena el fregadero de agua caliente y líquido lavaplatos para lavar a mano la jarra de café de vidrio. Busca los guantes de goma que Karen usa para fregar los platos, pero no los encuentra. Hunde las manos en el agua caliente y jabonosa. Quiere que, cuando vuelva, Karen se centre en recuperarse bien, que no se preocupe por la casa.

Karen está sola cuando el doctor Fulton vuelve a pasarse una última vez antes de irse esa noche. Es tarde, la planta está tranquila, y Karen, adormecida. El médico se sienta en la silla vacía junto a su cama y dice, titubeando:

—Hay algo que quería comentarle.

Ella ve la incertidumbre en sus ojos y nota cómo su cuerpo se tensa.

—Cuando la trajeron, estaba usted muy desorientada —empieza—. Decía cosas...

Ahora ya está nerviosa y muy despierta.

—No paraba de repetir el nombre de alguien. ¿Lo recuerda?

Se queda completamente inmóvil.

—No.

—No lograba acordarme, pero una de las enfermeras me dijo que no dejaba de mencionar a alguien llamado Robert. ¿Le dice algo ese nombre? —La mira con curiosidad.

El corazón de Karen late acelerado. Mueve la cabeza de un lado a otro lentamente, apretando los labios como si intentara recordar.

—No —responde—. No conozco a nadie que se llame así.

—De acuerdo —dice el doctor Fulton, levantándose de nuevo—. Me pareció que valía la pena intentarlo.

—Estoy segura de que no significa nada —afirma Karen. Espera a que el médico esté casi en la puerta y, en el último momento, añade—: No creo que sea necesario que se lo mencione a mi marido.

Se vuelve hacia ella. Sus miradas se cruzan por un instante. Entonces él asiente levemente con la cabeza y sale de la habitación.

7

A la mañana siguiente, Tom acaba de salir de la ducha cuando suena el timbre de la puerta. Se ha puesto unos vaqueros y una camiseta, y su pelo está mojado aún, pero peinado. Va a ir pronto al hospital —un día más sin trabajar—. Está descalzo y acaba de poner la cafetera.

No imagina quién puede estar ante su puerta tan temprano. Ni siquiera son las ocho. Se acerca sin hacer ruido y atisba por la ventana de la puerta. El agente Fleming está parado en su porche.

Verle allí le irrita de inmediato. Ya tiene bastante encima y no sabe nada más que ayer. No puede ayudar a los policías. ¿Por qué demonios no se va Fleming y los deja en paz hasta que Karen recupere la memoria?

Sin embargo, le abre, porque no se puede dejar a un policía de uniforme esperando en la puerta.

—Buenos días —dice Fleming.

Tom se queda mirándole, sin saber qué hacer. Recuerda lo amable que fue el policía la primera vez que vino a su casa, con la terrible noticia del accidente de Karen.

—¿Puedo entrar? —pide Fleming por fin. Es profesional y respetuoso, igual que la primera noche. Tiene un aire tranquilo y relajado. No es amenazante, parece alguien que quiere echar una mano.

Tom asiente y le invita a pasar. La casa huele a café recién hecho. Supone que debería ofrecerle uno.

—¿Café? —le pregunta.

—Estupendo —contesta Fleming—, muchas gracias.

Tom va hacia la espaciosa cocina al fondo de la casa y el policía le sigue por el suelo de madera. Nota su mirada mientras sirve las tazas. Se vuelve, las deja sobre la mesa y coge la leche y el azúcar.

Los dos se sientan en la mesa de la cocina.

—¿Qué puedo hacer por usted? —pregunta Tom. Se siente incómodo y no es del todo capaz de ocultar la irritación en su voz.

Fleming se sirve un poco de leche y azúcar y remueve el café con aire pensativo.

—Usted estaba presente ayer, cuando hablamos con su mujer sobre el accidente —le recuerda.

—Sí.

—Comprende por qué tuvimos que presentar cargos.

—Sí —asiente Tom con un tono brusco. Suelta el aire y añade con sinceridad—: Solo me alegro de que nadie más saliera herido.

Se hace un silencio largo y pesado mientras Tom recapacita sobre lo terrible que podría haber sido. Karen podría haber matado a alguien; qué horror habría sido tener que vivir con eso. Es la clase de trauma del que nunca te recuperas. Tom intenta convencerse de lo afortunados que son.

De repente, quiere hablar. No sabe por qué se lo cuenta al agente de policía, prácticamente un desconocido, pero es incapaz de evitarlo.

—Es mi mujer. La quiero. —El agente le mira con empatía—. Pero yo también tengo algunas preguntas —dice de forma impulsiva—, las mismas que usted. ¿Qué demonios hacía allí, conduciendo como una loca? Esa no es mi mujer. Mi mujer no hace cosas así. —Tom empuja la silla hacia atrás y se levanta. Lleva su taza a la encimera y la rellena, tratando de recobrar el control de sí mismo.

—Por eso estoy aquí —replica Fleming, observándole atentamente—. Quería saber si se le había ocurrido algo, si había recordado algo que pueda arrojar luz sobre las circunstancias que rodearon al accidente. Parece que no.

—No. —Tom se queda mirando al suelo, irritado.

El agente hace una pausa antes de formular la siguiente pregunta.

—¿Qué tal va su matrimonio? —dice con tono suave.

—¿Mi matrimonio? —contesta Tom, levantando la vista de repente. Es la segunda vez que Fleming le interroga sobre esto—. ¿Por qué me lo pregunta?

—Llamó usted al 911 aquella noche para decir que había desaparecido.

—Porque no sabía dónde estaba.

—Su esposa parecía estar huyendo de alguien —replica Fleming con expresión neutral—. Me veo obligado a preguntárselo: ¿huía de usted?

—¿Qué? ¡No! ¿Cómo puede cuestionárselo siquiera? ¡Yo la quiero! —exclama sacudiendo la cabeza—. No llevamos mucho tiempo casados, nuestro segundo aniversario es dentro de poco. Somos muy felices. —Duda un momento—. Estábamos pensando en tener un hijo.
—Entonces se da cuenta de que acaba de hablar en pasado.

—De acuerdo —dice Fleming, haciendo un gesto tranquilizador con las manos—. Tenía que preguntarlo.

—Ya —responde Tom. Quiere que se vaya.

—¿Y qué hay de la vida de su mujer antes de conocerle? ¿Estuvo casada anteriormente?

—No. —Tom deja la taza sobre la encimera detrás de él y se cruza de brazos.

—¿Ha tenido algún problema con la ley?

—No, claro que no —contesta Tom, desdeñosamente. Pero él mismo comprende que no es una pregunta tan ridícula, dadas las circunstancias.

—¿Y usted?

—No, yo tampoco he tenido problemas con la ley. Seguro que lo puede comprobar. Soy contable colegiado y ella también se dedica a llevar registros de contabilidad. En realidad somos bastante aburridos.

—Me pregunto... —Fleming titubea, como si no estuviera seguro de si debe decirlo.

—¿Qué?

—Me pregunto si tal vez su mujer estaba en peligro —susurra con cautela.

—¿Cómo? —salta Tom, sorprendido.

—Como he dicho, conducía como si huyera de algo, como si estuviese asustada. Una persona tranquila no conduce así.

Tom no tiene respuesta para eso. Se queda mirando a Fleming mordiéndose el labio inferior.

Fleming ladea la cabeza y añade:

—¿Le gustaría que le ayude a buscar por la casa?

Tom le mira intranquilo.

—¿Por qué?

—Para ver si podemos encontrar algo que arroje un poco de luz sobre...

Tom se queda helado. No sabe qué contestar. El Tom normal, antes de que ocurriera todo esto, habría dicho: «De acuerdo, echemos un vistazo». Pero este es el Tom de después del accidente, que no sabe qué hacía su mujer cuando salió corriendo de casa y estampó su coche. ¿Qué pasa si Karen oculta algo, algo que la policía no debería encontrar?

Fleming está vigilándole, esperando, observando qué va a hacer.

Brigid está tomándose el café de la mañana, con la luz del sol entrando a raudales para caer en la alfombra en un rayo sesgado. Bob ya se ha ido a trabajar, después de pasar a darle un beso en la mejilla. Hace tiempo que las cosas no van bien entre ellos.

Casi siempre está fuera, ocupado con su trabajo. Es el dueño de la Funeraria Cruikshank. Pero cuando está en casa —y cuando cree que Brigid no está mirando—, la observa como si estuviera preocupado por ella, por lo que está pensando, por lo que pueda hacer. Aunque en realidad no cree que le importe cómo se encuentra. Hace tiempo que dejó de interesarle. Ahora solo le importa cómo le puede afectar lo que ella haga.

Ya no hablan de ello, pero Brigid sabe que no haber podido tener un hijo juntos —haber fracasado— lo ha cambiado todo. La infertilidad de ambos la ha vuelto triste e irritable, y esto ha hecho que Bob se aleje de ella. Brigid es consciente de que ha cambiado. Solía ser divertida, incluso un poco audaz. Se creía capaz de cualquier cosa. Pero ahora se siente mayor, más apagada, menos atractiva, aunque solo tiene treinta y dos años.

Brigid vio llegar al policía de uniforme en el coche patrulla hace unos minutos, poco después de que se marchara Bob. Se pregunta qué estará haciendo en casa de los Krupp. Es evidente que Tom está en casa. Su coche sigue en el camino de entrada.

Últimamente vive encerrada en sus pensamientos. Sabe que no le viene bien, pero tampoco tiene interés alguno por buscar trabajo y «cambiar sus expectativas», tal y como le aconseja Bob. Tiene mucho tiempo para pensar. Recuerda cuando Karen se instaló en la casa de enfrente. Tom era soltero cuando la compró, el único soltero en un barrio lleno de familias. (Qué amargura le produce; Bob y ella eligieron este barrio precisamente porque era un lugar perfecto para los niños, niños que nunca tendrán). Entonces Tom empezó a salir con Karen. Cuando se casaron, ella hizo suya la casa muy deprisa. Pintándola, decorándola, arreglando el jardín. Brigid presenció la transformación; no cabe duda de que Karen tiene buen ojo.

Desde el primer momento —incluso antes de que Tom y Karen se casaran— Brigid se aseguró de que Karen se sintiese bienvenida en el barrio. Era todo lo amable que podía. Al principio Karen se mostraba reservada, pero no tardó en aceptar su amistad, como si en realidad estuviera sedienta de compañía femenina. Lo que a Brigid le pareció lógico, dado que acababa de llegar de otro estado y no conocía a nadie. Empezaron a pasar cada vez más tiempo juntas. Karen parecía tenerle verdadero aprecio como amiga, aunque no fuera dada a compartir sus intimidades.

Brigid supo que Karen había trabajado temporalmente en la empresa de Tom y que buscaba un puesto fijo. Ella fue quien le consiguió el empleo llevando los registros contables de la Funeraria Cruikshank. Ella es quien se ha asegurado ahora de que el trabajo siga siendo suyo mientras lo necesite. De momento están utilizando a una empleada eventual.

Nadie podría acusarla de no ser una buena amiga.

8

Tom lleva a Karen del hospital a casa a media tarde. Hace tres días del accidente. Conduce despacio, con cuidado, evitando baches y paradas bruscas, mientras ella va mirando por la ventanilla. Karen se lo agradece. Observa el perfil de Tom mientras conduce. Por la tensión en su mandíbula es evidente que está crispado, aunque intenta fingir que todo va bien.

Por fin llegan a su pequeña calle y Tom aparca en el camino de entrada del número 24 de Dogwood Drive. Es agradable dejar el hospital y estar otra vez en casa. Le encanta que los árboles hayan tenido tiempo de crecer. Aquí no da la sensación de hacinamiento de otros barrios más nuevos y menos caros donde las casas están tan apiñadas y tienen una mísera parcelita de hierba como jardín. Le encanta lo espacioso y verde que es esto.

Está orgullosa de su jardín, que ahora mismo es una explosión de grandes hortensias rosas.

Los dos se quedan un minuto en silencio, escuchando el sonido del motor enfriándose. Tom posa una mano sobre la de ella, brevemente. Y entonces ella se baja del coche despacio.

Una vez en casa, Karen está cerrando la puerta a sus espaldas cuando Tom suelta las llaves sobre la mesita de la entrada. Ella da un respingo. El fuerte ruido metálico le provoca una punzada de dolor en las sienes y una repentina sensación de vértigo. Cierra los ojos un momento, tambaleándose ligeramente con la mano apoyada en la pared.

—¡Perdona! ¿Estás bien? —pregunta Tom, arrepentido—. No debería haberlo hecho.

—Estoy bien; solo un poco mareada —responde Karen.

Los sonidos agudos la molestan, igual que las luces brillantes y los movimientos repentinos. Es evidente que su cerebro necesita tiempo para recuperarse. Pasado un momento, entra en el salón, agradeciendo la suavidad del gris claro y el blanco, y la decoración minimalista. El sofá blanco que eligió con tanto cuidado mira a una moderna chimenea de mármol con un frente liso y sin pretensiones. Delante del sofá hay una amplia mesa baja con tablero de vidrio, con su colección de *Elle Decor* y *Art & Antiques* apilada en el estante inferior. Un enorme espejo cuelga sobre la chimenea y encima de la repisa hay varias fotos enmarcadas de Tom y ella. Frente al sofá, un juego de sillones grises, con cojines mullidos en tonos claros rosa y verde. Todo el salón en su conjunto es luminoso, limpio y amplio, y le resulta completamente familiar. Es como si los últimos días no hubieran ocurrido. Se acerca lentamente al gran ventanal en la parte delantera del salón y se asoma. Las casas que se ven parecen perfectamente apacibles.

Finalmente aparta la mirada y sigue a Tom hasta la cocina.

—He estado limpiando —dice él, sonriendo.

Todo está reluciente. El fregadero, los grifos, la encimera, los electrodomésticos de acero inoxidable. Hasta la oscura tarima del suelo brilla.

—Muy buen trabajo —contesta ella, devolviéndole una sonrisa agradecida. Mira hacia el patio trasero a través de las puertas correderas de vidrio. Siente sed y se acerca al armario para coger un vaso y servirse un poco de agua. Abre el grifo, mira al fondo del fregadero y se agarra rápidamente a la encimera para mantener el equilibrio—. Creo que tengo que tumbarme —dice de repente.

—¡Claro! —responde Tom. Le coge el vaso y lo llena de agua.

Karen le sigue al piso de arriba. El dormitorio también es luminoso y espacioso, con muchas ventanas que dan hacia la parte de atrás. Hay una novela sobre su mesilla y más libros en el suelo, junto a la cama. Los sacó de la biblioteca hace poco; tenía muchas ganas de leer lo nuevo de Kate Atkinson, pero hasta que la conmoción mejore no puede leer mucho. Órdenes del médico. Tom la observa.

Karen mira su tocador. Encima hay una bandeja de espejo donde tiene los frascos de perfume. Al lado está su joyero. Ha vuelto a ponerse las joyas de uso diario: su anillo de diamante de compromiso y la alianza a juego, y la cadena que Tom le regaló por su primer aniversario.

Se contempla en el familiar espejo sobre el tocador, aún magullada y golpeada. Recuerda lo asustada que solía estar. Cada vez que volvía a casa y encontraba las cosas mínimamente fuera de sitio, señales sutiles de que alguien había estado mirando entre sus cosas. Le aterraba. Y Tom no sabía nada.

Ha estado ocultándole muchas cosas al hombre al que ama. Y también ha estado muy nerviosa y preocupada por que el doctor Fulton le contara a Tom o a la policía lo que dijo en Urgencias. ¡Si al menos pudiera recordar lo que pasó esa noche! Tiene la sensación de estar ciega, tratando de sortear peligros que no puede ver.

De repente, se siente muy cansada. Tom le sugiere con suavidad:

—¿Por qué no descansas mientras yo preparo la cena?

Asiente con la cabeza. No le apetece hacer la cena. No le apetece hacer nada que no sea tumbarse bajo la colcha hecha un ovillo y esconderse del mundo.

—Algunos de tus amigos me han estado preguntando cuándo pueden venir a verte —dice Tom con cautela.

—Todavía no estoy preparada para ver a nadie, salvo a Brigid. —Agradece la presencia de Brigid, pero no quiere ver a nadie más; no quiere contestar a sus preguntas.

—Eso les he dicho, pero aun así quieren venir.

—Todavía no.

Tom asiente con la cabeza.

—Seguro que lo entenderán. Pueden esperar. De todos modos, necesitas tranquilidad. —La mira, preocupado—. ¿Cómo te encuentras?

Quiere contestar: «Aterrada», pero en su lugar dice, con una leve sonrisa:

—Contenta de estar en casa.

Tom enciende el grill, pone un filete en adobo y prepara rápidamente una ensalada pequeña y pan de ajo. Es un alivio tener a Karen de vuelta en casa.

Pero el gran tema sigue sin tocarse. El accidente... y lo que provocó que ocurriera.

Quiere confiar en ella.

Esta mañana, ese agente de policía, Fleming, sugirió echar un vistazo por la casa. Tom recuerda que le cogió desprevenido. Lo primero que pensó fue: «¿Qué está buscando?». Y luego: «¿Qué pasa si encuentra algo? ¿Algo malo?». Le dijo que no.

Después, vio desde detrás de las cortinas cómo el policía se quedaba un buen rato mirando la casa detenidamente, hasta que volvió a meterse en el coche patrulla para marcharse. Entonces hizo dos cosas. Buscó en internet un abogado criminalista en la zona y pidió cita. Y después puso la casa patas arriba.

Le tomó gran parte del día, con un descanso para ir al hospital a ver a Karen. La cocina fue lo que más le costó. Palpó todas las cajas de cereales, los paquetes de harina, arroz, azúcar..., cualquier cosa que no estuviera cerrada. Vació todos los armarios y cajones, y los comprobó hasta el fondo. Pasó la mano por las superficies que no estaban a la vista por si había algo pegado a ellas. Miró en la estantería superior de los armarios, bajo las alfombras y los colchones, dentro de las maletas y en botas y zapatos de poco uso. Bajó al sótano, respirando el olor a humedad y esperando a que sus ojos se hicieran a la luz tenue. Allí no había gran cosa: el cuarto de lavar y unas cuantas cajas de trastos. Lo utilizaban esencialmente como almacén. Revisó todo. Miró incluso detrás de la caldera. Finalmente, se puso con el garaje. Y, durante todo ese tiempo, se mantuvo en un extraño estado de incredulidad ante sí mismo y su situación. «¿Qué demonios estaba haciendo? ¿Qué buscaba?». No encontró nada, nada en absoluto. Se sentía estúpido, frustrado y avergonzado.

Y aliviado.

Cuando terminó, volvió a ponerlo todo tal y como estaba, para que Karen no supiera lo que había hecho. Y después fue a recogerla al hospital.

Una vez hecho el filete, Tom lo sirve y corre arriba a decirle a Karen que la cena está lista.

Se sientan a comer en la cocina. Tom le ofrece vino tinto, pero ella le dice que no con un leve gesto de la cabeza.

—Ah, claro —comenta él—. Lo olvidaba: nada de alcohol mientras estés con analgésicos. —Aparta el vino y coge una botella de agua con gas.

Tom mira a su mujer al otro lado de la mesa, con su pelo castaño y corto a lo pixie, el flequillo cayéndole sobre la frente, la media sonrisa ladeada y tristona en su gesto. Si no fuera por los moratones, incluso podría creer que no ha cambiado nada.

Es casi como era antes. Pero completamente distinta.

Karen se despierta muy temprano, antes de la primera luz de la mañana. Se levanta silenciosamente y se pone una bata. Cierra la puerta detrás de ella y baja a la cocina.

Sabe que no se va a volver a dormir. Prepara una cafetera y se queda mirándola de brazos cruzados, arrullada por el sonido y el olor familiar del café haciéndose, esperando a que esté listo.

Amanece y en el patio trasero se alza una leve neblina. Karen se queda mirando un buen rato por las puertas de vidrio, haciendo todo lo posible por recordar. Siente como si su vida pudiera depender de ello.

9

Hola —dice Tom, cuando entra sigilosamente en la cocina y ve a Karen sentada junto a la mesa con una taza delante. Parece que su café hace rato que está frío. Se pregunta cuánto tiempo llevará despierta.

Ella alza la vista para mirarle.

—Buenos días.

Está deliciosamente desarreglada con su bata. Tom se siente muy agradecido de que esté de vuelta, de tenerla otra vez en su vida después del miedo a perderla la noche del accidente. Pero también siente una especie de fragilidad, como si anduvieran sobre cristales.

—¿Qué tal has dormido?

—No muy bien —admite ella—. ¿Quieres un poco de café?

—Claro.

Se levanta y le besa en la boca, exactamente como solía hacerlo. Se aparta de él, dejándole un poco mareado. Le sirve una taza de café y empieza a hacer el desayuno.

—No, tú siéntate. Deja que lo haga yo —le dice con firmeza. Comienza a tostar *bagels* y a cascar huevos sobre una sartén—. Tengo que empezar a ir a la oficina otra vez —añade con tono de disculpa—. Ojalá pudiera quedarme en casa contigo, pero hay mucho trabajo ahora mismo.

—No pasa nada, en serio —le interrumpe Karen—. Estoy bien. No necesito que me cuides todo el tiempo. Prometo que me lo tomaré con calma. —Le sonríe de un modo tranquilizador.

Tom tiene algo más que decirle; imposible evitarlo.

—Ah, una cosa más. —Hace una pausa, levantando la vista de la sartén para mirarla.

—¿Qué?

—He pedido cita con un abogado. —De repente, ve un destello de miedo en sus ojos.

Karen se muerde el labio inferior preocupada.

—¿Cuándo?

—Esta mañana, a las diez.

Ella aparta la mirada.

—Ah, ¿tan pronto?

—Son cargos graves, Karen —dice.

—Ya lo sé, no tienes por qué recordármelo —salta ella bruscamente.

De pronto, los dos están tensos. Tom desearía no tener que ir a ver a un abogado, que no hubiera habido un accidente, que ella no hubiese salido de casa esa noche —siente una súbita sensación de rabia hacia Karen—, pero lo hecho hecho está; ahora tienen que lidiar con ello lo mejor que puedan. Nota que está tensando la mandíbula e intenta relajarse. Se traga sus sentimientos.

El bufete de abogados está en un rascacielos, no muy lejos de su casa. Karen ha estado callada durante el breve trayecto. Tom tampoco habla mucho.

Ya hace calor, pero no hay sitios para aparcar en la sombra. Cuando entran en el edificio, el fresco del aire acondicionado es un alivio. Cogen el ascensor hasta la sexta planta.

Cuando llegan, la sala de espera está vacía. Tom mira a Karen con el rabillo del ojo. No dice nada, ni tampoco coge ninguna de las revistas que hay sobre la mesa baja. Está rígida en la silla, esperando. No tardan mucho.

—Señor y señora Krupp, pueden pasar —dice la recepcionista, que los conduce hasta la puerta de un despacho, la abre y luego la cierra detrás de ellos.

El interior del despacho es igual que el de cualquier abogado, no muy diferente al del asesor especializado en derecho inmobiliario que Tom contrató para comprar la casa de Dogwood Drive, antes de conocer a Karen.

Hay un enorme escritorio, cubierto de carpetas apiladas en orden. Detrás, el abogado, Jack Calvin, un hombre de pelo rizado entrecano que a Tom le parece que rondará los cuarenta y tantos, se levanta y da la mano a los dos, luego hace un gesto para que se sienten.

—¿Qué puedo hacer por ustedes? —pregunta. Los mira con curiosidad. Hay una inteligencia aguda en sus ojos penetrantes. Tom casi puede verle pensando: «¿Qué hace esta bonita pareja aquí en mi despacho?».

—Llamé ayer, por los cargos relacionados con el accidente de mi mujer —responde Tom, mientras Karen permanece callada. Estar en el despacho de un abogado criminalista parece haberla intimidado.

—Refrésqueme la memoria —pide el hombre, sin brusquedad—. Me llegan muchos delitos de tráfico. Es el pan de cada día. Especialmente por conducir bajo los efectos del alcohol. ¿Es eso lo que tenemos aquí? —Lanza a Karen una mirada rápida y evaluadora.

—No —contesta Tom y empieza a hablarle del accidente—. No bebió nada de alcohol. Pero, desgraciadamente, iba por encima del límite de velocidad y...

El abogado le interrumpe.

—Disculpe: tal vez es preferible que me lo cuente ella, con sus propias palabras.

Tom observa a Karen, que parece tensa. El abogado la observa expectante. Al ver que ni Tom ni Karen dicen nada por un instante, desplaza la mirada de uno a otro y pregunta:

—¿Hay algún problema?

—Sí —contesta Karen por fin—. No recuerdo el accidente. No recuerdo nada de lo ocurrido. —Frunce el ceño disculpándose.

—¿En serio? —dice Calvin.

—No recuerdo nada de aquella noche, nada —responde—. Es como un espacio en blanco.

—Es verdad —interviene Tom—. Ha sufrido una grave conmoción cerebral. Hasta ayer no volvió a casa del hospital.

El abogado los mira, como si no diera crédito.

—¿De verdad? ¿O es una estrategia de defensa que están intentando utilizar? Porque no hace falta. Yo soy su abogado. Déjenme la defensa a mí.

—No estamos intentando nada —insiste Tom—. Tiene amnesia. Pero los médicos están bastante seguros de que es temporal y de que recuperará la memoria. —Mira a Karen, que está sentada a su lado, pálida. Se le está poniendo esa expresión demacrada que desde el accidente indica el comienzo de un intenso dolor de cabeza.

—Entiendo —dice el abogado. Mira a Karen con curiosidad.

Tom le entrega el documento que les dio la policía. Calvin lo lee rápidamente. Levanta la vista.

—Una zona bastante peligrosa de la ciudad para una mujer como usted —sentencia, observando a Karen.

Ella permanece inmóvil y erguida. El abogado se vuelve hacia Tom.

—¿Qué estaba haciendo allí?

—No lo sé —contesta Tom.

—No lo sabe —repite el abogado. Se les queda mirando como si no supiera qué pensar. Hay un largo silencio. Finalmente, dice—: Es bastante serio. Conducción temeraria... Mejor será no andarse con tonterías. —Se queda pensando un instante—. A ver. Necesitaré un anticipo hoy mismo. Y luego pediré posponer la vista hasta que recuerde lo que hacía allí y por qué conducía de ese modo. Porque puede que haya un buen motivo para ello, al menos un motivo atenuante. Y, si no lo hay, también tenemos que saberlo.

Tom mira a su mujer, pero ella tiene los ojos clavados en el regazo. Saca su chequera.

—Si recuerda algo —continúa el abogado, dirigiendo el comentario a Karen—, intente escribirlo para que la próxima vez que nos veamos esté fresco en su mente. —Al cabo de un rato añade—: Y llámeme cuando eso ocurra.

Karen asiente.

—Vale.

—O... tal vez prefiera que nos veamos sin estar presente su marido.

Karen le lanza una mirada penetrante. Niega con la cabeza y contesta:

—Claro que no. No tengo nada que ocultar a mi marido.

Tom la observa atentamente. «¿Lo dice de verdad?».

Le entregan el anticipo y, cuando se levantan para marcharse, Calvin le pregunta a Karen:

—No tiene antecedentes penales, ¿verdad?

Ella se vuelve y contesta mirándole directamente a los ojos.

—No.

El abogado no aparta la vista y hay algo en su mirada evaluadora que inquieta a Tom. Se da cuenta de que él no la cree, no la cree en absoluto.

Mientras vuelven a casa del despacho, en el aire se palpa la tensión que han dejado tantas preguntas sin contestar. A Tom le encantaba ir en el coche con Karen; algunos de sus mejores recuerdos son yendo de camino al campo en una escapada de fin de semana, con las maletas en el asiento trasero y ella con la cabeza echada hacia atrás de la risa...

Es casi un alivio cuando suena el móvil de Tom. Lo coge. Se vuelve hacia Karen con una mirada de disculpa.

—Tengo que ir un rato a la oficina.

—Claro.

—¿Estás bien?

—Me duele la cabeza. —Cierra los ojos y se apoya contra el reposacabezas.

Tom la deja en casa. Antes de que se baje del coche se inclina para besarla.

—Tómatelo con calma. Duérmete una siesta. Intentaré volver pronto.

Karen sale del vehículo y se vuelve para saludar, entornando los ojos por la luz, mientras él da marcha atrás por el camino de entrada. Le devuelve el saludo y se marcha calle abajo, preocupado por el futuro que les aguarda. Preguntándose qué secretos puede estar ocultando su mujer.

10

Una vez que Tom se ha marchado, Karen se vuelve hacia la casa y abre la puerta. La cita con el abogado la ha crispado, es evidente que cree que está mintiendo. Se aprieta los dedos sobre los ojos cansados. Va hacia la cocina, abre el congelador y coge una bolsa para hielo que le dieron en el hospital. Se la ha estado poniendo a ratos, para la hinchazón de la cara. Ahora se la coloca sobre la frente. El frío es agradable. Se sienta junto a la mesa de la cocina con los ojos cerrados y sostiene la bolsa contra su cabeza, moviéndola lentamente, tratando de aliviar el martilleo del dolor.

Hace un día muy caluroso, abrasador. A pesar de que el aire acondicionado está encendido, nota el sudor bajo la blusa. Tal vez debería subirlo. Cuando el dolor de cabeza disminuye levemente, abre los ojos. Se queda mirando la encimera, la que cambió cuando se instaló. Todavía le encanta contemplarla, su superficie negra, brillante y lisa, con vetas de plata salpicadas. De repente, sus ojos se fijan en un vaso vacío junto al fregadero.

Se queda observándolo y luego pasa rápidamente la mirada por toda la cocina, pero nada más parece distinto.

El vaso que hay sobre la encimera junto al fregadero no estaba allí cuando salieron esta mañana a ver al abogado, está segura de ello. Porque, antes de salir, Tom y ella —sobre todo Tom— estuvieron ordenando la cocina, metieron los platos del desayuno en el lavavajillas y limpiaron la encimera. Odia que quede algún plato sobre la encimera. Es un poco maniática con la limpieza. Y sabe que fue a comprobar la cocina por última vez antes de reunirse con Tom en la puerta de entrada para ir a la oficina del abogado porque volvió para asegurarse de que las puertas correderas estaban cerradas con llave. Siempre se cerciora de que las puertas están cerradas, por eso le resultó tan desconcertante cuando Tom le dijo que se había marchado sin cerrarlas la noche del accidente. Y sin apagar las luces. O coger el bolso. ¡Si tan solo pudiera recordarlo!

Sostiene el vaso indecisa, mira dentro, se lo acerca a la nariz y huele. Ahora está vacío, pero había agua, está segura de ello; parece como si alguien hubiera entrado en la casa y se hubiese servido un vaso de agua del grifo antes de volver a salir al calor. Siente punzadas de dolor en la cabeza y de repente empieza a marearse. Intenta agarrarse a la encimera y al hacerlo se le cae el vaso torpemente. Se hace añicos contra el suelo.

Se queda mirando los trozos de vidrio a sus pies, jadeando, temblando de la cabeza a los pies. Entonces se vuelve rápidamente y corre al salón a por el teléfono. Aprieta el botón de marcación rápida buscando el número de Brigid.

—¡Brigid! —dice, cuando esta responde—. ¿Puedes venir? ¡Corre! —Ni siquiera intenta disimular el miedo y el pánico que siente. Lo único que quiere es a Brigid ahí con ella, de inmediato. No quiere estar sola en la casa.

—Claro, ahora mismo voy —contesta Brigid.

Karen espera impaciente en el porche delantero. A los pocos segundos, ve a su vecina salir a toda prisa de su casa y atravesar la calle. «Menos mal que tengo a Brigid».

—¿Qué pasa, Karen? —pregunta Brigid—. Estás blanca como el papel.

—Alguien ha entrado en la casa —responde Karen.

—¿Cómo? —Brigid parece sorprendida—. ¿Qué quieres decir?

Karen la hace pasar rápidamente.

—Alguien ha estado aquí, mientras Tom y yo estábamos fuera esta mañana. Acabo de volver. Cuando entré en la cocina... —No puede terminar la frase.

—¿Viste a alguien? ¿Había alguien en la cocina? —pregunta Brigid.

Karen niega con la cabeza.

—No. —Se siente más tranquila ahora que Brigid está allí. Qué suerte contar con una buena amiga en la casa de enfrente. Sabe que, tenga el problema que tenga, Brigid lo dejaría todo para acudir corriendo a su lado. Desearía poder decirle por qué está tan asustada. Pero no puede contar la verdad a su mejor amiga, ni tampoco a su marido.

Observa cómo Brigid va hacia la cocina, se detiene en el umbral y la mira en silencio. Tras un instante, vuelve sigilosamente a su lado.

—¿Qué ha pasado, Karen?

—Al volver a casa fui a la cocina. Había un vaso vacío sobre la encimera. No estaba allí cuando salimos esta mañana. Alguien lo ha dejado ahí y no hemos sido ni Tom ni yo.

—¿Estás segura? —pregunta Brigid.

—¡Claro! ¿Crees que me alteraría tanto si no lo estuviera?

Brigid la observa con preocupación. Luego mira hacia la cocina y de vuelta a Karen.

—¿Cómo se ha roto el vaso?

—Lo cogí para mirarlo y entonces me mareé... y se me cayó.

Brigid la mira inquieta.

—Quizá deberíamos llamar a Tom.

Tom conduce tan rápido como puede, con la cabeza yendo a mil por hora. Cuando llega a casa, se baja del coche a toda prisa y sube corriendo los escalones de la entrada. Irrumpe en el salón y ve a Karen tumbada en el sofá con una bolsa de hielo sobre la frente y a Brigid de pie a su lado.

—Karen, cariño, ¿estás bien? ¿Qué ha pasado?

Karen se incorpora con dificultad. Le da el hielo a Brigid, que se lo lleva automáticamente para meterlo otra vez en el congelador.

—No lo sé —dice—. Llegué a casa y encontré un vaso en la encimera. Estoy segura de que no estaba allí cuando salimos esta mañana. Pensé que alguien había entrado en casa.

Tom va hacia la cocina y se detiene en la puerta al ver el vaso roto. Cruza una mirada con Brigid, que está cerrando la puerta del congelador, y sale cautelosamente rodeando los trozos brillantes de vidrio.

Karen aparece a su lado.

—Se me cayó el vaso —explica.

Tom la mira preocupado.

—¿Estás segura de que no estaba ahí antes? Es posible que estuviera —sugiere Tom. Trata de recordar si esta mañana se sirvió un vaso de agua y lo dejó sobre la encimera, pero no se acuerda. Tiene tantas cosas en la cabeza que detalles como este se le escapan.

—No sé —contesta, negando con la cabeza—. Estaba muy segura. Eché un último vistazo antes de marcharnos, para comprobar que las puertas estaban cerradas. Creía que todo estaba guardado...

—Ven, siéntate —dice Tom, guiándola de vuelta al salón, mientras Brigid empieza a barrer los trozos de vidrio. Deja a Karen en el sofá y mira por toda la casa. No falta nada. Que él sepa, no hay nada fuera de su sitio.

Cuando regresa al salón, Brigid está sentada en uno de los sillones enfrente de Karen. Está vestida para el calor, con unos pantalones pirata de algodón y una camiseta de tirantes, y lleva su larga melena castaña suelta sobre los hombros. Al ver que Tom la mira, se recoge el pelo en un moño detrás de la nuca. Tom se vuelve hacia Karen.

—No creo que nadie haya estado aquí —comenta con suavidad.

Karen le mira y aparta los ojos.

—¿Crees que me lo estoy imaginando?

—No —contesta serenamente—. No creo que estés imaginando nada. Creo que no recuerdas claramente si había un vaso allí o no. Los dos hemos estado bebiendo mucha agua con este calor, cualquiera de los dos nos pudimos dejar el vaso sobre la encimera. Puede que fuera yo, no me acuerdo. —Y añade en voz baja—: Karen, aún te estás recuperando. Recuerda lo que dijo el médico: que después del accidente podrías también tener problemas con la memoria a corto plazo por un tiempo. Es posible que el vaso estuviera allí y no te acuerdes.

—Quizá —responde ella con tono dubitativo.

Tom se vuelve hacia Brigid.

—Ya me ocupo yo —asegura—. Gracias por venir tan rápido.

—Cuando queráis.

—Sí —añade Karen agradecida, al verla levantarse—. No sé qué haría sin ti, Brigid.

Tom observa a Brigid abrazar suavemente a su mujer, que también la estrecha cariñosamente.

—Y gracias por limpiar los trozos de vidrio —dice Tom.

—De nada. —Sonríe a Karen—. Nos vemos pronto.

Brigid cruza la calle y entra en su casa, mientras los dos la observan desde la entrada. Tom está ligeramente detrás de Karen. Está vigilando a Brigid y también a su mujer.

11

El inspector Rasbach se detiene un instante para observar lo que le rodea. Al otro lado de la calle hay un centro comercial destartalado, con una tienda de alimentación, una lavandería autoservicio, un todo a un dólar y poco más abierto. Incluso en un día soleado de verano como este, el barrio es deprimente. Delante de él tiene la escena del crimen, un restaurante abandonado. El edificio está sellado con tablas, pero alguien ha arrancado un par de ellas de la ventana delantera para mirar, o tal vez se hayan caído con el tiempo. Rasbach rodea el exterior del restaurante en ruinas hasta la parte trasera. Saluda con la cabeza a un par de agentes de la policía científica y accede a la zona acordonada con cinta amarilla.

Entra en el restaurante por la mugrienta puerta de atrás, que no está sellada con tablas como la fachada delantera, o, al menos, si alguna vez lo estuvo, ya no. Cualquiera ha podido entrar y salir. Lo primero que le llama la atención es el olor. Trata de ignorarlo.

A su izquierda hay una barra de cafetería anticuada, pero ni rastro de mesas o sillas; han vaciado el lugar, ni siquiera quedan las lámparas del techo. Pero sí hay un viejo sofá contra la pared con algunas latas de cerveza vacías tiradas en el suelo alrededor. Entra un poco de sol por las ventanas de las que se han caído las tablas, pero la mayoría proviene de los focos que ha traído el equipo forense. El sucio suelo de linóleo está cuarteado, las paredes, ennegrecidas y manchadas de nicotina. Y en el suelo hay un hombre muerto.

El olor es bastante desagradable. Esto es lo que pasa cuando se tardan varios días en descubrir un cadáver en pleno verano caluroso. Este está bastante madurito.

Rasbach se queda inmóvil en medio del hediondo restaurante con su traje elegante y caro, pensando que tendrá que llevarlo a la tintorería otra vez, y saca un par de guantes de látex del bolsillo.

—Alguien lo denunció. No dijo su nombre —le informa el agente de uniforme a su lado.

El inspector asiente con gesto cansino. Se acerca hacia el bulto sangriento y envuelto en el zumbido de las moscas en el suelo. Se queda unos minutos mirando el cadáver, estudiándolo. Es un hombre de pelo oscuro, de treinta y cinco a cuarenta años, con pantalón negro de aspecto caro y una camisa de vestir también cara —ahora cuarteada de oscura sangre seca y cubierta de moscas—. La víctima recibió un par de disparos en el rostro y otro en el pecho. Le faltan los zapatos, lo que deja a la vista unos calcetines bastante elegantes. Tampoco lleva cinturón.

—¿Algún rastro del arma? —pregunta a un policía de la científica que observa también pensativo el cuerpo desde el otro lado.

—No, aún no.

Rasbach se inclina sobre el cadáver con cuidado, tratando de no respirar, y nota una leve sombra en el dedo donde hasta hace poco había un anillo. Ve una franja parecida en la muñeca, donde antes llevaría un reloj. Le han robado, pero esto no ha sido originalmente un robo, piensa Rasbach. ¿Qué hacía este hombre aquí? Alguien como él no pertenecía a esta zona, a este barrio. Esto parece una ejecución más bien. Salvo que le dispararon en la cara y el pecho en lugar de en la nuca. El cadáver parece llevar un par de días aquí, tal vez un poco más. Su rostro está descolorido e hinchado.

—¿Sabemos quién es?

—No. No tiene ningún documento encima. De hecho, no lleva nada, salvo la ropa.

—¿Algún testigo? —pregunta Rasbach, aunque ya sabe la respuesta.

—Nada. Al menos, por ahora.

—De acuerdo. —Rasbach suelta un profundo suspiro.

En breve levantarán el cuerpo y lo enviarán al forense para hacer la autopsia. Le tomarán las huellas dactilares al cadáver y comprobarán si concuerdan con las de algún archivo. Si no pueden identificarlo con las huellas, mirarán en personas desaparecidas, lo cual será tedioso, pero gran parte del trabajo policial lo es. A menudo, el trabajo tedioso es precisamente el que da buenos resultados.

Seguirán buscando el arma del crimen. Por lo que parece, era una pistola del calibre 38. Lo más probable es que quien disparó se deshiciera de ella lejos de la escena del crimen, o que alguien la cogiera y la esté ocultando. Dado el vecindario, a Rasbach no le sorprende que hayan desaparecido el cinturón y los zapatos, así como la cartera y las joyas de la víctima, y seguro que el teléfono móvil también.

Cuando terminan con el cuerpo y realizan un registro más amplio de la zona, lo único que encuentran es un par de guantes de goma rosas con estampado floral cerca de los codos, que estaban tirados en un pequeño aparcamiento próximo al restaurante. Rasbach no cree que tengan que ver con la víctima, pero de todos modos hace que se los lleven en una bolsa. Nunca se sabe.

Rasbach y otro inspector, Jennings, junto con un par de agentes de uniforme dedican la tarde a ir casa por casa, en busca de testigos.

Tal y como esperaban, terminan con las manos vacías.

A la mañana siguiente, los espera el doctor Perriera, el forense.

—Buenos días, inspectores —saluda, claramente contento de verlos.

Rasbach sabe que disfruta con las visitas de los inspectores. Le maravilla el hecho de que, después de casi veinte años, el deprimente trabajo que ejerce no parece que le haya amargado. Apuñalamientos, heridas de bala, ahogamientos, accidentes de tráfico..., nada parece alterar al alegre y siempre sociable doctor Perriera.

Les ofrece un cuenco con caramelos de menta. Ayudan para el olor. Ambos inspectores cogen uno. Los envoltorios crujen cuando abren el caramelo. El doctor Perriera extiende la mano para recogerlos y los tira a la papelera.

—¿Qué puede decirnos? —pregunta Rasbach, rodeando la larga mesa de acero y mirando el cadáver que yace encima. Agradece la resistencia de estómago que Jennings demuestra siempre, igual que él. Se le ve con ganas y curiosidad, y la carnicería que hay sobre la mesa no parece perturbarle en absoluto, con el caramelo abultando su mejilla.

—El cuerpo está intacto —responde el doctor Perriera alegremente—. Varón de raza blanca, cerca de los cuarenta, buena salud. El primer disparo entró por el pecho; el segundo, por el pómulo; pero fue el tercero el que penetró directamente en el cerebro y le mató. La muerte fue bastante rápida. Le dispararon desde poca distancia, entre dos metros y dos metros y medio, con un arma corta del 38.

Rasbach asiente.

—¿Cuándo murió exactamente? —pregunta.

El doctor Perriera le mira.

—Sé lo mucho que les gusta a ustedes determinar la hora de la muerte y hago lo que puedo, de veras, pero, si me mandan un cadáver que lleva unos cuantos días muerto, mi capacidad de precisar se ve alterada, como comprenderán.

El detective sabe que el doctor Perriera es un perfeccionista; siempre matiza sus hallazgos.

—Lo entiendo —dice Rasbach pacientemente—. Aun así, me gustaría conocer su opinión más que la de cualquier otro.

El doctor sonríe.

—Hice la autopsia anoche. En base al estado de descomposición y las larvas que encontré en el cuerpo, y teniendo en cuenta, claro, el calor que hemos estado teniendo, diría que murió unos cuatro días antes, día arriba, día abajo.

Rasbach hace sus cálculos.

—Entonces, cuatro días desde anoche..., eso sería la noche del 13 de agosto.

El doctor Perriera asiente.

—Pero cabe la posibilidad de que le asesinaran la noche del 12 de agosto como muy pronto y la noche del 14 como muy tarde. En algún momento entre las dos.

Rasbach vuelve a contemplar el cadáver sobre la mesa de acero. Si tan solo pudiera hablar.

Una vez de vuelta en comisaría, Rasbach escoge una de las salas de reuniones como puesto de mando improvisado y se dirige a un equipo que ha reunido sobre la marcha. Jennings y él son los inspectores del caso y ha elegido a varios agentes uniformados de la División de Patrulla para ayudar.

—Aún no sabemos quién es el tipo —informa Rasbach—. Sus huellas no coinciden con ninguna de los archivos, ni con personas desaparecidas, ni están en otras bases de datos. Vamos a distribuir una descripción y fotos a las autoridades competentes y a los medios, a ver si averiguamos quién es. Es posible que alguien pueda identificarle todavía.

Rasbach decide revisar todos los informes policiales de las cuarenta y ocho horas que transcurrieron entre la noche del 12 y la del 14 de agosto. Busca cualquier cosa fuera de lo habitual. No hay mucho; no encuentra nada salvo varias redadas antidroga menores y un par de accidentes de tráfico. Uno de ellos parece bastante sencillo: colisión entre dos coches a mediodía. Pero el otro... Un Honda Civic circulando por encima del límite de velocidad —saliendo de las cercanías de la escena del crimen— chocó contra un poste alrededor de las 20:45 del 13 de agosto.

Al verlo, Rasbach nota un hormigueo en la nuca.

12

Qué podemos hacer por usted? —pregunta Fleming a Rasbach, dando un sorbo a una taza de café—. No todos los días se ve a un inspector de homicidios en nuestro lado del edificio.

Rasbach pone las fotografías de su víctima sobre la mesa.

Fleming y Kirton se inclinan hacia delante para mirarlas. Kirton niega con la cabeza. Fleming se toma su tiempo, observando con atención, pero no dice nada.

—El cuerpo tardó varios días en ser encontrado —comenta Rasbach—. El 17 de agosto. Al menos nadie lo denunció hasta entonces. Creo que primero lo manosearon los vecinos.

—No lo reconozco —asegura Kirton.

—Yo tampoco lo he visto antes. —Fleming mira a Rasbach—. ¿Qué tiene que ver esto con nosotros?

—Fue asesinado en un restaurante abandonado de la calle Hoffman, alrededor del 13 de agosto, día arriba, día abajo. Tengo entendido que la noche del 13 de agosto hubo un accidente de tráfico cerca de allí.

Fleming y Kirton se miran fugazmente. Kirton se yergue un poco, asintiendo.

—Lo hubo.

—Cuéntenme lo que sepan del asunto —pide Rasbach.

—La mujer iba por encima del límite de velocidad; se saltó un semáforo en rojo. Dio un volantazo para evitar un coche, perdió el control y chocó contra un poste —explica Kirton.

—¿Sobrevivió?

—Sí —contesta Fleming, acercándose más a la mesa—. Sobrevivió, pero al parecer tiene amnesia.

—Está de broma, ¿verdad? —dice Rasbach.

—No. Todo el mundo se lo ha tragado: el médico, el marido... —responde Fleming.

—Pero ustedes no.

—No sé. Esa misma noche el marido llamó al 911 denunciando su desaparición. Había salido de casa a toda prisa sin su bolso ni su móvil y se le había olvidado cerrar la puerta con llave.

Rasbach mira al agente Kirton, que niega con la cabeza.

—Yo creo que miente —confirma Kirton.

—¿Qué sabemos de esa mujer? —pregunta Rasbach.

—Se llama Karen Krupp —contesta Fleming—. Es un ama de casa normal y corriente; si ignoras dónde estaba y lo que hacía esa noche.

—Un ama de casa.

—Sí. Treinta y pocos años, trabaja llevando los registros de contabilidad de una empresa. Casada con otro contable. No tienen hijos. Bonita casa en las afueras, en Henry Park.

De repente, Rasbach recuerda los guantes de goma rosas que encontró y recogió como indicio cerca de la escena del crimen. Un coche les había pasado por encima, tenían huellas de neumáticos.

—¿Qué fue del vehículo? —pregunta.

—Un Honda Civic. Siniestro total —responde Kirton.

—Voy a necesitar ver las huellas de sus neumáticos —dice Rasbach. Siente un leve hormigueo de emoción. Sería interesante, piensa, encontrar una conexión entre el coche, el ama de casa y la víctima del homicidio.

—Entonces, supongo que usted se hará cargo a partir de aquí —replica Fleming.

Tom está tenso y triste al salir de casa a la mañana siguiente. Se ha vestido con unos vaqueros para ir a la oficina unas horas y ponerse al día en el trabajo durante el fin de semana. Se le ha acumulado mucho con Karen en el hospital. Parecía cansada esta mañana. Cuando Tom se despertó, ella ya se había levantado; estaba pálida cuando fue a darle un beso. Ya no tiene inflamada la cara y las magulladuras han empezado a desaparecer, pero no parece la Karen de siempre.

Desde que volvió a casa, está distinta. Antes era muy cariñosa y relajada. Ahora se muestra un poco distante. Demasiado callada. A veces, cuando va a tocarla, se encoge. Nunca lo hacía. Parece nerviosa, asustadiza. Y lo del vaso le inquieta. Está seguro de que nadie ha entrado en la casa. ¿Por qué estaba tan convencida Karen? Se dejó llevar por el pánico.

Él también está preocupado. ¿De verdad no recuerda aquella noche? ¿O simplemente no se lo está contando?

La sospecha es insidiosa; le han empezado a entrar dudas, preguntas que antes era capaz de ignorar.

Dudas sobre el pasado de Karen. Cuando se vino a vivir con él, trajo muy poco. En ese momento le preguntó si tenía algo en un guardamuebles. Ella le miró a los ojos y dijo: «No, esto es todo. No me aferro a las cosas. No me gusta el desorden».

Una o dos veces se ha preguntado por qué no parece tener ningún tipo de vínculos anteriores. Cuando le preguntó sobre su familia, ella le explicó que no tenía. Y lo entendió. Él también perdió a sus padres y solo le queda su hermano. Pero ella no tenía a nadie. Él aún conserva amigos de la universidad, pero parece que ella no tenía ninguno. Cuando le insistió en el tema, Karen le dijo que no se le daba bien mantener el contacto con la gente. Hizo como si Tom estuviera dándole demasiada importancia.

La quiere y ella le quiere a él; son perfectos el uno para el otro. Si no quería contarle mucho sobre su vida antes de conocerse, lo aceptaba. Nunca había sospechado nada preocupante, simplemente creía que era reservada, que no le gustaba compartir.

Pero ahora ya no sabe si le parece bien. Se da cuenta de que en realidad no sabe mucho de su propia esposa.

Los inspectores Rasbach y Jennings están en el laboratorio. Los del laboratorio ya tienen los guantes rosas y están trabajando con ellos, a pesar de ser domingo.

Rasbach lleva un aromático expreso doble para Stan Price, que accedió a ponerse a trabajar esta mañana para revisar las pruebas con ellos. Es solo de Starbucks, pero Rasbach sabe que Stan suele estar tan ocupado que no tiene tiempo para salir.

—Gracias —dice Stan, cuyo rostro se ilumina al ver la taza—. Un buen café da para mucho. —En el sótano donde está el laboratorio forense tienen una cafetera pequeña, pero hace un café que se ha hecho famoso por lo malo que es. Tal vez sea porque nadie la limpia nunca, pero tampoco ha habido nadie dispuesto a poner a prueba esta hipótesis fregándola bien. Rasbach toma nota mentalmente de comprar una nueva cafetera exprés para el departamento forense la próxima Navidad.

—¿Qué has encontrado? —pregunta Rasbach.

—Bueno, los guantes. He podido sacar una buena huella de neumático de uno de ellos. —Stan da un sorbo a su café, agradecido—. Las huellas sobre el guante concuerdan con el fabricante y el modelo de los neumáticos del coche en cuestión. Son el tipo adecuado, pero no podemos identificarlas con toda seguridad con las ruedas que nos trajisteis. No podemos concluir que el neumático que pasó por encima del guante fuera definitivamente uno de los de ese coche. Pero podría serlo perfectamente.

—De acuerdo —responde Rasbach. Ya es algo—. ¿Qué probabilidades hay de encontrar rastros de ADN en el interior de los guantes?

—Diría que bastantes, pero eso tardará más. Hay una lista de espera.

—¿Podrías acelerarlo por mí?

—¿Puedes seguir trayéndome este café tan bueno?

—Y tanto.

Karen coge su bolso, las llaves y el móvil, y se dispone a salir de casa. Tiene que ir corriendo a la tienda de la esquina.

Al abrir la puerta de entrada, encuentra a un desconocido en el porche.

Se sobresalta tanto que casi se le escapa un grito. Pero, aunque no le esperaba, el hombre que está en su puerta no tiene aspecto amenazador. Va bien vestido, con un traje bien cortado. Tiene el pelo castaño claro y unos ojos azules inteligentes. En ese momento ve otro hombre, que sube los escalones. Le mira consternada y de nuevo observa al hombre que tiene delante.

—¿Karen Krupp? —dice él.

—Sí —contesta, con tono suspicaz—. ¿Quién es usted?

—Soy el inspector Rasbach. —Mira al otro, que se pone a su altura en el porche—. Y este es el inspector Jennings.

13

Karen observa al detective con el corazón latiendo desenfrenado. No se lo esperaba.

—¿Podríamos hablar unos minutos con usted? —pregunta Rasbach, sacando su placa y mostrándosela.

Ella nota el pulso en las sienes. No quiere hablar con ellos. Ahora tiene un abogado. ¿Por qué no le dio ningún consejo sobre qué decir a la policía si volvían a interrogarla? ¿Por qué no se lo preguntó?

—Estaba saliendo —consigue decir.

—No tardaremos mucho —le asegura Rasbach, sin moverse.

Karen vacila, no sabe qué hacer. Si les pide que se vayan sin hablar con ellos, puede que los contraríe. Al final decide que es mejor dejarlos pasar. Les dirá que no recuerda nada. Al fin y al cabo, es la verdad. No puede contarles nada sobre esa noche.

—Vale, si son solo unos minutos, está bien —dice, abre un poco más la puerta y la cierra una vez que están dentro.

Los conduce hasta el salón. Se sienta en el sofá y los inspectores en los sillones frente a ella. Tiene que contener el impulso de coger uno de los cojines del sofá y abrazarse a él. En su lugar, cruza las piernas con gesto deliberado y se reclina en una esquina, tratando de hacer como si no se inmutara por tener dos inspectores en su salón.

Pero la evidente inteligencia en los ojos del primer inspector le pone nerviosa y acaba diciendo, demasiado precipitadamente:

—Estoy segura de que ya lo saben por los agentes que investigan el accidente, pero no recuerdo nada. —Piensa en lo ridículo que ha sonado y se sonroja ligeramente.

—Sí, lo hemos oído —contesta el inspector Rasbach.

El inspector parece relajado, pero alerta. Karen no cree que pueda ocultarle nada a este hombre. De repente se pone muy nerviosa.

—De hecho, no nos interesa el accidente en sí mismo.

Al oír esto, Karen palidece. Y está segura de que ellos pueden ver su lividez repentina e inculpatoria.

—¿No? —logra decir por fin.

—No. Estamos investigando otro asunto. Algo que ocurrió cerca de donde usted tuvo el accidente y creemos que más o menos en el mismo momento.

Karen no dice nada.

—Un hombre fue asesinado.

«Asesinado». Intenta mantener una expresión neutra, pero sospecha que no lo ha conseguido en absoluto.

—¿Qué tiene eso que ver conmigo? —pregunta.

—Eso es lo que intentamos averiguar —dice el inspector.

—No recuerdo nada de esa noche —protesta—. Lo siento, pero probablemente estén perdiendo el tiempo.

—¿Nada? —replica Rasbach. Está claro que no la cree. Karen mira al otro inspector a su lado. Él tampoco la cree.

Niega con la cabeza.

—Tal vez podamos ayudarla a recordar —insiste Rasbach.

Le mira asustada. Se alegra de que Tom no esté ahí. Y al instante desearía que estuviera.

—Creemos que usted estuvo en la escena del crimen —asegura el otro inspector.

—¿Cómo? —Cree que se va a desmayar.

—Encontramos un par de guantes de goma en la escena del crimen —le explica Jennings.

Está mareada y el corazón le late a golpes. Empieza a pestañear muy deprisa.

—¿Es posible que le falte un par de guantes de goma rosas, de esos que se usan para lavar los platos? —pregunta Rasbach.

Karen levanta la cabeza, endereza la espalda.

—No —contesta con convicción. Pero sabe que sí le faltan, ayer los estuvo buscando. No tiene ni idea de dónde están. Se lo preguntó a Tom, pero él tampoco lo sabía. De repente, siente el valor de una persona con un enorme instinto de supervivencia que se ve arrinconada—. ¿Por qué creen que son míos? —pregunta fríamente.

—La verdad, es bastante sencillo —responde el inspector—. Encontramos los guantes cerca de la escena del crimen, en un aparcamiento.

—Sigo sin entender qué tiene que ver eso conmigo —replica ella—. Yo nunca he tenido guantes rosas.

—Un coche pasó por encima de los guantes en el aparcamiento —explica el inspector—. Las huellas de neumático son casi como las dactilares. Su coche tiene el mismo tipo de neumáticos que el que dejó las huellas en el aparcamiento. En mi opinión, usted pasó por encima de los guantes, en ese aparcamiento. Y luego huyó y tuvo un accidente en ese coche casi a la misma hora en que se produjo el homicidio. —Hace una pausa, inclinándose levemente hacia delante—. Creo que tiene usted un problema.

Tom llega al camino de entrada y se pregunta de quién será el vehículo aparcado frente a su casa. Es un sedán sencillo, nuevo; no es de nadie que él conozca. Sale de su coche y se queda mirándolo, intranquilo. ¿Quién ha venido a ver a su mujer? Odia esta sensación de sospecha. Asustado, sube los escalones a toda prisa.

Abre la puerta rápidamente y al instante ve a dos hombres trajeados en su salón.

—¡Tom! —exclama Karen, volviéndose hacia él, claramente sobresaltada. Su expresión le confunde, es una mezcla de alivio y miedo. No sabe si está contenta u horrorizada de verle. Puede que un poco ambas cosas.

—¿Qué está pasando? —pregunta Tom a todos los presentes.

Los dos hombres le observan desde sus sillones, sin decir nada, como si estuvieran esperando a ver qué le dice su mujer. Tom está inquieto. Se pregunta si son del seguro y han venido por el accidente. No quiere más malas noticias.

—Estos señores son inspectores de policía —le explica Karen, con una mirada de leve advertencia—. Han venido a hablar... de la otra noche.

Los dos hombres se levantan a la vez.

—Soy el inspector Rasbach —se presenta el más alto, enseñándole su placa—. Y este es el inspector Jennings.

—¿Tenemos que hacer esto ahora? —protesta Tom, con un tono algo grosero, entrando un poco más en el salón. Quiere que le devuelvan su antigua vida—. ¿No puede esperar? Nuestro abogado dijo que iba a posponer todo hasta que recuperara la memoria.

—Me temo que no estamos aquí por el accidente —dice el inspector Rasbach.

Tom siente que le flaquean las piernas. Su corazón se acelera. Necesita sentarse. Se hunde en el sofá al lado de Karen. Se da cuenta de que ha estado esperando a que ocurriera algo como esto. En el fondo, sabía que detrás de esta historia había algo más. Siente como si hubiera abierto una puerta equivocada y ahora estuviese en otra vida, una que no tiene ningún sentido, habitada por impostores.

Tom observa cautelosamente a los dos policías. Luego echa un vistazo nervioso a Karen, pero ella no le está mirando.

Tras un momento en que nadie dice nada, el inspector Rasbach prosigue:

—Le comentábamos a su esposa que estamos investigando un homicidio que se produjo cerca de donde tuvo el accidente.

«Un homicidio».

Karen se vuelve hacia él bruscamente y añade:

—Quieren saber si hemos echado en falta unos guantes de goma, pero ya les he dicho que no.

Tom la mira, con el corazón saliéndosele por la boca. Niega con la cabeza. El tiempo parece ralentizarse.

—¿Guantes de goma? No, no hemos echado en falta nada de eso —contesta. Está mareado y puede notar el sabor de la bilis en la garganta. Se vuelve hacia el inspector—. ¿Por qué? —Tom sabe que es un pésimo actor. El inspector de mirada penetrante parece capaz de leerle el pensamiento. Y sabe que está mintiendo.

—Encontramos un par de guantes de goma rosas para lavar los platos en la escena del crimen —responde

Rasbach—. Tenían un estampado de flores en la parte de cerca de los codos.

Tom lo oye como si las palabras vinieran de muy lejos. Se siente distante. Frunce el ceño. Todo parece suceder a cámara lenta.

—Nunca hemos tenido guantes de goma rosas —asegura. Ve cómo Karen aparta la mirada de él y vuelve a dirigirse al inspector. «Dios. Acaba de mentir a estos policías. ¿Qué demonios está pasando?».

—Sinceramente, de dónde provengan los guantes no es demasiado relevante, ni de quién eran —dice el inspector—. Lo importante es que las huellas de neumáticos que encontramos sobre los guantes y cerca de la escena del crimen encajan con las del coche de su esposa. Eso la sitúa próxima a la escena del asesinato poco antes de que tuviera el accidente. —Se vuelve hacia Karen y continúa—: Al parecer, iba usted muy deprisa. —Se inclina hacia delante y añade—: Bastante oportuna, su amnesia.

—No me insulte, inspector —contesta Karen y Tom la mira consternado. Nunca la habría creído capaz de tener tanta sangre fría. Es como si estuviera contemplando a una desconocida.

—¿Quieren saber quién era la víctima? —pregunta el inspector Rasbach. Está jugando con ellos—. ¿O lo saben ya? —agrega, mirando a Karen.

—No tengo ni idea de qué está hablando —responde Karen—. Y mi marido tampoco. Así que ¿por qué no se deja de juegos y nos lo dice?

Rasbach la mira, impertérrito.

—Un hombre murió de tres disparos, dos en la cara y uno en el pecho, realizados desde una distancia corta, en un restaurante abandonado de la calle Hoffman. Creemos que su coche estaba cerca de la escena del crimen. Teníamos la esperanza de que usted nos pudiera dar más información —concluye.

Tom se encuentra físicamente mal. No da crédito a la conversación que están teniendo en su propio salón. Hace unos días se encontraba sentado en este mismo sitio cuando la policía vino a decirle que había habido un accidente. Al oír cómo se había producido, no podía creer que la conductora fuera su mujer. Pero lo era. Y ahora esto. ¿Qué debe creer esta vez?

—¿Quién era... —pregunta Karen— el hombre que fue asesinado?

Está muy pálida, piensa Tom, pero su voz suena templada. Está sorprendentemente entera. Es casi como si estuviera contemplando a otra persona, a una actriz haciendo de su mujer.

—No lo sabemos —admite el inspector. Coge un sobre y dice—: ¿Le gustaría ver una foto? —En realidad, no es una pregunta.

Tom aún siente como si todo estuviera ocurriendo a cámara lenta. El inspector pone una fotografía sobre la mesa baja y la gira para que Karen y él la vean del derecho. Es la cara de un hombre, deformada, con agujeros de bala en la frente y la mejilla. Sus ojos están abiertos, parecen expresar sorpresa. Tom se echa hacia atrás instintivamente. El inspector coloca otra foto junto a la primera. Esta muestra su cuerpo hinchado, con sangre derramada por todo el pecho. Las fotos son repugnantes, perturbadoras. Tom no puede evitarlo, mira a Karen —está tan quieta que parece que hubiera dejado de respirar— y aparta los ojos rápidamente. Ni siquiera soporta mirar a su propia mujer.

—¿Le despierta algún recuerdo? —le pregunta el inspector, con tono un poco juguetón—. ¿Le reconoce?

Karen se queda mirando las fotos, como si las estuviera estudiando, y niega lentamente con la cabeza.

—No. En absoluto.

El inspector no parece creerla.

—¿Y cómo explica que su coche estuviera cerca de la escena del crimen? —continúa.

—No lo sé. —Por fin hay un tono de desesperación en su voz—. Puede que alguien se metiera a la fuerza en el coche y me hiciera esperar dentro, para que condujese en la huida —dice—. Tal vez conseguí escapar y por eso iba tan deprisa.

El inspector Rasbach asiente con la cabeza, como si le gustaran sus esfuerzos creativos.

Tom piensa, desesperado: «Es posible, ¿no?».

—¿Qué otras pruebas tienen? —pregunta Karen con atrevimiento.

—Ah —contesta el inspector Rasbach—, eso no puedo decírselo. —Recoge las fotografías, mira a su compañero y empieza a levantarse. Karen y Tom se ponen en pie. Rasbach saca una tarjeta de visita del bolsillo de la chaqueta y se la entrega a Karen. Ella la coge, la mira y la deja sobre la mesa baja de vidrio—. Gracias por su tiempo —se despide el inspector.

Los dos policías se marchan y Karen cierra la puerta detrás de ellos. Tom, lleno de pavor, se queda de pie junto al sofá, conmocionado. Karen vuelve a entrar en el salón y sus miradas se encuentran.

14

Rasbach reflexiona sobre la entrevista en el asiento del copiloto mientras Jennings conduce de vuelta a la comisaría. Karen Krupp oculta algo. Por fuera estaba admirablemente serena, pero por dentro era presa del pánico.

Rasbach cree que estaba allí, muy cerca de la escena del crimen, presuntamente sobre la hora del homicidio, aunque, a estas alturas, es una suposición bastante arriesgada, dado que la hora estimada de la muerte es inevitablemente amplia. Pero está convencido de que los dos sucesos ocurrieron al mismo tiempo. ¿Qué hacía ella allí?

El marido miente fatal, piensa Rasbach, recordando su actitud durante la entrevista. Está seguro de que los Krupp echan en falta un par de guantes de goma rosas.

Alguien tuvo que ver a Karen Krupp saliendo de casa esa noche. Necesitan saber si estaba sola. Rasbach decide volver esa misma tarde a Henry Park para hablar con los vecinos. Y también van a necesitar todos los registros telefónicos de los Krupp. Es posible que ella recibiera una llamada. Hay que investigar a fondo a Karen Krupp.

Se reclina en el asiento del copiloto, bastante satisfecho. El caso ha dado un giro interesante. Le encanta cuando pasa esto.

Tom, horrorizado, observa a su mujer con mirada acusadora. Acaba de mentir a la policía por ella. La mujer que ama. «¿Qué ha hecho?». Su corazón se retuerce de dolor.

—Tom —dice Karen y luego calla, porque no se le ocurre nada más que añadir. Como si fuera imposible darle una explicación.

Él se pregunta si de verdad no puede explicárselo o si está fingiendo. Al principio la creía, creía que no recordaba nada. Pero ahora ya no está tan seguro. Desde luego, parece que tiene algo que ocultar.

—¿Qué demonios está ocurriendo, Karen? —pregunta. Su voz suena fría, pero por dentro está deshecho.

—No lo sé —contesta ella con vehemencia. Sus ojos están llenos de lágrimas.

Es muy convincente. Él quiere que le persuada, pero no es capaz de creerla del todo.

—Me parece que sabes más de lo que estás contando —replica. Ella se queda inmóvil frente a él, con la espalda erguida, como retándole a que diga lo que piensa. Pero no puede. No puede acusarla de... asesinato.

«Por Dios, ¿qué ha hecho?».

—Has mentido a los inspectores —prosigue—. Sobre los guantes.

—Tú también —responde ella con tono cortante.

La respuesta le deja aturdido, como una bofetada en la cara. No sabe qué contestar. Entonces exclama, enfurecido:

—¡Lo he hecho para protegerte! ¡No sabía qué otra cosa hacer! ¡No sé qué demonios está pasando!

—¡Exacto! —grita Karen. Se acerca unos pasos, sin apartar los ojos de él. Están a un metro el uno del otro—. Eso es lo que quiero decir —continúa, con menos agresividad—. Yo tampoco sé qué está sucediendo. Mentí sobre los guantes porque no sabía qué otra cosa hacer..., igual que tú.

Tom la mira atontado. Finalmente dice:

—Lo recuerdes o no, probablemente eran tus guantes, y los dos lo sabemos. *En la escena de un crimen.* ¿Por qué estabas en la escena de un crimen, Karen? —Cuando ve que no contesta, prosigue, consternado por lo que está ocurriendo—: ¡Tienen pruebas de que estabas en la escena de ese terrible asesinato! —No da crédito a lo que está diciéndole a Karen, la mujer a la que ama. Se pasa la mano por el pelo en un gesto frenético—. Es evidente que el inspector cree que lo hiciste tú, que mataste a ese hombre. ¿Lo hiciste? ¿Le mataste?

—¡No lo sé! —exclama, con voz desesperada—. Eso es todo lo que puedo decir ahora mismo, Tom. Lo siento. Sé que no es suficiente. No sé qué pasó. Tienes que creerme.

Se queda mirándola furioso, sin saber qué pensar. Siente que la vida que conoce se le escapa.

Ella le mira fijamente a los ojos.

—¿De verdad crees que soy capaz de matar a alguien? ¿Crees que soy capaz de asesinar?

No. No puede imaginarla matando a nadie. La idea es... ridícula. Monstruosa. Y sin embargo...

—Va a por ti, Karen —asegura Tom, angustiado—. Ya has visto cómo es ese inspector. Va a indagar e indagar, y no parará hasta que llegue al fondo de todo esto. No importará que no recuerdes nada. No hará falta: la policía descubrirá qué ocurrió ¡y ellos nos lo contarán!

—Está gritando prácticamente. Trata de hacerle daño, porque está asustado, y también enfadado, y ya no puede confiar en ella.

Karen está aún más pálida ahora que cuando los inspectores se encontraban allí.

—Si no me crees tú, Tom... —Deja la frase ahí, suspendida en el aire, esperando a que él proteste, para decir que sí la cree. El silencio se prolonga, pero Tom no habla—. ¿Por qué no me crees? —pregunta por fin.

—Menuda pregunta —responde él con tono cortante.

—Es una pregunta legítima —insiste. Ahora ella también está enfadada—. ¿Alguna vez he hecho algo que te haga pensar ahora que podría matar a sangre fría? —Se acerca un poco más. Tom la observa sin decir nada—. ¡Me conoces! ¿Cómo puedes creer que soy capaz de asesinar? No sé más que tú sobre lo que ocurrió aquella noche. —Ahora su cara está muy cerca, justo debajo de la de Tom, que percibe levemente el perfume de su piel.

Sigue insistiendo.

—¿Qué hay de la inocencia hasta que se demuestre la culpabilidad? —Tiene la respiración acelerada y la cara pegada a la de él—. Tú no sabes qué pasó, así que ¿por qué no puedes creer que soy inocente? Dime, ¿es eso más descabellado? ¿Más demencial? ¿Más que la idea de que yo disparase a alguien y le dejara ahí muerto? —Ahora es ella la que grita.

Tom la mira con el corazón en un puño. En todo este tiempo desde que la conoce, desde que la quiere, nunca ha tenido la más mínima razón para dudar de ella, en ningún aspecto. Todo se reduce a esa noche. ¿Qué ocurrió realmente? ¿Acaso no se lo debe por toda esa absoluta confianza?

Niega con la cabeza y, con voz más grave, dice:

—La policía viene aquí, acusándote... Tú mientes delante de ellos... No sé, Karen. —Hace una pausa—. Te quiero. Pero estoy asustado.

—Lo sé —contesta ella—. Yo también lo estoy.

Ninguno de los dos dice nada durante un instante. Y, entonces, Karen añade:

—Tal vez sea el momento de volver a ver a Jack Calvin.

Esa misma tarde, Karen está sentada en silencio en el salón, ignorando la revista que tiene en el regazo. Mañana por la noche hará una semana del accidente. Una semana, y todavía no recuerda nada.

El día ha sido horrible. La policía —ese inspector despiadado— prácticamente la ha acusado de asesinato. Y Tom... Tom parece creer que tal vez lo hiciera.

Teme a la policía, a lo que puedan encontrar. Teme lo que el doctor Fulton pueda decirles.

Se da cuenta de que está apretando los dientes y trata de relajarse. Le duele la mandíbula.

Las fotografías... No puede quitarse esas espantosas imágenes de la cabeza. Piensa en Tom, que está arriba, en su despacho, enclaustrado con trabajo que se ha traído a casa. O tal vez solo esté fingiendo, como ella. ¿Estará sentado ante su escritorio mirando la pared, incapaz él también de quitarse de la mente las imágenes de ese hombre muerto? Probablemente. Parecía enfermo mientras contemplaba las fotos. Y, luego, no era capaz de mirarla a los ojos.

Karen dirige la mirada al ventanal y se asusta al ver a dos hombres trajeados en la puerta de una casa al otro lado de la calle. Aunque es casi de noche, reconoce a los dos inspectores. Una sensación de pavor la invade. Se mueve por la habitación, pegada a la pared. Se aproxima al ventanal y observa desde detrás de la cortina.

Están preguntando a los vecinos. Por supuesto.

15

Brigid contempla la calle. Está anocheciendo. Pasa mucho tiempo aquí, haciendo punto, observando lo que sucede al otro lado de su ventana.

Es muy diestra y creativa con el punto, incluso ha publicado alguno de sus diseños. Tiene un blog de punto del que está muy orgullosa, donde muestra algunas de sus creaciones, y cuenta con muchos seguidores. El eslogan que encabeza el blog dice: «¡El punto no es solo para las viejecitas!». Y también hay una foto suya. Brigid está muy contenta con la instantánea, se la hizo un fotógrafo profesional. Está muy atractiva en esa foto; es muy fotogénica.

Una vez intentó enseñar a Karen a hacer punto, pero era evidente que no le interesaba demasiado aprender. Y ella tampoco tiene paciencia para enseñar. Acabaron echándose unas risas y llegaron a la conclusión de que tal vez Karen no estaba hecha para tricotar. Pero a pesar de tener intereses distintos, Karen parecía disfrutar de su compañía. Es una lástima que no se enganchara al punto; tejer con alguien es una ocasión fantástica para hablar, y Karen no es una persona que se abra fácilmente.

Esta mañana, Brigid fue a su tienda favorita, Uno del derecho, dos del revés. Se le estaba acabando la preciosa lana morada de Shibui que compró la última vez. En cuanto atravesó la puerta y vio las coloridas madejas amontonadas junto a las paredes, apiladas prácticamente hasta el techo, se le levantó el ánimo. Cuánto color, cuánta textura. ¡Un sinfín de posibilidades! Se puso a recorrer alegremente la tienda, admirando, tocando y cogiendo madejas de distintos pesos y tonalidades hasta llenarse los brazos. Le apasiona darse atracones de lana.

Estaba acariciando una maravillosa lana de merino naranja cuando una mujer que le resultaba vagamente familiar se acercó a ella.

—¿Brigid? —dijo la mujer—. ¡Qué alegría verte! Quería decirte lo mucho que me gustó tu último post sobre cómo arreglar errores al tejer.

Brigid casi se sonrojó de gusto.

—Se me pasó aumentar un punto y ese truco con la aguja de ganchillo me vino de maravilla.

—Me alegro de que te fuera útil —contestó Brigid, sonriendo. Era agradable compartir su experiencia y que la valoraran. Hacía que el esfuerzo de escribir el blog mereciera la pena.

Sandra, la chica de la caja, también se alegró al verla.

—¡Brigid! Ya casi no te vemos nunca. Tienes que volver a nuestro club de punto.

Brigid miró instintivamente hacia las sillas dispuestas en círculo en la parte delantera de la tienda. Aún no estaba preparada para volver. No se veía capaz. Demasiadas mujeres tejiendo alegremente ropa de bebé —al menos tres de las habituales estaban embarazadas—. Y no paraban de hablar del tema. Temía que todo su dolor y desilusión la sobrepasaran; temía acabar diciendo algo desagradable. Ninguna lo entendería. Mejor mantenerse alejada.

—Pronto —mintió Brigid—. Últimamente estoy muy ocupada con el trabajo. —No le había dicho a nadie allí que lo dejó a causa de los tratamientos de fertilidad. No quería contarles que tenía problemas para quedarse embarazada. No necesitaba su compasión.

Cogió su bolsa rebosante de lana cara y salió de la tienda, otra vez con el ánimo por los suelos.

Ahora, observa a dos hombres trajeados que recorren la calle, llamando a las puertas. Se detienen en la casa de al lado. La suya será la siguiente.

Cuando oye el timbre, deja las agujas a un lado y va a abrir. Está sola en casa; Bob ha salido a un funeral, como de costumbre. Los dos hombres están en su puerta. El más alto, apuesto y con unos espectaculares ojos azules, saca una placa y se la enseña.

—Soy el inspector Rasbach y este es el inspector Jennings.

Brigid se pone tensa.

—¿Sí? —dice.

—Estamos llevando a cabo una investigación policial. ¿Por casualidad vio usted salir de casa a su vecina, Karen Krupp, la noche del 13 de agosto? Es la noche que tuvo el accidente.

—¿Perdone? —contesta, aunque le ha oído perfectamente.

—¿Vio a Karen Krupp salir de su casa la noche del 13 de agosto? Tuvo un accidente de coche esa noche.

—Sí, sé lo del accidente —responde Brigid—. Es amiga mía.

—¿La vio salir de casa esa noche? —insiste el inspector.

Brigid niega con la cabeza.

—No.

—¿Está segura? Vive justo enfrente. ¿No la vio salir?

—No, no la vi. Esa noche yo también estuve fuera hasta tarde. ¿Por qué? —Sus ojos van de un inspector a otro—. Es una pregunta extraña.

—Nos preguntábamos si iba sola.

—Lo siento, no tengo ni idea —contesta educadamente.

—Es posible que su marido sí estuviera en casa esa noche. ¿Está aquí ahora? —pregunta el inspector.

—No, no está. Sale casi todas las noches. Y creo que esa noche tampoco estaba.

El inspector le entrega una tarjeta de visita.

—Si resultara que su marido estaba en casa y vio algo, ¿le podría decir que nos llame, por favor?

Brigid se queda observando a los policías alejarse por el caminito de entrada e ir hacia la siguiente casa.

Ni Tom ni Karen pueden dormir, aunque ambos fingen hacerlo. Tom está tumbado de lado mirando hacia la pared, con el estómago revuelto. No para de recordar la escena con los inspectores en su salón de hace unas horas, una y otra vez. Se acuerda de la facilidad con la que su mujer les mintió acerca de los guantes. Sin embargo, él mintió fatal y todos se dieron cuenta.

Nota que Karen se mueve intranquila al otro lado de la cama; finalmente se levanta con sigilo y sale despacio de la habitación. Ya se ha acostumbrado a que se levante en plena noche. Hoy es un alivio. Oye cómo cierra la puerta del dormitorio con suavidad, se gira y se queda tumbado boca arriba, con los ojos abiertos de par en par.

Esta tarde ha visto desde la ventana del despacho a los inspectores recorriendo la calle de abajo arriba. Seguro que Karen también se ha dado cuenta. Pero ninguno se lo ha comentado al otro.

Le entran náuseas cuando piensa que la policía la está investigando, se odia por dudar de ella. Ahora la vigila constantemente, se hace preguntas sobre ella, sobre lo que ha hecho.

Y no puede evitar preocuparse: «¿Qué encontrará la policía?».

16

De camino a su oficina, Tom acerca a Karen al despacho de Jack Calvin. Por suerte, Calvin ha conseguido hacerle un hueco. Tom tiene una reunión importante a la que debe asistir y no puede quedarse. O eso dice. Karen se pregunta si tal vez no se siente capaz de lidiar con todo esto, o no quiere. O tal vez piense que será más franca con el abogado si él no está presente. Pero no va a contarle nada más de lo que le ha dicho a su marido. Solo quiere saber qué debe hacer.

Tom se inclina hacia Karen y le da un beso en la mejilla antes de que se baje del coche, pero evita que sus miradas se encuentren. Ella le dice que cogerá un taxi para volver a casa. Se queda en el aparcamiento unos segundos, mirando a su marido alejarse. Luego da media vuelta y empieza a caminar hacia el edificio. Una vez dentro, duda por un momento delante de los ascensores, pero al final aprieta el botón. Cuando llega al despacho del abogado, se traga el miedo, abre la puerta y entra.

Esta vez tiene que esperar más tiempo y los nervios empiezan a ganarle la partida. Cuando por fin la hacen pasar a ver a Calvin, nota la tensión en los hombros y el cuello.

—¡Ha vuelto! —exclama alegremente el abogado—. Qué pronto. ¿Significa esto que ha recordado algo? —pregunta sonriendo.

Ella no le devuelve la sonrisa. Toma asiento.

—¿En qué la puedo ayudar? —dice Calvin, yendo al grano.

—Aún no recuerdo nada de esa noche —contesta Karen. Imagina lo que debe de pensar. Probablemente crea que ha venido a decirle algo que no contaría delante de su marido, alguna sórdida aventura que ha tenido en los barrios bajos de la ciudad. Va a tener que decepcionarle—. Tom tiene una reunión a la que no puede faltar esta mañana —añade.

Calvin asiente con la cabeza educadamente.

—Todo lo que le diga está protegido por el secreto profesional entre abogado y cliente, ¿verdad? —pregunta Karen, mirándole a los ojos.

—Sí.

Karen traga saliva y añade:

—La policía vino a verme ayer.

—De acuerdo.

—Yo creí que era por el accidente.

—¿Y no lo era?

—No. —Hace una pausa—. Están investigando un homicidio.

El abogado arquea las cejas, sus ojos se agudizan más. Saca un cuaderno de notas nuevo de papel amarillo del cajón de su mesa, coge un bolígrafo de aspecto caro del protector del escritorio y dice con tono sereno:

—Más vale que me lo cuente todo.

—Fue horrible. —La última palabra se le atraganta. Siente náuseas recordando las fotografías del cadáver. Nota cómo le tiemblan las manos sobre el regazo y las aprieta con fuerza—. Nos enseñaron fotos, del cadáver. —Le habla rápidamente sobre la visita de los inspectores—. No reconocí al muerto —concluye. Se queda mirando atentamente al abogado, con la esperanza de que sea capaz de salvarla de algún modo.

—Conducía usted por encima del límite de velocidad y se saltó varios semáforos cerca del lugar donde ocurrió un homicidio, posiblemente hacia la misma hora —resume Calvin—. Puedo entender que quieran hablar con usted. —Se inclina hacia delante y su silla cruje con el movimiento—. Pero ¿hay algo más que la vincule con ese crimen? Porque, a no ser que haya otra cosa, no tiene por qué preocuparse. Es una zona peligrosa, no tiene nada que ver con usted. ¿No?

Karen vuelve a tragar saliva. Le mira, se templa y le cuenta el resto.

—Encontraron unos guantes.

Él la observa con mirada penetrante, esperando.

—Siga —la anima.

Ella respira hondo y prosigue:

—Encontraron unos guantes de goma en un aparcamiento cerca del lugar del homicidio. —Vacila y luego añade—: Estoy bastante segura de que son míos.

El abogado se queda mirándola.

—Nuestros guantes de goma han desaparecido. —Hace una pausa—. No sé qué ha sido de ellos, son bastante especiales, rosas, con un estampado de flores en la parte de arriba.

—¿Les dijo que no encontraba los guantes? —pregunta Calvin.

Por su tono, Karen se da cuenta de lo increíblemente estúpido que le parecería haberlo hecho.

—No soy tan tonta —contesta con aspereza.

—Bien. Eso está bien —comenta el abogado, claramente aliviado.

—Tom mintió por mí —añade Karen. Siente cómo va desapareciendo su máscara de compostura—. Les dijo que no echábamos en falta ningún guante de goma. Pero ellos notaron que no era verdad.

—Norma número uno —señala el abogado—. No mientas a la policía. No digas nada. Lo mejor es llamarme.

—Dijeron que no necesitan demostrar que esos guantes eran míos —replica Karen—. Porque según parece mi coche les pasó por encima en el aparcamiento, tienen pruebas de huellas de neumático, así que pueden situarme, o al menos pueden situar mi coche, cerca de la escena del crimen. Tienen pruebas.

Calvin la observa con gesto serio.

—¿Quién es el inspector de este caso, el que llegó a esa conclusión?

—Se llama inspector Rasbach —contesta Karen.

—Rasbach —repite Calvin, pensativo.

—No sé qué hacer —dice Karen en voz baja—. Anoche los dos inspectores recorrieron toda mi calle, hablando con mis vecinos.

El abogado se inclina hacia delante y clava sus ojos fijamente en los de ella.

—No haga nada. No hable con ellos. Si quieren hablar con usted, llámeme. —Coge otra de sus tarjetas de visita, le da la vuelta y escribe un número en el dorso—. Si no me localiza en los otros números, llámeme a este. En este siempre podrá encontrarme.

Karen coge la tarjeta, agradecida.

—¿Cree que tienen suficiente como para presentar cargos contra mí? —pregunta angustiada.

—Por lo que me ha contado, no. Usted estuvo en un aparcamiento cercano al lugar donde se produjo un homicidio, posiblemente alrededor de la hora de este. Conducía rápido y tuvo un accidente. Es posible que viera algo. Nada más. La pregunta es: ¿qué más pueden encontrar?

—No lo sé —contesta nerviosamente—. Aún no recuerdo nada de aquella noche.

Calvin dedica un minuto a tomar notas. Finalmente alza la vista y dice:

—Odio tener que mencionar esto, pero voy a necesitar un anticipo mayor, por si acaso.

«Por si acaso». Por si la acusan de homicidio, piensa Karen. Empieza a rebuscar torpemente en su bolso para encontrar la chequera.

—Hay algo que tengo que preguntarle —añade Calvin con tono suave—. ¿Qué razón podría haber para que llevara un par de guantes de goma encima?

Ella evita deliberadamente su mirada, buscando la chequera en el bolso.

—No tengo ni idea.

17

Rasbach revisa el expediente de Karen Krupp. Aparte del reciente accidente por exceso de velocidad, es una ciudadana ejemplar. Ni una sola infracción en su historial de tráfico. Ni siquiera una multa de aparcamiento. Un pasado laboral bastante sólido: empleada temporal y desde hace dos años trabaja en la Funeraria Cruikshank a tiempo parcial llevando la contabilidad. Está al día con los impuestos. No tiene antecedentes penales. Una buena y tranquila ama de casa de barrio residencial del estado de Nueva York.

Pero entonces indaga un poco más. Sabe que su nombre de soltera es Karen Fairfield, y también su fecha y lugar de nacimiento: Milwaukee, Wisconsin. Empieza con varias búsquedas básicas.

Sin embargo, no encuentra mucha información sobre Karen Fairfield de Wisconsin: no hay datos de su graduación, ni siquiera de que asistiera al colegio ni al instituto. Tiene certificado de nacimiento y número de la seguridad social. El carné de conducir es de Nueva York. Aparte de eso, hasta hace un par de años, no hay nada sobre Karen Fairfield con la fecha de nacimiento que le han dado. Es como si hubiera surgido, perfectamente formada, a los treinta años, cuando se trasladó a Nueva York.

Rasbach se reclina en su silla. Ya ha visto casos como este. No es tan extraño como creería una persona corriente. La gente «desaparece» constantemente y empieza una nueva vida en otro lugar, con una identidad distinta. Es evidente que Karen Fairfield es una invención. Una transición a una nueva vida. La esposa de Tom Krupp no es quien dice ser.

Entonces, ¿quién es?

Lo va a averiguar; solo es cuestión de tiempo. Se acerca a la mesa de Jennings para contarle lo que ha encontrado. Jennings suelta un silbido suave.

—Yo también tengo algo —dice—. Recibió una llamada. —Le enseña una hoja con el registro de llamadas entrantes y salientes de los Krupp.

Rasbach coge la hoja y estudia atentamente la información.

—Recibió una llamada a las 20:17 del 13 de agosto, la noche del accidente —comenta, alzando la vista hacia Jennings.

—De un móvil imposible de rastrear —explica Jennings—. Un teléfono de prepago —añade, claramente frustrado—. No sabemos quién la llamó, ni desde dónde.

—Nadie utiliza un teléfono de prepago sin un buen motivo —señala Rasbach, apretando los labios—. ¿En qué demonios andaba metida nuestra amita de casa? —murmura. No le sorprende que recibiera una llamada justo antes de salir corriendo de su hogar aquella noche. Lo esperaba. Porque ayer encontraron dos testigos que la vieron irse. Una es una madre de tres hijos que vive en la casa situada en diagonal frente a la de los Krupp, y vio a Karen Krupp bajar corriendo los escalones del porche y meterse en su coche, visiblemente apresurada. Dijo que estaba sola. Otra vecina de la calle recordaba haberla visto, porque le pareció que conducía demasiado deprisa pese a que había niños jugando cerca. Ella también estaba segura de que Karen iba sola en el coche.

—Recibe una llamada a las 20:17 —resume Rasbach, con una agitación que le resulta familiar—, sale corriendo de casa cuando estaba preparando la cena, no cierra con llave, no se lleva su bolso ni su móvil...

—La llamada fue al fijo, no al móvil —observa Jennings—. Esa noche su marido llegó más tarde de lo habitual a casa. Podría haber sido para cualquiera de los dos. Es posible que los dos estén involucrados.

Rasbach asiente con la cabeza pensativo.

—Más vale que echemos un buen vistazo también a Tom Krupp.

Karen Krupp sale del edificio del abogado a plena luz del sol. Ahora que está sola otra vez, y no tiene que fingir ante su marido ni el abogado, lo que siente es puro pánico. Acaba de entregar al abogado un anticipo enorme, «por si acaso la acusan de homicidio».

Está aterrada. ¿Qué debería hacer? Su instinto le dice que huya.

Sabe cómo desaparecer.

Pero esta vez es distinto. No quiere dejar a Tom. Le quiere. Incluso aunque ya no esté segura de lo que él siente por ella.

Tom está de vuelta en su despacho, después de una reunión matutina insoportable. Cierra la puerta y se sienta en la silla de su escritorio. No logra concentrarse en el trabajo; se está retrasando con todo. Agradece tener un despacho con puerta para poder cerrar y que no haya paredes de vidrio, de lo contrario todo el mundo vería lo poco que está trabajando y cuánto tiempo pasa recorriendo su oficina y mirando por la ventana.

A los pocos segundos, su móvil vibra. Lo coge rápidamente y mira la pantalla. Brigid. Mierda. ¿Por qué demonios le llama?

—Brigid. ¿Qué hay?

—¿Es buen momento?

Entonces no es una emergencia, piensa Tom. Empieza a relajarse.

—Como cualquier otro. ¿De qué se trata?

—Tengo que contarte una cosa —dice Brigid.

Algo en su voz le advierte de que no le va a gustar. Se vuelve a tensar inmediatamente.

—¿Qué?

—Quería habértelo contado antes —continúa Brigid—, pero el accidente de Karen ha apartado un poco todo lo demás de mi mente.

Tom desearía que fuera al grano.

—La policía vino a casa anoche, haciendo preguntas.

Tom nota el sudor que empieza a brotar de su piel. Cierra los ojos. No quiere oír lo que Brigid va a decirle, sea lo que sea. Quiere colgar.

—No se lo conté a los inspectores —prosigue ella—, pero creo que deberías saberlo. El día que Karen tuvo el accidente, hubo un desconocido rondando vuestra casa.

—¿Rondando? ¿Qué quieres decir? —pregunta Tom bruscamente.

—Estuvo mirando por vuestras ventanas y husmeando en la parte de atrás. Yo estaba arrancando las malas hierbas en mi césped delantero y le observé. Estuve a punto de llamar a la policía, pero entonces se acercó a hablar conmigo y me dijo que era un viejo amigo.

—¿Mío? —A Tom no se le ocurre quién pudo ser.

—No. De Karen.

Tom siente el miedo acumulándose. Nota el pulso en las orejas.

—¿Te dio su nombre?

—No. Simplemente dijo que la conocía de otra vida —responde Brigid, subrayando las tres últimas palabras.

Tom no dice nada, espantado.

—Tom, no quiero asustarte, y sabes lo buenas amigas que somos Karen y yo —continúa Brigid con voz de preocupación—, pero es un comentario un poco raro, ¿no crees?

«De otra vida».

—¿Qué aspecto tenía? —logra preguntar Tom.

—Yo diría que de altura y constitución normales. Era atractivo, de pelo oscuro. Bien vestido.

Tras una pausa, Brigid prosigue:

—Mira, siempre me ha parecido extraño que Karen nunca contara mucho de su pasado. Al menos, a mí no. Tal vez te lo cuente a ti... —Cuando Tom sigue callado, añade cautelosamente—: Odio sugerirlo, porque sé lo que estás pasando con el accidente y todo, pero...

—Pero ¿qué? —replica Tom con brusquedad.

—¿Y si hay algo en su pasado que nos está ocultando?

Tom quiere colgar, pero es incapaz de moverse.

—¿Qué demonios quieres decir?

—Puede que te parezca una locura, pero hace poco vi un programa en televisión sobre personas que huyen de su pasado. Desaparecen y adoptan una identidad nueva. Es posible..., es posible que eso sea lo que hizo ella.

—Eso es ridículo —protesta Tom.

—¿Lo es? —replica Brigid—. Al parecer, la gente lo hace constantemente. Hay personas en internet que ayudan a cualquiera a hacerlo, gratis.

Tom agarra con fuerza el teléfono y escucha cada vez más asustado.

—Se hacen con una identidad nueva, desaparecen, se mudan a otro lugar, empiezan de nuevo. Cambian de imagen. Se convierten en ciudadanos perfectos. No quieren que les pare la policía, quieren pasar desapercibidos.

Tom recuerda, con un terror naciente, lo respetuosa que Karen es con la ley, o lo era, hasta la noche del accidente. ¿Y si Brigid tiene razón y su mujer está utilizando una identidad falsa? ¿Por qué haría algo así?

—¿Tom? Perdona, quizá no debería haber dicho nada. ¡Es culpa de ese maldito programa de televisión! Simplemente se me pasó por la cabeza, cuando ese hombre me preguntó por ella...

Él creía que, después de lo ocurrido la última semana, ya nada podía descolocarle, pero esto, pero esto..., la sugerencia de que su mujer podría ser otra persona. Es más de lo que puede soportar.

—Brigid, tengo que dejarte —se despide bruscamente. Se levanta de la silla y empieza a caminar por el despacho, intentando procesar esta nueva y terrible posibilidad. Un hombre de pelo oscuro estuvo en su casa el día del accidente, un hombre que dijo que conocía a Karen «de otra vida». ¿Y si Brigid tuviera razón y Karen no es quien dice ser? La policía lo averiguará. Y esa espantosa fotografía... El hombre muerto tenía el pelo oscuro. Tom siente náuseas al recordarlo.

Tal vez solo esté paranoico.

O tal vez es que está empezando a ver las cosas como en realidad son.

18

Cuando Tom llega a casa esa tarde, lleva dentro de sí un cargamento de sentimientos negativos hirviendo: rabia, desconfianza, miedo, desolación. Sabe que Karen nota que algo ha cambiado. Pero no piensa hablarle de la llamada de Brigid.

—¿Qué pasa? —pregunta ella por fin, después de toda la cena prácticamente en silencio.

—Es una pregunta bastante absurda, dadas las circunstancias —contesta Tom fríamente—. Es posible que no me guste vivir temiendo que la policía aparezca en la puerta de mi casa para detener a mi mujer. —No quería decirlo. Se le ha escapado. Ve cómo Karen palidece. Quiere gritarle que todo es culpa suya. Pero lo que hace es apartar la mirada.

—No me has preguntado por la reunión de esta mañana con el abogado —dice Karen, con la misma frialdad.

Tom no se ha olvidado, simplemente prefiere no saberlo.

—¿Qué tal ha ido? —pregunta, temiendo lo que pueda decir.

—Le he tenido que pagar un anticipo mayor.

Tom suelta una carcajada.

—¿Por qué no me sorprende?

—¿Preferirías que no le hubiese pagado? —responde ella con acritud.

Cómo se ha deteriorado su matrimonio en solo una semana, piensa Tom. Antes no lo hubiera creído. Ahora mismo le gustaría arrinconar a Karen contra una pared y gritarle que deje de mentir y le diga la verdad. Pero no lo hace. Lo que hace es apartar la mirada y salir de la habitación.

No puede quitarse la sensación de que ella sabe lo que ocurrió aquella noche. No puede creer lo dolido y manipulado que se siente.

Y, sin embargo, sigue enamorado de ella. Todo esto sería mucho más fácil si no lo estuviese.

Brigid está sentada sola a oscuras, con las agujas de tejer inertes sobre el regazo. Ni siquiera se ha molestado en encender las luces. Esta noche Bob está en una «visita». Así es el negocio de las funerarias, un constante eufemismo. Conoce a otras mujeres que acompañan a sus maridos a eventos profesionales: se compran un vestido nuevo, zapatos nuevos... Pero son cenas y fiestas, cosas así. No visitas a familias en duelo, con un ataúd abierto en un extremo de la sala y el apabullante aroma de las flores distribuidas por todos los rincones. No, gracias.

Ha empezado a aborrecer las flores, especialmente los «arreglos florales». Sobre todo los «arreglos funerarios». Antes le gustaba que su marido le regalara flores por su aniversario, pero después de unos años le dijo que no se molestara. Fue porque empezó a sospechar que Bob reciclaba flores de la funeraria. No llegó a acusarle de ello y tampoco lo sabía con certeza. Pero parecía el tipo de cosa que él haría. Es un poco tacaño con los pequeños detalles. Eso sí, no puso pegas por el coste de los tratamientos de fertilidad.

Lo que le habría encantado es que Bob se la hubiese llevado de viaje unos días —a Venecia, a París, a algún sitio lleno de vida— lejos del negocio funerario, o lo que fuera que le mantenía tan ocupado. Pero siempre insistía en que no podía ausentarse tanto tiempo. Así que ahora, una vez al año, le compra un par de pendientes sin gracia que ella no tiene ocasión de lucir.

Tampoco es que no puedan permitirse viajar. La Funeraria Cruikshank se ha expandido, y ahora tienen otros tres tanatorios en la parte norte del estado de Nueva York y Bob está más ocupado que nunca.

Sin embargo, ella no. Podría haber trabajado haciendo algo para Bob, pero, cuando él se lo propuso, su contestación fue que preferiría clavarse alfileres en los ojos. Y Bob se ofendió.

Los arduos tratamientos de fertilidad por los que dejó su puesto de directiva no han funcionado y ahora, más allá de su blog de punto, sus días están bastante vacíos. Tiene sus esperanzas puestas en la adopción. Le preocupa que el sector profesional en el que trabaja Bob no ayude a su solicitud, pero tampoco es que vivan en una funeraria. Son una pareja normal, con un hogar normal. El negocio es un asunto completamente aparte. Ni siquiera hablan mucho de él. Bob sabe que ella odia tratar el tema. Lo que de verdad le molesta es que, cuando se casaron, él vendía seguros, lo cual era completamente respetable. Pero era un hombre emprendedor y la oportunidad se presentó. Es rentable y Brigid no puede negarlo. Simplemente desearía que Bob tuviera éxito en otra cosa.

Mira fijamente hacia el otro lado de la calle, al número 24, la casa de Karen y Tom. Se pregunta qué estará pensando Tom después de la llamada de antes. ¿Creerá, como ella, que Karen oculta algo de su pasado? Siempre le ha intrigado que Karen fuese tan reservada con ella, teniendo en cuenta que ella misma dice que Brigid es su mejor amiga. Sus esfuerzos para lograr que se abra más siempre han fracasado.

Y Tom... Cada noche, ve la luz de su despacho en el piso de arriba de la fachada. Trabaja demasiado, igual que Bob, pero al menos cuando trabaja de noche lo hace en casa. Esas noches Karen no se queda sola en casa como ella.

Tal vez debería llevarles una bandeja de *brownies*. Precisamente esta misma tarde ha preparado una hornada. No quiere comérselos sola. Y no es tan tarde. Resuelta a hacerlo, corre al piso de arriba para cambiarse.

Se cepilla la melena castaña, que le llega a la altura de los hombros, se peina con la raya en medio, se pinta los labios de rojo y se mira al espejo satisfecha. Ensaya su sonrisa más encantadora —la que hace que se le iluminen los ojos— y coge los *brownies* de la cocina.

19

Karen está en la cocina cuando suena el timbre de la puerta. Se queda paralizada. El timbre vuelve a sonar, pero ella sigue sin moverse. Oye a Tom en el piso de arriba. Probablemente se estará preguntando por qué no abre ella.

Cuando suena por tercera vez, sale a regañadientes de la cocina para abrir. Su mirada se cruza con la de Tom, que está bajando las escaleras. Tom se detiene a la mitad. Karen percibe la intranquilidad que desprende. Ella también está intranquila al abrir la puerta.

Es el inspector Rasbach, con su compañero, el otro inspector cuyo nombre no recuerda. Se le ha secado la boca. Intenta mantener la calma. Se dice a sí misma que tiene un abogado. Recuerda su tarjeta, la lleva en la cartera. Si lo necesita, puede localizarle.

Le gustaría darle con la puerta en las narices al inspector.

—¿Podemos pasar, señora Krupp? —pregunta educadamente Rasbach. Ve cómo Karen lanza una mirada hacia su marido, que sigue quieto como un centinela en las escaleras.

Karen se lo piensa. Solo tiene uno o dos segundos para tomar la decisión adecuada. Calvin le ha dicho que no hable con la policía. Pero teme que, si no los deja entrar, vuelvan con una orden de detención. Oye a Tom bajar el resto de las escaleras y acercarse a su espalda.

—¿Qué quieren? —pregunta Tom al inspector, con una pizca de agresividad.

—Preferiría no hacer esto en la puerta de su casa —contesta Rasbach con tono agradable.

Karen abre la puerta y deja pasar a los dos policías a la casa, evitando la mirada de Tom.

Acaban en el salón, igual que la vez anterior.

—Por favor, siéntense —dice Karen. Lanza ahora una mirada a Tom y se asusta al ver lo que lleva escrito en la cara. Él no sabe disimular. Y ahora mismo parece como si esperase que el mundo fuera a acabar.

Hay un silencio elocuente antes de que nadie hable. Rasbach se toma su tiempo. Karen no puede dejar que esto la altere. Espera a que hable él.

Por fin, Rasbach comienza.

—¿Recuerda algo más de la noche de su accidente? —le pregunta.

—No —contesta educadamente. Tras una pausa, añade—: Al parecer no es raro en este tipo de casos.

—Y entonces piensa que tal vez no debería haberlo dicho. Suena como si lo hubiese leído en un libro.

—Entiendo —dice el inspector con suavidad—. Por curiosidad, ¿puedo preguntarle qué está haciendo para recuperar la memoria?

—¿Perdone? —contesta Karen ante la inesperada pregunta. Cambia de postura en el asiento.

—Daba por supuesto que si no se acuerda de lo que ocurrió esa noche estaría tratando de hacer algo para remediarlo —explica Rasbach.

—¿Como qué? —replica Karen, cruzándose de brazos—. No puedo tomarme una pastilla y recuperar la memoria así, sin más.

—¿Ha ido a ver a algún especialista?

—No.

—¿Por qué no?

—Porque no creo que ayude. Mi memoria volverá a su debido tiempo.

—Eso es lo que usted cree.

—Es lo que me aseguró el médico. —Sabe que parece que está a la defensiva. Respira hondo, silenciosamente.

La verdad es que no se ha atrevido a ir a ver a un especialista, como un hipnoterapeuta, porque no puede arriesgarse a que nadie oiga lo que pudo suceder esa noche. Tiene que averiguarlo por sí sola.

Rasbach cambia de estrategia.

—Sabemos que salió de casa sola la noche del accidente. Tenemos testigos que la vieron abandonar la vivienda.

—Vale —responde Karen. Nota la penetrante mirada de Tom sobre ella.

—También sabemos que esa noche recibió una llamada. A las 20:17.

—Ah, ¿sí? —dice ella.

—Sí, así fue. Al teléfono fijo. Hemos revisado el registro de llamadas entrantes y salientes —responde Rasbach.

—¿Tienen autorización para hacer eso? —pregunta Tom.

—Sí, la tenemos —contesta Rasbach—. De lo contrario no lo habríamos hecho. Pedimos una orden judicial. —Vuelve a mirar a Karen—. ¿Quién cree que pudo llamarla a esa hora?

—No tengo ni idea —replica.

—Ni idea —repite Rasbach.

Tom explota, como si no pudiera contener más la tensión.

—Está claro que ustedes saben quién la llamó, así que ¿por qué no se dejan de juegos y nos lo dicen?

Rasbach mira al marido.

—En realidad no sabemos quién llamó —responde—. La llamada se hizo desde un móvil de prepago. No podemos rastrear ese tipo de llamadas. —De nuevo centra su atención en ella y se inclina hacia delante en la silla, de forma un poco amenazadora, piensa Karen—. Pero imagino que usted eso ya lo sabe.

Karen nota la mirada de los inspectores y su marido sobre ella al recibir este nuevo dato. El corazón le late al galope.

—Es poco habitual —continúa Rasbach—, ¿no le parece?

Ella piensa en la tarjeta de visita que lleva en la cartera. Ha sido un error dejarlos entrar.

—Curioso que la llamada fuera al teléfono fijo y no a su móvil —añade el inspector.

Karen se queda mirándole, sin articular palabra. ¿Qué podría decir?

—Es posible que la llamada no fuera para usted —concluye Rasbach.

Esto último la coge desprevenida.

Rasbach se vuelve hacia Tom, que parece tan confundido por la sugerencia como su mujer.

—¿Qué quiere decir? —pregunta Tom.

—Que tal vez la llamada fuera para usted, pero la cogiera ella —contesta Rasbach.

—¿Cómo? —exclama Tom, visiblemente sorprendido.

—La llamada entró a las 20:17 horas. ¿No suele estar ya en casa a esa hora? —pregunta el inspector.

Karen observa a Rasbach, aliviada por que haya desviado su atención de ella y sobre quién la llamó desde el móvil de prepago, aunque sea por un instante. Que pierdan el tiempo con Tom, piensa; no encontrarán nada. Empieza a notar que se está relajando. Es evidente que en realidad no saben nada. Están dando palos de ciego. No tardarán en irse y lo harán sin saber nada más que cuando llegaron.

—Sí, normalmente llego a casa a las ocho o antes. Pero últimamente he tenido mucho trabajo —explica

Tom a la defensiva. El inspector espera—. ¿Qué pasa? ¿Cree que alguien me llamó *a mí* desde un móvil que no se puede rastrear?

—Cabe la posibilidad —contesta Rasbach.

—¡Eso es ridículo! —protesta Tom. Cuando ve que Rasbach permanece callado, observándole con sus penetrantes ojos azules, añade—: ¿Cree que alguien me llamó *a mí* desde un móvil irrastreable, que mi mujer respondió al teléfono y que salió corriendo de la casa? ¿Por qué iba a hacer eso?

Karen observa a Tom y a Rasbach, sorprendida por lo que está viendo.

—Exacto, ¿por qué? —pregunta Rasbach y se queda esperando en silencio.

Tom pierde la paciencia.

—Inspectores, me temo que están desperdiciando su tiempo. Por no hablar del nuestro. Tal vez deberían irse.

—¿Tiene algo que ocultar, señor Krupp? —insiste Rasbach, como si ya supiera la respuesta.

Karen clava su mirada atónita en el rostro de su marido.

Brigid se queda dudando a la puerta de su casa, con los *brownies* en la mano, cuando ve el coche en la calle frente a la casa de los Krupp. Conoce ese vehículo. Los dos policías han vuelto.

Se muere por saber lo que está pasando.

Decide ir por la parte de atrás y dejar los *brownies* junto a la puerta trasera. No quiere molestar a nadie. La noche es calurosa y, tal y como esperaba, las puertas correderas de vidrio están abiertas para que entre la brisa. Solo está cerrada la mosquitera. Si se queda muy quieta, en la oscuridad, tal vez sea capaz de oír lo que dicen en el salón, sobre todo si abre la puerta con cuidado y deja los *brownies* en la mesa de la cocina...

20

Tom siente un rubor ardiente y desagradable subiéndole por el cuello hasta la cara. Está furioso con el inspector por irrumpir en su casa con un montón de acusaciones maliciosas. No tiene por qué aguantarlo.

—No, inspector —responde—, no tengo nada que ocultar.

—Si usted lo dice —contesta Rasbach después de un instante.

—¿Por qué sugiere siquiera algo así? —pregunta Tom, e inmediatamente desearía no haberlo hecho.

Rasbach le observa con atención.

—Porque hemos estado analizando la cronología de la noche del siniestro. Su esposa tuvo el accidente alrededor de las 20:45, cerca de la escena del crimen.

Usted dijo al operador del 911 que volvió a casa del trabajo hacia las 21:20 y encontró que su mujer se había ido, las puertas estaban abiertas y las luces encendidas.

—Sí —confirma Tom.

Rasbach hace una pausa y continúa:

—Hablamos con el personal de seguridad de su oficina y nos dijeron que salió a las 20:20. Solo se tarda quince minutos desde su empresa a esta casa. Así que ¿dónde estuvo durante ese intervalo de tiempo? Es una hora bastante crítica en esta investigación, de las 20:20 a las 21:20 aproximadamente.

De pronto, Tom se siente aturdido. Karen le mira, claramente conmocionada, y él aparta los ojos. Está sudando, puede notar la humedad manchando su camisa bajo las axilas.

—En realidad —añade Rasbach—, solo sabemos que estaba en casa a las 21:20 porque usted lo dice. No empezó a llamar a los amigos de su esposa hasta —mira sus notas— las 21:40, si no me equivoco. Y llamó al 911 poco después. —Se queda esperando, pero Tom no dice nada—. Así que ¿dónde estaba?

—Estaba... dando vueltas con el coche —contesta Tom, titubeando.

—Estuvo dando vueltas, durante tres cuartos de hora —dice Rasbach, con una mirada fría como el acero—. ¿Por qué?

Tom quiere tirársele al cuello. En vez de ello, respira hondo e intenta recobrar la calma.

—Necesitaba pensar, aclarar la mente. Había tenido un mal día.

—¿No quería llegar a casa y ver a su esposa?

Tom mira al inspector, preguntándose qué sabe, y en ese momento le odia profundamente. Su suavidad, su compostura, su astuta insinuación.

—Sí, claro que quería —contesta bruscamente—. Pero... conducir me ayuda a despejarme. Me relaja. Tengo un trabajo muy estresante. —Suena poco convincente, incluso para él. Ve cómo Rasbach arquea las cejas. Es algo que hace por puro efectismo, y Tom le desprecia por ello.

—¿Paró en algún sitio? ¿Le vio alguien?

Tom empieza a negar con la cabeza, pero vacila y dice:

—Paré unos minutos para sentarme en una de las mesas de pícnic que hay junto al río. Para tomar un poco el aire. No creo que nadie me viera.

—¿Recuerda dónde fue exactamente?

Trata de pensar.

—Cerca del pie del Branscombe, creo, por el aparcamiento que hay allí. —No se atreve a mirar a Karen.

Rasbach lo anota, le lanza una última mirada penetrante y se levanta, mientras guarda su cuaderno.

«Por fin se van», piensa Tom. Ya han hecho bastante daño por una noche.

Karen acompaña a los policías hasta la puerta; Tom se queda sentado en el salón, mirando al suelo, preparándose para hacer frente a su mujer.

Karen sabe que a Tom no le gusta conducir. No le relaja; si acaso, le estresa. Siente como si el suelo se moviera bajo sus pies. Tiene que preguntárselo.

—Entonces, ¿por qué estuviste una hora dando vueltas esa noche?

—¿Y por qué te estampaste tú contra un poste? —contesta él inmediatamente.

Karen se queda boquiabierta.

—Voy a salir —dice Tom abruptamente.

Ella le ve marchar. Se encoge al oír el portazo.

«¿Qué estaba haciendo esa noche?». El inspector no es tonto. ¿Es posible que Tom le esté mintiendo? ¿Que le esté ocultando algo *a ella*?

Va a la cocina intranquila a buscar un poco de agua fría cuando de repente ve una bandeja de *brownies* sobre la mesa. Se queda clavada en el sitio. Reconoce la bandeja. Es de Brigid. Ha estado allí, le ha traído sus famosos *brownies*. No estaban allí antes de que llegaran los policías. Debe de haberlos dejado sobre la mesa de la cocina mientras estaban hablando Tom y ella en el salón. Siente un escalofrío. ¿Es posible que haya oído algo?

Detesta cómo se está descontrolando todo. Cierra los ojos, respira hondo e intenta relajarse.

Mañana llamará a Brigid para darle las gracias por los *brownies*. En ella puede confiar. Hablarán y le preguntará cuánto ha oído.

Karen llena su vaso de agua de la nevera y se lleva la bandeja de *brownies* al salón para esperar a Tom. «¿Qué está escondiendo?». Tom siempre ha sido un libro abierto. No puede creer que le esté ocultando algo. ¿Dónde pudo haber estado durante esa hora y por qué no se lo quiere contar?

Tom se mete en el coche y va a un bar del barrio, la clase de lugar al que acuden los equipos locales a tomar una cerveza después de un partido amistoso de béisbol. Necesita recuperar la calma. Se sienta en un reservado libre, pide una cerveza y se encorva sobre ella; no quiere hablar con nadie.

Se ha metido en un buen lío. De hecho, cuanto más lo piensa, más complicado le parece. No quería contar a los policías lo que estaba haciendo aquella noche, no delante de Karen. Porque sabe lo que va a parecer. Ahora saldrá todo a la luz.

Esa noche había quedado con Brigid a las ocho y media, en su sitio de siempre junto al río, ese rincón tranquilo entre la ciudad y las afueras, donde apenas hay gente en el sendero de la orilla y los árboles ofrecen un poco de intimidad. Allí era donde se encontraban a veces, cuando tuvieron su breve, complicada y equivocada aventura.

Ese día, el del accidente, Brigid le llamó a su oficina y le pidió que se vieran; no quiso decirle por qué. Pero al final le dio plantón. Estuvo esperando más de media hora en la oscuridad, pero ella no apareció.

Aún no sabe por qué quería verle Brigid aquella noche. Cuando la llamó para ver si tenía alguna idea de dónde estaba Karen, le preguntó qué era lo que quería y por qué le había dado plantón, pero fue una conversación tensa y ella le restó importancia, diciendo que su hermana había tenido una crisis y que eso podía esperar. En cualquier caso, estaba más preocupado por encontrar a Karen.

Sabe que debería haberle contado a su mujer lo suyo con Brigid. Ahora se lo tendrá que explicar a los inspectores y parecerá como si aquella noche hubiera ido a encontrarse con Brigid por iniciativa suya y que se lo estaba ocultando a Karen.

Sabe que debería decírselo a Karen ahora, esta noche —contárselo todo—, pero no está de humor para confesiones. Tal vez se sentiría más dispuesto a decirle la verdad si ella hiciera lo mismo primero.

Cuando Tom llega a casa, su mujer le mira con cautela. Ahora desconfían el uno del otro.

—¿Quieres uno? —pregunta ella, después de unos segundos, señalando los *brownies* sobre la mesa baja.

—¿De dónde han salido? —pregunta Tom, sentándose.

—Parecen de Brigid. Y saben como los de Brigid.

—¿Acaba de venir?

—Supongo.

Tom la mira con gesto inquisitivo.

—¿Qué quieres decir?

—Cuando te fuiste, entré en la cocina y estaban encima de la mesa.

—¿Cómo? —exclama Tom—. ¿Cuándo los dejó ahí?

—Supongo que cuando estábamos aquí hablando con los inspectores —contesta Karen.

—Mierda —dice Tom, inquieto.

—Mañana hablaré con ella. Trataré de explicárselo.

Tom se frota la cara con la mano.

—¿Cómo vas a explicar que hubiera dos policías en nuestro salón, haciendo preguntas sobre la investigación de un homicidio?

Karen ni siquiera le mira.

—Le diré la verdad. Que esa noche hubo un homicidio cerca de donde tuve el accidente. Que no tiene nada que ver conmigo. Pero que la policía está desesperada y no tienen ninguna pista. Que desistirán cuando no encuentren nada.

Aparentemente, no se acuerda de los guantes, piensa Tom, ni de las huellas de neumático. Ni de la misteriosa llamada telefónica. Está fingiendo tener una confianza que es imposible que sienta.

Se hace un silencio largo y tenso entre ellos. Finalmente, Tom añade:

—Tal vez deberías ir a ver a un médico.

—¿Por qué? —replica ella con tono cortante.

—Como dijo el inspector: en realidad no estás haciendo nada para recuperar la memoria. —Karen le mira fijamente, pero él no aparta los ojos—. Tal vez deberías.

—¿Qué va a hacer un médico? —pregunta ella con frialdad.

—No lo sé —contesta Tom—. Quizá deberías probar la hipnosis. —Está presionándola, provocándola. «Vamos a averiguar qué pasó esa noche. Yo quiero saberlo, ¿y tú?».

Karen suelta una carcajada falsa.

—No voy a someterme a hipnosis. Eso es ridículo.

—¿Lo es? —La está desafiando y nota que a ella no le gusta.

Karen se levanta y sale de la habitación, llevándose los *brownies* de vuelta a la cocina. Tom se queda solo en el sofá del salón, aplastado por una soledad demoledora. Oye cómo se desliza la puerta de la cocina y vuelve a cerrarse; Karen ha salido.

21

Haren cierra la puerta detrás de ella y se queda unos momentos de pie en el patio trasero. Tiene que contener las ganas de llorar. Esto no debería estar pasando. Está perdiendo a Tom. Se sienta en una de las sillas de mimbre, con la esperanza de que Tom aparezca. Pero no lo hace y se siente triste, sola, enfadada y asustada.

Y, de repente, la invade un terrible sentimiento de desconfianza: ¿dónde estuvo Tom durante esa hora? ¿Por qué no se lo cuenta? ¡Cómo desearía recordar lo que ocurrió aquella noche! ¿Qué es lo que hizo?

Quiere huir de la tensión que hay en casa cuando están Tom y ella. Se levanta de la silla. Da la vuelta por detrás de la casa y sale por el camino de entrada. Tal vez debería ir a ver a Brigid.

Pero ahora mismo es incapaz de hablar con ella. Camina con paso enérgico por la acera, alejándose de la casa. Necesita pensar.

Karen ha salido y Tom está solo en casa. Brigid le vio volver hace unos minutos. Decididamente, algo pasa.

Brigid sale de casa y cruza rápidamente la calle. No sabe cuánto tiempo tiene antes de que vuelva Karen. Sube los escalones del porche y llama a la puerta principal.

No contesta. Vuelve a llamar. Por fin, Tom abre la puerta bruscamente, con aspecto cansado y angustiado. Ve surcos en su atractivo rostro que antes no tenía; está pálido.

—Hola —saluda Brigid.

—Hola —contesta él. Mantiene la mano izquierda en el borde de la puerta, como si fuese a cerrarla de nuevo en cualquier momento—. Karen no está, ha salido un rato.

—Lo sé —responde Brigid—. La vi marcharse calle abajo. —Titubea un momento—. La verdad es que esperaba verte a solas, solo un minuto.

Pasa por delante de él y entra en el salón; ahora solo puede pedirle que se marche o cerrar la puerta detrás de ella. Y Brigid no cree que vaya a decirle que se vaya.

—Quería preguntarte por Karen —comenta, volviéndose a mirarle—. ¿Cómo está? ¿Está bien?

Tom la observa con frialdad.

—Está mejor.

—Parecía muy alterada cuando estuve aquí el otro día —continúa Brigid—. Lo del vaso. No es propio de ella.

Tom asiente con la cabeza.

—Es que... son muchas cosas.

—Lo sé —contesta Brigid—. Ya vi que volvieron los inspectores, hace un rato. —Hace una pausa. Cuando Tom no dice nada, pregunta—: ¿Qué querían?

—Querían ver si recordaba algo del accidente —responde Tom con tono tenso—. Pero no. Dice que no sabe lo que ocurrió esa noche.

—Y tú la crees —observa Brigid.

—Claro que la creo —replica Tom, crispado.

—¿Pero la policía no?

—No sé qué cree la policía. Nada de lo que dicen tiene sentido.

Brigid le mira atentamente. Su conversación telefónica sobre Karen sigue pendiente. No puede evitar sacar el tema.

—El día del accidente..., por eso te llamé para vernos, quería hablarte del hombre que vino a husmear y me lanzó indirectas sobre el pasado de Karen. Creí que, si intentaba contártelo por teléfono, me colgarías. Pero luego me llamó mi hermana y...

—No quiero hablar de ello —zanja él bruscamente. Se hace un silencio incómodo. Entonces, añade—: Quizá deberías volver mañana por la mañana, a ver si entonces encuentras a Karen.

Brigid asiente.

—Vale. Mañana me paso. Pareces agotado, Tom.

—Porque lo estoy —contesta él, pasándose la mano por el pelo.

—Si puedo hacer algo —se ofrece Brigid y le pone la mano suavemente sobre el brazo—, solo tienes que decirlo.

—Gracias —responde Tom con frialdad—, pero estaré bien.

Brigid nota el calor de su brazo desnudo en la mano. Tom se aparta de ella, rompiendo el contacto.

—Buenas noches —dice ella y baja los escalones del porche para volver a su casa. Mira al otro lado del césped y de la calle, su casa vacía y casi completamente a oscuras, salvo la luz sobre la puerta de entrada.

Tom cierra la puerta detrás de Brigid con una sensación de alivio, apoya el cuerpo sobre ella y se nota hundido por el cansancio. Siempre está incómodo y tenso con Brigid. No le gusta la estrecha amistad que se ha forjado entre su mujer y ella. Sabe que está siendo egoísta. Deambula hasta el salón preguntándose qué estará pensando Brigid. Reconoció a los inspectores. Los inspectores de policía no investigan accidentes de tráfico. Es evidente que sospecha que está pasando algo más. Y sabe que ella también tiene preguntas sobre el pasado de Karen. Desearía que no hubiese compartido sus sospechas con él. Si lo que Brigid intuye es verdad, las mentiras de Karen empezaron mucho antes de la noche del accidente.

Y, sin embargo, cuesta tanto creerlo... Recuerda todos los momentos felices que han compartido, paseando de la mano por el bosque en otoño, tomando café en el patio trasero en verano, acurrucados bajo el edredón en la cama en invierno. Siempre se ha sentido completamente enamorado de ella, siempre ha creído que estaban totalmente comprometidos el uno con el otro.

Pero ahora... Ahora ya no sabe qué creer. Si de verdad no recuerda nada, ¿por qué no intenta hacer un esfuerzo por recuperar la memoria, tal y como dijo el inspector?

Tom entra en la cocina y abre el armario para coger una botella de whisky. Aún queda mucho alcohol que sobró de su boda, hace casi dos años. Casi nunca toma más que una cerveza o una copa de vino con la cena. Se sirve un trago y se queda esperando a su mujer.

22

Haren camina deprisa, asustadiza como una gata. Tiene la respiración acelerada, por la mezcla de esfuerzo y emoción. Siente como si estuviera a punto de romperse.

Lleva demasiado tiempo viviendo con miedo.

Piensa en la primera vez que volvió del trabajo y notó que las cosas no estaban exactamente como las había dejado. La novela que había estado leyendo la noche anterior se encontraba a la izquierda de la lámpara de su mesilla de noche, cuando estaba segura de que la había dejado a la derecha, el lado más próximo a la cama, justo antes de dormir. Ella no la habría puesto al otro lado de la lámpara. Se quedó mirándola con incredulidad. Desasosegada, examinó el resto del dormitorio. A primera vista, todo parecía estar como debía. Pero al abrir el cajón de su ropa interior la encontró desordenada, como si alguien hubiera estado rebuscando entre sus bragas y sujetadores. Sabía que alguien lo había hecho. Se quedó inmóvil, contemplando su cajón, conteniendo la respiración. Se dijo a sí misma que era imposible que una persona hubiera entrado en la casa y hubiera estado rebuscando en su cómoda. Tal vez se había vestido con prisas esa mañana y lo había dejado desordenado. Pero sabía que no había sido así. Había sido un día normal.

No se lo comentó a Tom.

Otro día, poco después, fue a su dormitorio para cambiarse al llegar a casa. Aquella mañana había hecho la cama, como todos los días. Siempre la hacía como aprendió cuando era joven y trabajaba de doncella en un hotel de cinco estrellas: esquinas bien metidas y superficies firmes y suaves. Cuando se estaba quitando los pendientes, vio la cama reflejada en el espejo del tocador y se quedó helada. Se volvió rápidamente a mirar y vio vagamente la huella de un cuerpo sobre la colcha verde. Como si alguien se hubiera tumbado sobre la cama y luego la hubiera alisado, descuidadamente. Se asustó. Sabía que no eran imaginaciones suyas. Tom se iba a trabajar todos los días antes de que ella recogiera e hiciera la cama. Se alteró tanto que llamó a Tom a la oficina y le preguntó si había pasado por casa durante el día. No lo había hecho. Le dijo que había encontrado abierta una ventana que creía haber cerrado antes de irse a trabajar, pero que probablemente se había olvidado de cerrarla. Él no pareció darle importancia.

Después de aquello, empezó a hacer fotos de todas las habitaciones de la casa con el móvil antes de salir a trabajar cada día y luego las comparaba con cómo se encontraba todo al volver. Siempre se iba a trabajar después que Tom y regresaba antes que él. No tenían señora de la limpieza ni mascotas. Así que si las cosas no estaban tal y como las había dejado...

La última vez fue unos días antes del accidente. Notó que alguien había entrado en la casa; de algún modo lo sabía. Revisó todo teléfono en mano, comparando las fotos del móvil con lo que veía en las habitaciones. Todo estaba en su sitio. Pero ella estaba segura de que alguien había entrado allí. Cuando empezaba a tranquilizarse, llegó al despacho de Tom en el piso de arriba. Miró su escritorio. Fue pasando las fotos de su teléfono hasta llegar a la del despacho de aquella mañana. La agenda abierta de Tom no estaba en el mismo lugar sobre el protector del escritorio, sino unos diez centímetros más arriba. Volvió a mirar la foto y luego el escritorio. No cabía duda. Alguien había entrado en su casa.

Alguien había estado en su casa, rebuscando entre sus cosas. Se había tumbado en su cama.

Nunca se lo contó a Tom.

Y ahora sabe quién fue. Fue él, siempre él. Había estado en su casa, entrando y saliendo a sus anchas. Observando y esperando. Le entran náuseas de solo pensarlo.

Pero ahora está muerto. Las horribles fotos del cadáver invaden su mente y trata de expulsarlas de nuevo.

El día que encontró el vaso en la encimera debió de equivocarse; los nervios la traicionaron. El vaso debía de estar allí antes y simplemente se le olvidó, probablemente por la conmoción.

Ahora todos sus miedos se centran en ese maldito inspector.

El corazón le late a golpes y acelera el paso hacia casa.

Abre la puerta, ansiosa por llegar. Cierra con firmeza y echa el pestillo. Al volverse, ve a Tom mirándola fijamente desde el salón. Está de pie junto a la chimenea, con un vaso de whisky en la mano derecha.

—¿Me sirves uno de esos? —le pide. Ya ha dejado de tomar analgésicos y necesita un trago.

—Claro.

Le sigue hasta la cocina. Le observa mientras él se estira para coger la botella de un armarito. Desearía poder dejar atrás esta desconfianza, esta tensión. Se pregunta si es posible a estas alturas.

Tom se vuelve y le ofrece un vaso bajo con un chorro de whisky, solo.

—Gracias —dice. Da un sorbo y al instante siente el licor abrasando su garganta, estabilizándola un poco.

—¿Dónde has estado? —pregunta él.

Ahora él está intentando con tanto empeño que no haya nada de agresividad en su voz que no suena en absoluto natural. Ya no es el hombre alegre y despreocupadamente feliz con el que se casó. El hombre de risa fácil, abrazos y besos espontáneos. Ella le ha cambiado.

—He dado un paseo —contesta, con tono neutral.

Tom asiente. Como si fuera totalmente normal salir a dar un paseo sola en la oscuridad, sin él.

«Es como si fuéramos unos perfectos desconocidos», piensa Karen, dando otro sorbito al whisky.

—Brigid se ha pasado por aquí —comenta Tom. Está apoyado contra la encimera, observándola.

Karen tiene el corazón en un puño.

—Ah, ¿sí? ¿Y qué ha dicho? ¿Oyó algo?

—Tuvo que oírlo —contesta él, irritado.

—Pero ¿no se lo has preguntado?

—Puedes preguntárselo mañana —responde él—. De todos modos, será mejor que lo hagas tú.

Karen asiente. Se queda mirando a su marido y el corazón le da un vuelco al ver que aparta los ojos.

Los dos necesitan saber qué está bloqueando su mente.

—Tom —dice con tono vacilante—. ¿Me llevarías al lugar donde encontraron el cuerpo?

—¿Ahora? —exclama él, desprevenido.

—¿Por qué no? —Karen recuerda cómo la provocó antes, acusándola de no hacer nada para recuperar la memoria. Ahora se está ofreciendo a hacer algo al respecto. Si supiera lo desesperada que está por saber lo que ocurrió aquella noche—. Puede que me ayude a recordar. —Sabe la dirección; la recortó de un periódico.

—De acuerdo —acepta Tom, dejando su copa. Coge sus llaves de camino a la puerta y Karen le sigue.

23

Haren se siente cada vez más incómoda conforme dejan atrás su propio y familiar barrio y avanzan hacia el sur. Parece como si estuvieran buscándose un problema, conduciendo un Lexus por esas calles depauperadas. Le gustaría decir: «¿Ves? Lo estoy intentando», pero no lo hace. Contempla la deprimente vista por la ventanilla, intentando recordar, pero no le viene nada.

—Creo que es ahí —anuncia Tom, entrando en el aparcamiento vacío de un centro comercial y contemplando el restaurante en ruinas del que tanto han oído hablar.

Se quedan sentados a oscuras, mirando el feo edificio entablado. Karen no quiere bajarse del coche en este barrio. Ahora mismo solo desea irse a casa. Nada le resulta familiar. Nunca ha visto este lugar. Nunca ha estado aquí. Empieza a temblar.

—Vamos a echar un vistazo, ¿te parece? —propone Tom, un poco cruelmente.

En ningún momento Karen ha dicho que tuviera la intención de bajarse del coche. Solo deseaba ver el lugar desde lejos. Se hunde en el asiento.

—No quiero.

Él se baja de todos modos. Y a Karen no le queda otra opción que seguirle. No quiere quedarse ahí sola. Sale del vehículo y cierra la puerta enfadada. Tiene que acelerar el paso para ponerse a la altura de Tom, que ya está cruzando la calle hacia el restaurante. Mira inquieta a su alrededor, pero no se ve a nadie. Se detienen delante del edificio sin decir nada. Karen siente cómo la recrimina en la postura de los hombros y la fría expresión de su cara. Sabe que ella ha estado ahí y no es capaz de perdonárselo. Sin mediar palabra, Tom va por el lateral del edificio hacia la parte trasera. Ella le sigue, tropezando en la oscuridad porque las piernas le fallan. Respira acelerada y está empezando a marearse. Siente un miedo pavoroso. Pero no reconoce nada. No recuerda nada.

Casi toda la parte de atrás sigue acordonada con cinta policial, que empieza a colgar en algunos sitios, moviéndose con la brisa.

—¿Te está ayudando? —pregunta Tom, volviéndose hacia ella.

Karen niega con la cabeza. Sabe que parece asustada.

—Volvamos, Tom —dice.

La ignora.

—Vamos a entrar.

Le odia por desafiarla de este modo, porque le dé igual lo aterrada que está. Se plantea dar media vuelta y volver sola al coche. Si tuviera las llaves, lo cogería y le dejaría aquí.

Sin embargo, la rabia le da valor para seguirle por debajo de la cinta policial hasta la puerta de atrás. Tom la empuja con el codo. Sorprendentemente, se abre. Karen supone que la policía ya habrá terminado y han dejado las cosas tal y como se las encontraron.

Tom entra delante de ella. La luz de la calle frente al restaurante penetra sesgada por una abertura en las tablas que cubren la ventana, lo suficiente para ver bien el interior. Hay una mancha oscura en el suelo donde debía de estar el cuerpo y aún persiste un hedor asqueroso, olor a animal pudriéndose. Karen se queda clavada en el sitio, rígida, contemplando la mancha. Se lleva la mano involuntariamente a la boca, como si fuera a vomitar. Tom la mira.

—¿Algo? —pregunta.

—Ya basta —contesta, da media vuelta y sale del restaurante a trompicones. Una vez fuera, se agacha y empieza a tomar bocanadas de aire. Cuando se reincorpora, se queda contemplando un aparcamiento que hay a pocos metros. Tom aparece detrás de ella y dirige la vista en la misma dirección.

—Creo que ahí es donde encontraron las huellas de neumático. Y los guantes —señala Tom y avanza hacia el aparcamiento. Ella le observa. Tras unos pasos él se vuelve y dice—: ¿Vienes?

—No. Me voy al coche. —Empieza a caminar sin mirarle. Lo único que han conseguido con esto es asustarla. No la ha ayudado a recordar y sus esfuerzos tampoco han despertado ninguna buena voluntad ni empatía en Tom.

Tom la observa volver hacia el centro comercial. Está enfadada con él, pero no le importa. De hecho, le produce una especie de malévola satisfacción. Al fin y al cabo, todo esto es por su culpa. Ve cómo cruza la calle y se queda esperando junto al coche. Las llaves las tiene él y no puede entrar.

Hace como si registrara el aparcamiento, buscando el lugar exacto donde Karen aparcó su coche. Donde la policía encontró sus guantes. Se toma su tiempo. Pero no deja de vigilarla, para cerciorarse de que está bien, allí de pie junto a un coche caro.

Por fin vuelve con ella, abre el coche y regresan a casa en silencio. Se da cuenta de que lo único que ha conseguido esta pequeña excursión es revelar aún más las grietas en su ya fracturada relación.

Cuando llegan a casa, ya es tarde. Tom suelta las llaves sobre la mesita de la entrada y dice:

—Estoy cansado, creo que me voy a la cama. —Se aleja de ella y comienza a subir las escaleras. A cada paso que da, su dolor se hace más profundo.

Bob entra en casa sigilosamente. Se asoma al salón, donde sabe que encontrará a Brigid, sentada a oscuras. Es consciente de que no le está esperando a él. Solía hacerlo, pero ya no le interesa, lo único que le importa son los malditos vecinos.

Él también lo está pasando mal. Todavía podría amarla, si Brigid tan solo lograra sobreponerse al dolor de no poder tener hijos. Esto los ha separado, y está afectando a la salud emocional de ella. Brigid siempre ha sido una persona sentimental; él siempre fue el estable, su roca. Pero ahora ya no sabe qué hacer. Sabe cómo hablar con familias en duelo, lo hace todo el día y se le da bastante bien, pero en casa ha fracasado estrepitosamente. No consigue ayudar a su mujer a lidiar con los sentimientos de pérdida y tampoco es capaz de enfrentarse con éxito a los suyos.

—¿Brigid? —susurra suavemente, viendo el oscuro perfil de su cabeza sobre el sillón. Por un momento está tan quieta que cree que duerme. Da unos pasos más hacia el salón. De pronto contesta, sobresaltándole.

—Hola.

—¿No deberías irte a la cama? —pregunta Bob, acercándose y observándola preocupado. Ella ni siquiera alza la vista para mirarle. Sus ojos están clavados en el otro lado de la calle.

—Esos inspectores han vuelto esta tarde para hablar con Karen y Tom —dice.

Bob no sabe qué demonios está ocurriendo con Karen y Tom Krupp. Parece que ella tiene problemas.

No los conoce mucho, pero sabe que Brigid y Karen son buenas amigas.

—¿Qué crees que pasa?

Brigid niega con la cabeza.

—No lo sé.

—¿Ha recordado alguna cosa Karen?

—No. —Finalmente le mira—. He hecho *brownies.* ¿Quieres uno?

Karen contempla la espalda de Tom mientras se va y su corazón se hunde con cada paso que da para alejarse de ella.

Temblando aún, va a la cocina y se sirve otro whisky. Luego se lo lleva al salón y se deja caer en el sofá, acunando la copa entre sus manos torpes. Da un trago a la copa y se queda contemplando la pared con la mirada perdida, no sabe durante cuánto tiempo. Hay un completo silencio. De repente, oye sonar el teléfono de la cocina. Todo su cuerpo se tensa. Al segundo tono se detiene —Tom debe de haberlo cogido en el dormitorio—, pero de pronto empieza a recordar aquella otra llamada...

Cierra los ojos. Está de nuevo en la cocina, preparando una ensalada, cortando un tomate en rodajas sobre la tabla... Esperaba a Tom en cualquier momento. Tenía ganas de verle. Cuando sonó el teléfono, pensó que tal vez fuera él, diciendo que iba a llegar más tarde de lo previsto. Pero no era Tom. Ahora empieza a acordarse y se concentra. Quiere saber.

Era una voz que no había oído desde hacía casi tres años, una voz que creía que nunca volvería a oír. La reconocería en cualquier parte.

—Hola, Georgina.

Su corazón empezó a latir a golpes, se le secó la boca. Pensó en poner fin a la conversación sin mediar palabra, pero eso habría sido actuar como una niña pequeña que se hace un ovillo y cierra los ojos con fuerza pensando que así nadie puede verla. No podía colgar; tampoco podía cerrar los ojos sin más. La había encontrado. Ella ya lo sabía; había estado en su casa. Se había quedado esperando, a plena vista, tratando de fingir que esto no iba a pasar. Pero ahora estaba ocurriendo.

Karen había huido de aquella vida. Había vuelto a empezar como otra persona. Con Tom había encontrado una felicidad inesperada. Y, con una sola llamada, podía sentir cómo su nueva vida se estaba haciendo añicos.

Él le dio la dirección de un restaurante abandonado en un barrio adonde ella nunca hubiera ido. Luego Karen colgó. En lo único que podía pensar era en protegerse y no dejar que nadie destruyera lo que ahora tenía con Tom. Vio los guantes rosas sobre la encimera y los cogió. Sacó el arma de su escondite en el cuarto de la caldera, una pistola que Tom no sabía que existía, y la metió con los guantes en una bolsa de tela. Luego cogió las llaves del coche de la mesa de la entrada y bajó corriendo los escalones, sin pararse a pensar en cerrar la puerta con llave ni dejar una nota para su marido.

Condujo, agarrando con fuerza el volante y manteniéndose justo por debajo del límite de velocidad, con la mente en blanco.

Por un instante, todo se detiene. Karen no recuerda qué pasó después. Le da otro trago al whisky, intentando relajarse. Y, de repente, se acuerda de estar aparcando el coche en aquel aparcamiento. Recuerda que sacó los guantes de la bolsa de tela y se los puso. Resultaban ridículos. Sacó la pistola de la bolsa. Temblaba. Miró a su alrededor para ver si alguien la observaba —el lugar estaba desierto—, se bajó del coche y caminó nerviosa en la oscuridad hacia la parte trasera del edificio, donde él le había dicho que fuera. Cuando llegó, la puerta estaba ligeramente abierta y la empujó con los guantes, pero en este punto le falla la memoria. Espera, trata de obligarse a recordar, pero no le viene nada. Contiene las lágrimas de frustración. Aún no sabe qué ocurrió dentro del restaurante. No sabe cómo murió aquel hombre. ¡Tiene que saber lo que pasó! ¿Cómo va a decidir qué hacer si ni siquiera conoce la verdad? Pero no puede recordar nada más.

Todo lo que ha visto esta noche con Tom ahora le resulta tremendamente familiar. No puede pensar más en ello. Se acaba el whisky de un trago largo, deja el vaso en la mesa baja y hunde la cara en las manos.

24

A la mañana siguiente, Tom se ha ido a trabajar y Karen está sola en casa. Siente que las paredes se le echan encima. Está en la cocina sentada, ignorando la taza de café que tiene delante, con todo el cuerpo en tensión.

Le aterra que vuelva Rasbach; mientras tanto, se lo imagina husmeando, investigando, descubriendo cosas. Cosas sobre ella. Descubriendo quién es el muerto. Cuando esto suceda, será solo cuestión de tiempo.

No le ha contado a Tom lo que ahora ha empezado a recordar. No puede. Tiene que pensar, encontrar la manera de salir de esta. Pero su mente, normalmente avispada y eficaz planeando, no funciona tan bien ahora. Puede que sea por la conmoción.

Ella ya ha huido antes: huyó de él, de Las Vegas, empezó una nueva vida.

Aquel día le dijo que iba a hacer turismo a la presa de Hoover, en las afueras de Las Vegas. La víspera, había recogido el coche de segunda mano que había comprado unas semanas antes con dinero en efectivo y que había pedido que le guardaran en el concesionario hasta que lo necesitara. Para matricularlo, había utilizado su carné de identidad nuevo, que había conseguido a través de alguien que encontró en internet. Condujo hasta la presa y lo dejó en el aparcamiento debajo del puente. Luego llamó a un taxi con un teléfono de prepago que había comprado en efectivo en una tienda y le dijo al taxista que la llevara de vuelta al centro de Las Vegas y la dejara en el Bellagio. También le pagó en metálico. Cogió otro taxi a casa y llegó antes de que él regresara. Sabía que volvería tarde. Aquella noche apenas pudo dormir, estaba demasiado nerviosa y preocupada por que algo saliera mal.

A la mañana siguiente, volvió allí muy temprano por la US-93 sur desde Las Vegas, tensa al volante, y aparcó en el mismo sitio bajo el puente. Cuando vio el coche con el que iba a huir esperándola al otro lado del aparcamiento, de repente todo le pareció real por primera vez. Dejó la cartera con toda su documentación en la guantera. Y entonces fue hacia el puente. Había unas cuantas personas, las suficientes como para asegurarse de que la vieran. Se acercó a la barandilla y miró hacia abajo. Había una caída de unos doscientos setenta y cinco metros sobre el río Colorado. Se mareó al asomarse. Saltar o caer era una muerte segura. Sacó el móvil e hizo una foto. La envió con un mensaje para él. «Ahora ya no puedes hacerme daño. Se acabó. Y es tu culpa». Una vez enviado, arrojó el teléfono por el puente.

A partir de ahí, tenía que actuar con rapidez. Salió del puente, bajó al aparcamiento y se metió en uno de los sanitarios portátiles cuando no miraba nadie. Una vez dentro, se desnudó dejándose la ropa interior. Llevaba un vestido en la mochila y se lo enfundó por la cabeza; a continuación se puso las sandalias de tacón que también había traído. Hizo un fardo con sus pantalones cortos, su camiseta, sus deportivas y su gorra de béisbol y lo embutió en la mochila. Después se soltó el pelo y se puso unas gafas de sol grandes. Sacó una pequeña polvera y se pintó los labios. Aparte de por la mochila, su aspecto era completamente distinto.

Al otro lado del aparcamiento la esperaba el coche de segunda mano, con el caro carné nuevo que la identificaba como Karen Fairfield en la guantera. Llevaba encima todo el dinero en metálico que había logrado reunir. Cruzó el aparcamiento hasta el coche de la huida, con el vestido arremolinándose alrededor de sus piernas desnudas, con la sensación de que casi podía volar.

Se subió al coche, bajó las ventanillas y empezó a conducir. Y con cada kilómetro que avanzaba, se le hizo más fácil respirar.

—Te he visto subir por el camino de entrada —dice Brigid, abriendo la puerta—. Pasa.

Es evidente que se alegra de verla y por un momento parece como si todo fuera como antes. Karen desearía poder hablarle del lío en el que está metida. Todo esto sería mucho más fácil si pudiera compartir la carga con alguien, pero debe guardar su secreto, incluso de su mejor amiga. Y de su marido. Porque ella misma no sabe qué pudo haber hecho la noche del accidente.

Las dos se dirigen automáticamente a la cocina en la parte de atrás, como de costumbre.

—Estaba preparando una cafetera. ¿Te apetece uno? Es descafeinado.

—Claro. —Karen se sienta en la silla que suele ocupar junto a la mesa de la cocina de Brigid y la observa preparar el café.

—¿Cómo te encuentras? —pregunta Brigid, mirándola rápidamente por encima del hombro.

—Mejor —contesta.

—Tienes buen aspecto, dadas las circunstancias —dice Brigid.

Karen sonríe con tristeza. Es agradable hacer como si la vida fuera como siempre, aunque sea por unos momentos. Se toca la cara con suavidad. La inflamación le ha bajado y los hematomas han desaparecido un poco, están más amarillentos.

—No quiero entrometerme en absoluto —Brigid vuelve a mirar a Karen por encima de su hombro—, pero, si quieres hablar de ello, estoy aquí. Y si no quieres, no tenemos por qué. Lo entenderé.

Karen nota que Brigid se muere por hablar.

—Es que... es muy extraño... No recuerdo nada de aquella noche —contesta—, desde que estaba haciendo la cena hasta que desperté en el hospital, así que no tengo mucho que decir.

—Debe de ser muy raro —comenta Brigid con tono comprensivo, volviendo a la mesa con las dos tazas de café. Saca leche y azúcar y se sienta enfrente de Karen—. He visto a los policías entrar y salir de tu casa. También vinieron aquí, a hacernos preguntas.

—¿Vinieron aquí? —dice Karen, fingiendo sorprenderse—. ¿Por qué iban a venir aquí? ¿Qué te preguntaron?

—Querían saber si te vi salir de casa aquella noche antes del accidente, si iba alguien contigo, ese tipo de cosas.

—Ah. —Karen asiente. Tiene sentido. Saben que salió de casa sola, con prisas, después de la llamada de las 20:17. Desearía conocer exactamente qué más han averiguado los inspectores, o qué sospechan.

—Les dije que no vi nada. No estaba en casa.

Karen da un sorbito al café.

—Por cierto, gracias por los *brownies* —dice—. Estaban deliciosos, como siempre.

—Ay, de nada. No me los podía comer todos sola.

—Supongo que los trajiste mientras estaba la policía —comenta Karen.

Brigid asiente con la cabeza.

—No quería molestar —responde—, así que creí mejor dejarlos allí.

Por primera vez, Karen se pregunta por qué Brigid no los dejó en el porche, como es la costumbre por allí. Eso es lo que hacen los vecinos cuando alguien está enfermo, o tiene un bebé, o hay una muerte en la familia. Dejan una bandeja de algo en la puerta principal de su casa. Nunca en la puerta de atrás.

—¿Por qué no los dejaste simplemente en el porche?

Brigid duda.

—No quería interrumpir. Pensé que, si iba por delante, me oirías y vendrías a la puerta.

—Debiste escuchar algo mientras estabas en la cocina —sugiere Karen.

—No, no escuché nada —contesta Brigid—. Los dejé y me fui, sin más. —Se inclina hacia Karen, con gesto de preocupación—. Pero sé que los inspectores no suelen investigar accidentes de tráfico. ¿Qué está pasando, Karen?

Karen la mira y hace un cálculo rápido. Tiene que contarle algo.

—Están investigando un homicidio.

—¡Un homicidio! —Brigid parece espantada—. ¿Qué tiene eso que ver contigo?

—No lo sé. —Karen niega con la cabeza—. Dispararon a un hombre. Lo único que saben es que mi coche estaba por la zona, y, como iba conduciendo tan deprisa y tuve el accidente, creen que puede que sepa algo de lo que ocurrió. Que lo presenciara, o algo así. Así que no paran de venir a pincharme para ver si consiguen que recuerde algo. Quieren que los ayude a encontrar a la persona que mató a ese hombre, sea quien sea. Por desgracia, no les he sido de mucha utilidad. —Con qué facilidad salen las mentiras, piensa.

—¿Tienen alguna idea los médicos de cuánto tardarás en recordar?

Karen vuelve a negar con la cabeza.

—Es posible que nunca me acuerde, por el trauma de lo ocurrido. Creen que tal vez presencié algo horrible.

—Bueno, tú tienes cosas más importantes que hacer que encargarte de solucionarle el trabajo a la policía. Que lo averigüen ellos —replica Brigid. Se levanta, coge una caja de galletas del armario y la pone sobre la mesa—. ¿Quieres una? —Karen coge una galleta del paquete. Brigid también toma una, le da un sorbo al café y dice—: Entonces, ¿sigues sin tener ni idea de por qué saliste tan rápido de casa?

Karen vacila un instante y responde:

—Al parecer recibí una llamada, pero no recuerdo de quién.

—¿Y no puede averiguarlo la policía? —pregunta Brigid por encima de la taza, con los ojos muy abiertos.

Karen se arrepiente ahora de haberle dicho nada a Brigid. No quiere contarle lo del teléfono de prepago. ¿Cómo va a explicarle por qué la policía no puede averiguar quién la llamó?

—No, no pueden —contesta con algo de brusquedad, intentando zanjar la conversación. Traga el último trozo de galleta y se levanta para marcharse—. Debería irme, iba a dar un paseo.

Las dos se ponen en pie. Al atravesar el salón, Brigid pregunta:

—¿Crees que estás en peligro?

Karen se vuelve bruscamente y la mira.

—¿Por qué dices eso? —Es posible que Brigid vea el miedo en sus ojos.

—Bueno, ya sabes, si la policía cree que eres una testigo y que sabes algo..., es posible que alguien más lo crea.

Karen se queda observándola, sin decir palabra.

—Lo siento, no quiero preocuparte —se disculpa Brigid—. No debería haber dicho nada.

—No, está bien. Yo ya lo había pensado —contesta Karen, mintiendo.

Brigid asiente con la cabeza. Las dos salen al porche delantero.

—Tom no dejará que te pase nada.

25

Tom ha quedado a comer con su hermano Dan en su restaurante cutre preferido. Dan también trabaja en el centro y sus oficinas no están lejos. Esta mañana le llamó y sonaba preocupado. Últimamente Tom no le ha contado muchas cosas. De repente, ha empezado a sentirse culpable por no mantener más el contacto.

También siente que necesita hablar con alguien en quien pueda confiar. Y, ahora mismo, su hermano menor parece la única persona que encaja con esa descripción.

Al llegar al restaurante, Tom ve una mesa en el rincón de atrás y se sienta a esperar. Cuando aparece Dan, le hace un gesto para que se acerque.

—Hola —saluda Dan—. No tienes muy buen aspecto. —Hay preocupación en su mirada.

—Ya, bueno... —contesta Tom, alzando la vista hacia su hermano—. Siéntate.

—¿Qué pasa? —pregunta Dan, tomando asiento—. Hace un par de días que no sé nada de ti. ¿Cómo está Karen?

—Está bien —responde Tom. Pero su angustia debe de ser evidente. A Dan siempre se le ha dado de maravilla interpretar su estado de ánimo.

—A ver, ¿qué es lo que no me estás contando, Tom? —dice, inclinándose hacia él—. ¿Qué coño está pasando?

Tom respira hondo y se acerca un poco, hace una pausa mientras el camarero les deja un par de cartas en la mesa y se aleja lo suficiente como para no oírles. Y le cuenta todo: lo del muerto, los guantes, la llamada desde el teléfono de prepago.

Dan le mira con incredulidad.

—Esto no tiene ningún sentido. ¿Qué hacía allí Karen? ¿Y quién demonios llamaría a Karen desde un móvil de prepago?

—No lo sabemos —responde Tom—. Pero ha hecho que la policía sospeche.

—No fastidies —exclama Dan—. Entonces..., ¿qué crees *tú* que hacía Karen aquella noche? —Parece preocupado.

—No lo sé —contesta y aparta la mirada—. Sigue diciendo que no se acuerda. —Se pregunta si Dan puede percibir sus dudas. Se hace un largo silencio entre ellos, hasta que Tom añade—: Deberíamos pedir.

—Vale.

Mientras miran la carta, Tom intenta decidir si debería contarle el resto a Dan: que está empezando a dudar sobre el pasado de Karen, a preguntarse si le oculta algo. ¿Y si se equivoca? Pero antes, hay algo más que tiene que decirle a su hermano. El camarero les toma nota y Tom deja la carta a un lado.

—La policía está haciendo preguntas sobre mí.

—¿Sobre ti? ¿De qué demonios estás hablando? —exclama. Ahora parece realmente asustado, como si temiera lo que va a oír.

Tom se acerca un poco más y baja más la voz.

—Están preguntando dónde estaba a la hora en que Karen tuvo el accidente, a la hora del crimen.

Hay una pausa larga y elocuente mientras Dan le observa.

—¿Por qué demonios te iban a preguntar eso? —dice.

Tom traga saliva.

—No te lo había contado, pero... ¿recuerdas a nuestra vecina, Brigid, la que vive enfrente de casa? Creo que la conociste.

—Sí, claro. ¿Qué pasa con ella?

Tom baja la mirada a la mesa, avergonzado de lo que va a admitir.

—Tuve una historia con ella, antes de conocer a Karen.

—Pero ¿no está casada? —replica Dan con cierta severidad.

—Sí, pero... —Sus ojos se encuentran con los de Dan brevemente y los aparta—. Me la jugó, me dijo que su matrimonio estaba acabado, que se estaban separando. Pero era mentira.

Brigid le había engañado para tener una aventura. No se dio cuenta hasta una noche en que Bob se autoinvitó a tomar una cerveza en su casa, claramente ajeno a lo que estaba pasando entre Tom y su mujer, y quedó claro que no tenía ni idea de que su matrimonio tuviera problemas. Que Brigid le había mentido.

Le manipuló con bastante facilidad. Sentía una atracción abrumadora por ella. Había algo terriblemente excitante en Brigid, en su falta de consideración por los límites. Para Tom, Brigid era como caminar por el lado salvaje de la vida.

Sin embargo, en cuanto vio que le había mentido sobre el estado de su matrimonio, Tom puso fin a la aventura. Tal y como esperaba, Brigid no se lo tomó bien. Trató de engatusarle, le lloró, le gritó. Tom llegó a temer que cometiera alguna imprudencia. Contárselo a su marido. Rajarle los neumáticos. Pero al final se calmó y accedió a no decírselo a Bob. Poco después, Tom conoció a Karen. Cuando la cosa empezó a ir en serio, hizo que Brigid le prometiera que no le contaría a Karen lo que había ocurrido entre ellos. Se avergonzaba de haberse acostado con la mujer de otro hombre, aunque le hubiera engañado para ello. En ese momento no sabía que Brigid y Karen se harían buenas amigas. Vio cómo iba surgiendo esa amistad con profunda preocupación.

Vivió unos cuantos momentos incómodos —no confiaba plenamente en que Brigid no contara nada—, pero ella había mantenido su parte del trato. Durante mucho tiempo, su única relación con Brigid había sido como amiga de Karen. Hasta que le llamó aquel día.

—Bueno —responde Dan lentamente—, ¿qué intentas decirme? ¿Que te estás acostando con ella otra vez? ¿Estabas con ella esa noche?

La comida llega y dejan de hablar al instante hasta estar de nuevo solos.

Tom está muy incómodo con la conversación. Mira a su hermano seriamente y asegura con firmeza:

—No me estoy acostando con ella. Como te he dicho, la cosa acabó incluso antes de que conociera a Karen. Y Karen no sabe nada del asunto. Cree que solo somos vecinos. Acordamos mantenerlo en secreto.

—¿Fue una buena decisión? —pregunta Dan.

—Echando la vista atrás, no.

—Entonces, ¿por qué no le puedes contar a la policía dónde estabas, Tom? Dios, por favor, no me digas que estás metido en algo... —Parece turbado.

Tom le interrumpe.

—No he hecho nada malo. No estoy involucrado en el asunto en que está liada Karen, sea lo que demonios sea. Te lo prometo. —Vacila un instante—. Pero... Brigid me llamó ese día, el del accidente, y me pidió que nos viéramos esa noche. Quería hablarme de algo. Dijo que era importante. —Se pasa la mano por el pelo—. Pero no apareció. Estuve esperando más de media hora.

Y ahora la policía quiere saber dónde estaba. Les dije que estuve un rato dando vueltas con el coche, tratando de relajarme, porque estoy muy estresado en el trabajo. Mentí delante de Karen.

—¡Qué desastre! —comenta Dan.

Tom asiente.

—Lo es, ¿verdad?

—Tienes que contarle la verdad a la policía. Y Karen va a descubrirlo.

Tom frunce el ceño, disgustado.

—Lo sé.

—¿Y de qué quería hablarte Brigid?

Tom levanta la vista intranquilo hacia su hermano y le cuenta lo del hombre de pelo oscuro que estuvo husmeando por su casa aquel día y las sospechas de Brigid sobre el pasado de Karen.

—Dice que vio un programa de televisión y las palabras de ese hombre le hicieron pensar que tal vez Karen había desaparecido de otra vida y que está usando un nombre falso —concluye.

—¿En serio?

—Lo sé…, suena ridículo, ¿verdad? Pero me explicó que quería verme aquella noche y contármelo en persona porque creía que, si me lo decía por teléfono, colgaría sin más.

—¿Por qué ibas a hacerlo?

Tom aparta la mirada.

—Antes solía llamarme… y yo le colgaba. Pero eso fue hace mucho.

—Entonces, ¿por qué no apareció esa noche?

Tom vuelve a mirar a los ojos a Dan.

—Dijo que su hermana la necesitaba... Su hermana siempre está en medio de alguna crisis. En fin, ahora tiene esta idea en la cabeza, sobre lo poco que sabemos del pasado de Karen y sobre que no tiene parientes y toda esa historia.

—En eso tiene razón —dice Dan lentamente.

—Y yo empecé a darle vueltas... Dios, Dan, ¿y si Brigid está en lo cierto?

26

Tom regresa a su oficina después de comer, pero, al poco de llegar, la recepcionista de la entrada le llama para comunicarle que «dos caballeros» quieren verle. Solo puede tratarse de esos dos malditos inspectores. Los vio anoche mismo. ¿Por qué quieren hablar otra vez con él? Nota cómo el centro de la espalda empieza a sudarle bajo la camisa. Se toma un segundo para recobrar la compostura, se arregla un poco la corbata y responde:

—Que pasen.

Se levanta de su escritorio al ver entrar a los inspectores Rasbach y Jennings en su despacho.

—Buenas tardes —saluda, cerrando la puerta detrás de ellos. En ese momento, recuerda que Dan le ha insistido en que coopere con la policía. Tiene que contarles lo de Brigid.

—Buenas tardes —contesta Rasbach, amablemente.

A Tom no le gusta su amabilidad. Por experiencia, sabe que siempre esconde algo inquietante. Vuelve a sentarse detrás del escritorio preguntándose intranquilo si han venido para soltar una bomba. Primero fueron los guantes en la escena del crimen. Luego la llamada desde el teléfono de prepago. ¿Qué será esta vez?

—Tenemos algunas preguntas más —dice Rasbach, cuando ya están todos sentados.

—No me cabe duda —responde Tom.

El inspector le observa, impasible.

—¿Dónde conoció a su mujer? —pregunta.

—¿Qué más da eso? —contesta Tom, sorprendido.

—Tenga paciencia —dice Rasbach con suavidad— y responda a la pregunta.

—Fue empleada temporal en esta oficina. Solo estuvo un par de semanas. Se dedica a la contabilidad, pero acababa de llegar a la ciudad y estaba haciendo trabajos temporales. Quería entrar en una empresa de este sector. Estuvo trabajando en nuestra planta durante dos semanas. Cuando su contrato terminó, le pedí una cita.

Rasbach asiente y ladea la cabeza.

—¿Sabe mucho acerca de su esposa?

—Estoy casado con ella, ¿usted qué cree? —replica Tom irritado. La cabeza le va a mil por hora. ¿Qué han descubierto? Su corazón empieza a latir a golpes. Por eso han venido. Para decirle quién es su mujer en realidad.

Rasbach espera un instante y se inclina ligeramente hacia delante adoptando una expresión más comprensiva.

—No quiero decir que si sabe qué pasta de dientes utiliza. Quiero decir que si sabe de dónde viene. Su pasado.

—Por supuesto.

—¿Y cuál es? —pregunta Rasbach.

Aunque sospecha que se está metiendo en una trampa, no se le ocurre qué más decir, así que les cuenta lo que Karen le ha explicado.

—Nació y se crio en Wisconsin. Sus padres están muertos. No tiene hermanos.

—¿Algo más?

—Sí, muchas cosas. —Tom se queda mirando fijamente al inspector y, como no aguanta la tensión, añade—: ¿Por qué no va al grano?

—De acuerdo —responde Rasbach—. Su esposa no es quien dice ser.

Tom le mira deliberadamente impasible.

—No parece sorprendido —comenta Rasbach.

—Ya no me sorprende nada de lo que digan ustedes —contesta Tom.

—¿En serio? —replica Rasbach—. ¿No le sorprende saber que está casado con una mujer que desapareció y asumió una identidad nueva? —El inspector se inclina hacia delante y clava la mirada en Tom, que se ve incapaz de apartar los ojos—. El nombre de soltera de su mujer no era Karen Fairfield.

Tom se queda inmóvil. No sabe qué hacer. ¿Debería admitir sus sospechas acerca de Karen? ¿O fingir que no tiene ni idea?

Tras un silencio prolongado, Rasbach insiste:

—Su esposa le ha estado mintiendo sobre quién es.

—No, no lo ha hecho —contesta Tom, obstinado.

—Me temo que sí —asegura Rasbach—. Se inventó a Karen Fairfield y un pasado. Lo hizo bastante bien, dadas las circunstancias, pero no lo suficiente como para aguantar un verdadero examen. Si se hubiera mantenido limpia, no le habría pasado nada. Si no se hubiese metido en problemas, es posible que nadie la hubiera descubierto. Pero aparecer en la escena de un crimen no fue una maniobra demasiado hábil.

—No me lo creo —protesta Tom. Intenta aparentar indignación, pero sabe que probablemente solo parezca un hombre desesperado negando la desagradable realidad.

—Vamos —dice Rasbach—. No confía en su esposa más que yo.

—¿Cómo? —salta Tom—. ¿De qué está hablando? Claro que confío en mi mujer. —Nota cómo se sonroja hasta la raíz del pelo—. Si tan listos son —prosigue, sin poder contenerse—, entonces, ¿quién es? —Se arrepiente en cuanto lo dice y teme oír la respuesta.

Rasbach se reclina en su silla y responde:

—Aún no lo sabemos. Pero lo vamos a averiguar.

—Pues cuando lo hagan, por favor, comuníquenmelo —contesta Tom con amargura.

—Claro que lo haremos —asegura Rasbach. Se pone de pie y añade—: Por cierto, ¿ha tenido tiempo ya para pensar dónde estuvo la noche del accidente?

«Qué hijo de puta». Tom coge fuerzas, sabe que esto va a ser doloroso.

—Anoche no se lo conté todo —dice. Rasbach se queda mirándole, esperando—. No quería contárselo porque harán que parezca lo que no es.

Rasbach vuelve a sentarse.

—Señor Krupp, nosotros trabajamos con hechos. ¿Por qué no nos da una oportunidad?

Tom le mira fijamente.

—Había quedado con alguien. Brigid Cruikshank, la vecina de enfrente. —Rasbach le observa, esperando más—. Me llamó y dijo que quería que nos viéramos a las 20:30. Cerca del río. Fui, pero ella no apareció.

Rasbach saca su cuaderno del bolsillo de la chaqueta.

—¿Por qué no?

—Dice que su hermana la necesitaba.

—¿Por qué quería verle?

—No lo sé —contesta. No quiere hablarle del hombre de cabello oscuro que Brigid vio aquella mañana rondando su casa. Ella dijo que no le había contado nada a la policía al respecto.

—¿No se lo ha preguntado?

Tom sabe que tiene que decírselo.

—Si es necesario que lo sepan, antes de conocer a mi mujer, Brigid y yo estuvimos..., en fin, tuvimos una aventura.

Rasbach le mira serenamente.

—Siga —dice.

—Fue muy corta, le puse fin yo, justo antes de conocer a Karen.

—¿Y lo sabe su esposa?

—No, nunca se lo he contado.

—¿Por qué?

—¿Por qué demonios cree usted?

—¿Y no tiene ni idea de por qué esta... Brigid quería hablar con usted esa noche?

Tom niega con la cabeza.

—No. El accidente de Karen hizo que me olvidara de ello.

—Entonces, ¿ya no se acuesta con ella?

—No. Claro que no.

—Entiendo.

En este momento, no hay nada que Tom desearía más que soltarle un puñetazo al inspector. Pero no lo hace. Los policías se retiran mientras Tom se levanta y los ve salir. Tiene que contenerse para no dar un portazo furioso tras ellos.

27

Crees que sabe quién es su mujer en realidad? —pregunta Jennings, mientras se ponen el cinturón de vuelta en el coche.

Rasbach niega con la cabeza.

—Lo dudo. Parecía aterrado de que le contáramos algo que no quería oír sobre su esposa. —Hace una pausa y añade—: Este hombre debe de estar viviendo un infierno.

Jennings asiente con la cabeza.

—¿Te imaginas lo que tiene que ser meterte en la cama cada noche con una mujer que podría ser una asesina? Debe de pasar factura.

Rasbach se siente frustrado por no haber encontrado ninguna persona desaparecida que encaje con el perfil de Karen.

—¿Quién demonios es? —se pregunta en voz alta—. Me gustaría tomarle declaración, pero no quiero asustarla. —Se queda pensando un instante—. Si tuviéramos lo suficiente para detenerla, podríamos tomarle las huellas y ver si así lográbamos identificarla. Sabemos que está involucrada, de un modo u otro. Pero las pruebas que tenemos contra ella no bastan.

—Intentar averiguar quién es es como buscar una aguja en un pajar —dice Jennings—. ¿Sabes cuánta gente desaparece en este país cada año? —Rasbach arquea las cejas mirándole—. A ver, era una pregunta retórica —añade.

—Creo que la clave de todo esto es la víctima —señala Rasbach—. Una mujer sin identificar presuntamente mata a un hombre sin identificar. ¿Quién es esta gente?

—¿Crimen organizado? ¿Protección de testigos?

—Quizá. No lo sé. Pero si somos capaces de identificar a uno de ellos, creo que podremos identificar al otro. —Se queda callado un momento—. Ella lo sabe —dice reflexivamente. Al llegar a comisaría, añade—: Vamos a pedirle que venga. Lo haremos relajadamente.

Karen se mete en la ducha y se da el gusto de llorar mientras el agua le cae por la cabeza. No quiere huir —no quiere dejar a Tom—, pero puede que no le quede elección si las cosas se tuercen rápidamente.

Pasado un rato recobra la compostura porque no tiene alternativa. No puede desmoronarse. Por muy

mala pinta que tenga el asunto, no significa necesaria-
mente que la policía vaya a ser capaz de fundamentar un
caso. Debería ir a hablar con Jack Calvin otra vez, sin su
marido. Necesita saber qué opciones hay.

Porque, en cuanto identifiquen a la víctima, en
cuanto se den cuenta de que ese hombre es Robert Traynor, indagarán más en su vida.

Verán que su esposa murió de forma trágica hace
casi tres años.

Hay fotos de Georgina Traynor. Sabe que el inspector la reconocerá. Juntará las piezas y se dará cuenta
de que fingió un suicidio para huir de su marido, que él
la encontró y la llamó con ese teléfono de prepago la
noche del accidente. Pensará que ella le mató.

El miedo le hace sentir náuseas. Es solo cuestión
de tiempo.

¿Y Tom? ¿Qué pensará Tom cuando descubra que
es un fraude, que cuando se casó con ella ya estaba legalmente casada con otra persona? ¿Qué va a pensar
cuando intenten decirle que es una asesina?

Se viste a toda prisa y saca la tarjeta de Jack Calvin
de su cartera. Mira el número para emergencias en el
dorso. Dijo que podía llamarle a ese teléfono en cualquier momento. Se sienta en el sofá del salón y va a
descolgar el auricular, cuando de repente suena. Asustada, contesta.

—¿Sí?

—Soy el inspector Rasbach.

«Lo saben».

—Dígame, inspector —logra balbucear, con el corazón en un puño.

—Nos gustaría que viniera a comisaría para contestar unas preguntas. Como algo voluntario, por supuesto, no está obligada si no quiere.

Por un momento, se queda helada. ¿Qué debería hacer?

—¿Por qué? —quiere saber.

—Tenemos algunas preguntas más —repite él.

—¿Han identificado al hombre que murió?

—Todavía no —responde el inspector.

Su pulso late acelerado. No le cree.

—De acuerdo. ¿Cuándo quieren que vaya? —Intenta mantener un tono relajado, para que no note lo aterrada que está.

—En cualquier momento de esta tarde nos viene bien. ¿Sabe dónde está la comisaría? —Le indica dónde encontrarle, pero ella no está escuchando.

Nada más colgar, Karen va a su dormitorio rápidamente y empieza a hacer la maleta.

28

Tom coge su móvil del escritorio y se dispone a marcharse, aunque sea solo primera hora de la tarde. Con tono tenso y sin siquiera mirarla, dice a la recepcionista: «No volveré en el resto del día» y sale del edificio hacia el aparcamiento.

Conduce hasta el río y se queda un rato allí, contemplando cómo corre el agua. No logra calmarle.

No sabe quién es su mujer. ¿Dónde empezaron las mentiras y cuándo pararán? Siente las lágrimas abrasándole los ojos y se los frota para contenerlas.

De repente, siente la necesidad de enfrentarse a ella. No puede seguir aguantando la tensión que hay entre ambos, el estrés de ser observado por la policía, el continuo hostigamiento de ese espantoso inspector. Vuelve a su coche y regresa a casa alimentando su ira para reunir el valor de enfrentarse a ella. Al aparcar en el camino de entrada siente una punzada de miedo en el corazón. ¿Qué se encontrará esta vez?

Karen no le estará esperando; es muy temprano. Abre la puerta sigilosamente. Quiere sorprenderla, ver qué hace cuando piensa que él no está en casa.

Recorre silenciosamente la planta baja; no está ahí. Luego sube por las escaleras enmoquetadas y avanza por el pasillo hasta el dormitorio. Se queda en la puerta abierta y lo que ve le rompe el corazón.

Karen está de espaldas, absorta mientras prepara una bolsa de viaje. Sus movimientos son apresurados. Está huyendo. ¿Ni siquiera se lo iba a decir?

Abre la boca para pronunciar su nombre, pero no logra emitir sonido. Se queda inmóvil, aturdido, contemplando a la mujer que ama preparándose para dejarle sin despedirse siquiera.

De repente, Karen se da la vuelta y le ve. Da un respingo de sorpresa y miedo. Y se quedan mirándose durante un largo momento, sin decir nada.

—Tom —susurra y luego se queda callada. Las lágrimas se acumulan en sus ojos y empiezan a caer por sus mejillas, pero no se mueve para abrazarle. Y él tampoco se acerca a ella.

—¿Adónde vas? —pregunta con brusquedad, aunque sabe que eso no importa. Se va, y no importa adónde vaya. Le deja para huir de la acusación de homicidio. En este momento, ni siquiera sabe si quiere detenerla.

—El inspector Rasbach llamó hace unos minutos —confiesa Karen, con voz temblorosa—. Quiere que vaya a comisaría para tomarme declaración.

Tom se queda mirándola, esperando más explicaciones. «Cuéntamelo», piensa. «Dime la puta verdad».

—No me quiero ir —continúa, apartando la mirada hacia el suelo—. No quiero dejarte. —Las lágrimas corren por su rostro.

—¿Mataste a ese hombre? —pregunta Tom con voz baja y desesperada—. Dímelo.

Ella le mira con miedo.

—No es lo que parece —responde.

—Dime qué es, entonces —replica él con dureza, mirando por un instante la bolsa de viaje sobre la cama, con la ropa medio desparramada, y volviendo a clavar los ojos en ella—. Quiero saber lo que pasó. Quiero oírlo de ti y quiero que sea la verdad.

Tom necesita que Karen demuestre ante sus ojos que está libre de culpa. Eso es lo único que desea; y luego podrá abrazarla y decidir qué hacer. Quiere estar a su lado si es posible. La ama, eso no ha cambiado. Y le sorprende seguir sintiéndose capaz de quererla, cuando no confía en ella. Quiere volver a hacerlo. Quiere que sea sincera con él.

—Es demasiado tarde —dice Karen, derrumbándose en la cama y cubriéndose la cara con las manos—. Lo saben. ¡Tienen que saberlo!

—¿Saber qué? ¿Qué es lo que saben? ¡Dímelo! —grita Tom.

—Era mi marido —susurra, alzando una mirada sin vida.

—¿Quién? —pregunta Tom, sin comprender.

—El muerto. Era mi marido.

«No», piensa Tom. «No. Esto no puede estar pasando».

Ella vuelve a alzar la vista, con los ojos llenos de lágrimas.

—Hui de él. Le tenía miedo —explica—. Era un maltratador. Dijo que, si le dejaba, si intentaba dejarle siquiera, me mataría.

Tom escucha paralizado por el pánico. El miedo es inmenso. Pero su corazón también se llena de un deseo feroz de consolarla y protegerla.

—Se llamaba Robert Traynor —continúa, con un tono neutro—. Nos casamos hace seis años y vivíamos en Las Vegas.

¿Las Vegas? No se imagina a Karen viviendo en Las Vegas.

—En cuanto nos casamos, él cambió. Era como si se hubiera convertido en una persona distinta. —Mira al suelo, encorva los hombros. Tom se queda de pie, observándola desde arriba. Tras una pausa, Karen prosigue—: Me di cuenta de que nunca sería capaz de escapar de él. No podía dejarle, ni divorciarme. Sabía que una orden de alejamiento tampoco ayudaría. Y, si huía de él, me seguiría hasta el fin del mundo. —Esto lo dice con amargura, con la voz rasgada.

Alza la mirada hacia él, con los ojos llenos de arrepentimiento.

—Lo siento mucho —susurra—. Nunca quise hacerte daño. Te quiero, Tom. No deseaba que nada de esto te afectara. —Las lágrimas fluyen por su cara y tiene el pelo enmarañado—. Después de escapar, lo único que quería era poder fingir que esa parte de mi vida no había existido. —Aparta la mirada, desesperada—. Quería borrar el pasado. —Parece haberse atascado.

Tom la mira, con el corazón haciéndose añicos, pero también con recelo. Sabe que hay más.

Karen se arma de valor y vuelve a empezar.

—Fingí mi propia muerte. Era la única forma de asegurarme de que no vendría a por mí.

Él está totalmente quieto, escuchándola con más y más desazón. Le cuenta todo, cómo consiguió una identidad nueva y fingió saltar del puente de la presa Hoover. Está seguro de que lo que le está contando es la verdad, pero teme más que nunca adónde lleva todo esto.

—Entonces, hace unas semanas empecé a notar cosas, cosas que me asustaron.

—¿Qué tipo de cosas?

Levanta la cabeza y le mira.

—Alguien había entrado en casa. ¿Recuerdas cuando te llamé al trabajo y te pregunté si habías venido durante el día? Te dije que probablemente me hubiera dejado una ventana abierta. Pero no era verdad. Alguien había estado rebuscando entre mis cosas, mirando en mis cajones. Estaba segura de ello. Ya sabes lo ordenada que soy. Sabía que habían cambiado las cosas de sitio. Estaba aterrada. Pensé que era él.

Le mira con una expresión de espantoso sufrimiento.

—Creo que estuvo entrando en casa durante varias semanas, colándose mientras estábamos fuera. —Se estremece—. Un día noté que alguien se había tumbado en la cama. Empecé a hacer fotos con mi móvil antes de marcharme por las mañanas y, cuando volvía, a veces notaba que habían cambiado las cosas de sitio. No sabía qué hacer. No podía contártelo. —Le mira con ojos suplicantes.

—¿Por qué no podías contármelo, Karen? —pregunta él con desesperación—. Lo habría entendido. Te habría ayudado. Podríamos haber pensado en cómo solucionarlo juntos. —¿Tan poco confiaba en él? Habría estado a su lado, si tan solo hubiese sido sincera con él—. Podríamos haber ido a la policía. No habría permitido que te hiciera daño. —«Y entonces no te habrías convertido en una asesina y nuestras vidas no se habrían destrozado», piensa.

—He empezado a recordar —confiesa Karen—. Anoche: no cuando estábamos allí, donde ocurrió, sino luego, cuando sonó el teléfono, empecé a acordarme. —Se enjuga las lágrimas con el dorso de la mano—. Aquella noche, me llamó. —Su cara empalidece aún más al contarle el resto—. Dijo: «Hola, Georgina», y su voz sonaba exactamente igual, persuasiva y amenazadora al mismo tiempo. Era como si volviera a estar en el mismo sitio, con él.

Tom nota que tiene los ojos vidriosos y su voz suena átona.

—Quería colgar, pero tenía que saber qué pretendía hacer. Sabía que me había encontrado, que había entrado en nuestra casa. Estaba muy asustada. —Empieza a temblar.

Tom se sienta en la cama a su lado y le pasa un brazo por los hombros. Siente su cuerpo estremeciéndose. Su corazón también late desbocado. Necesita escuchar el resto de la historia, todo. Tiene que saber dónde están, antes de pensar qué hacer.

—Dijo que me creía muy lista, engañando a todo el mundo. Pero que a él no le había engañado. Que había seguido buscándome. No sé cómo dio conmigo. Aseguró que, si él no podía tenerme, nadie lo haría. Me dijo que me reuniera con él en el restaurante. —Mira a Tom con un miedo pavoroso en los ojos—. ¡Dijo que, si no iba, te mataría, Tom! ¡Lo sabía todo de ti! ¡Sabía dónde vivíamos!

Ahora la cree, hasta la última palabra. La envuelve en su abrazo y deja que llore. Los sollozos le golpean en el pecho. La besa en la coronilla y piensa furiosamente qué hacer. Finalmente, Karen se aparta y le cuenta el resto, con la mirada clavada en el suelo.

—Cogí mi arma..., tenía una pistola escondida, por si alguna vez me encontraba, y fui hasta allí para verle. Dejé el coche en ese aparcamiento y me dirigí a la puerta trasera del restaurante. —Le mira con urgencia—. Te juro que no pensaba matarle, Tom. Me llevé el arma para protegerme. Le iba a decir que iría a la policía y les contaría todo, que ya no le tenía miedo. No pensaba con claridad, debería haber acudido a la policía primero, eso lo sé ahora. Cuando llegué allí, la puerta trasera estaba abierta. Me acuerdo de que la empujé con una mano… y eso es todo lo que recuerdo. Después de eso, mi mente está en blanco. —Levanta la vista hacia él—. No sé lo que ocurrió después, te lo juro.

Tom observa su cara traumatizada. ¿De veras no se acuerda?

Ella se derrumba en sus brazos, agotada. La abraza mientras llora.

Bueno, pues ahora ya lo sabe. Tenía un buen motivo para hacer lo que hizo. No puede condenarla por ello. Tal vez sea cierto que no se acuerda. Tal vez sea demasiado difícil de afrontar. Cogió el arma. Eso lo comprende. Pero también se llevó los guantes. Parece como si tuviera intención de hacerlo. ¿Qué demonios van a hacer ahora?

Karen se endereza de nuevo. Tiene la cara llena de manchas y los ojos hinchados de tanto llorar.

—Debió de entrarme el pánico. Y salí conduciendo a toda velocidad, me salté los semáforos y me estampé contra ese poste.

—¿Qué pasó con el arma? —pregunta Tom, pensando rápidamente.

—No lo sé. Debí de dejarla allí. Evidentemente, no estaba en el coche. Supongo que alguien la cogió y se la llevó.

El corazón de Tom se ha acelerado escuchando lo que hizo y ante la terrible incertidumbre de su situación. ¿Qué pasará si alguien entrega la pistola?

—Dios —susurra Tom.

—Lo siento —dice Karen, desesperada—. No quería contártelo. No quería perderte. Y no quiero meterte en líos a ti también. Es mi problema. Tengo que arreglarlo yo. No puedo dejar que te afecte.

—Ya me ha afectado, Karen. —La coge por los brazos, mira fijamente sus ojos colmados de lágrimas y añade con urgencia—: Tu abogado es quien debe solucionar esto. Todo irá bien. Temías por tu vida. Tenías un buen motivo para hacerlo.

—¿Qué estás diciendo? —pregunta ella, apartándose—. No creo que le matara, Tom. No me creo capaz de hacer algo así.

Él la mira con incredulidad.

—Entonces, ¿quién lo hizo?

—No lo sé. —Le mira como si le doliera que dude de ella—. Yo no era la única que le odiaba.

Tom la abraza con fuerza para no tener que mirarla a los ojos y susurra:

—No te vayas. Quédate y enfréntate a esto. No me dejes.

29

Una hora más tarde, Karen y Tom se presentan otra vez en el despacho de Jack Calvin. Ella se ha lavado la cara y se ha retocado el maquillaje. Se siente más calmada y distante, casi estoica frente al desastre. El apoyo de Tom es un consuelo. Pero le aterra lo que pueda suceder ahora.

—Pasen —dice Calvin, expeditivo y profesional. Ha cambiado su agenda para reunirse con ellos. Hoy no se detiene a hablar de trivialidades—. Siéntense.

Mientras toman asiento, Karen piensa en que cada vez que entra en este despacho las cosas están peor.

—¿Qué ha ocurrido? —pregunta Calvin, mirando fijamente a ambos.

Ella levanta la vista y responde:

—El inspector Rasbach me ha pedido que vaya a la comisaría esta tarde a contestar unas preguntas. Me gustaría que estuviese allí conmigo.

Calvin la observa atentamente, luego a Tom, y de nuevo a ella.

—Pero ¿por qué ir? —pregunta—. No está obligada. No la han detenido.

—Puede que lo hagan, pronto —explica Karen.

Calvin no parece tan sorprendido como ella esperaba. Coge un cuaderno de notas amarillo y el caro bolígrafo que reconoce de su última visita, y se queda esperando.

—Tal vez debería empezar por el principio —dice Karen. Respira hondo y espira—. Fingí un suicidio y hui para escapar de un marido maltratador. He estado viviendo bajo una identidad nueva.

—De acuerdo —contesta el abogado lentamente.

—¿Es delito?

—Depende. No es delito de por sí fingir la propia muerte, pero es posible que cometiera otros al hacerlo. Y adoptar una identidad falsa es cometer un fraude. Pero ya volveremos a eso más tarde. ¿Cuál era su nombre antes?

—Georgina Traynor. Estaba casada con Robert Traynor. Es el hombre al que están intentando identificar, el que fue asesinado aquella noche. —Se vuelve hacia Tom en busca de apoyo, pero él está mirando al abogado, no a ella.

Calvin parece preocupado. Karen sabe que la situación tiene muy mala pinta.

—En cuanto le identifiquen, encajarán las piezas —interviene Tom, claramente agitado—. Verán que su mujer murió. Ya saben que Karen adoptó una identidad nueva, que Karen Krupp no es quien dice ser. Han venido a mi oficina a advertírmelo.

Karen le mira consternada; Tom ya lo sabía. Los inspectores lo saben.

—No me lo habías contado —le reprocha. Pero él aparta los ojos y mira a Calvin.

—Lo que importa es qué pueden demostrar —señala Calvin con serenidad. Se inclina sobre su escritorio—. Así que cuénteme qué pasó esa noche —añade—. Y, por favor, recuerde que tengo el deber de no mentir ante el tribunal, así que no me cuente nada que me ponga en una situación difícil.

Karen duda un instante.

—Todavía no me acuerdo de todo, pero le puedo decir lo que sí recuerdo —responde. Le relata lo mismo que explicó antes a Tom, sin mencionar el arma. Pero le cuenta todo lo demás hasta el momento en que abrió la puerta del restaurante.

Calvin se queda mirándola, como si estuviera intentando decidir si creerla o no. Un silencio ominoso inunda su despacho.

—¿Cabe la posibilidad de que llevara un arma consigo, hipotéticamente hablando?

—Es posible que hubiera un arma, hipotéticamente hablando —contesta con cautela.

—¿Hay alguna manera de que, en caso de que la encuentren, se pueda relacionar esta hipotética arma con usted? —La observa atentamente, con preocupación.

El arma se compró de forma ilegal y no estaba registrada a su nombre. Si la localizan, no pueden relacionarla con ella. Y no tiene huellas dactilares, de eso está segura. Nunca la ha tocado sin guantes.

—No —contesta con firmeza.

El abogado vuelve a reclinarse en su sillón, que rechina un poco, y se queda pensando en silencio. Entonces se inclina otra vez hacia delante y apoya ambas manos sobre su escritorio.

—Esto es lo que vamos a hacer —dice—. Vamos a ver si encuentran lo suficiente para imputarla. Estoy seguro de que lo harán, una vez que identifiquen el cadáver. Las pruebas circunstanciales son sólidas; eso bastará. Pero que puedan demostrarlo en un juicio es otra cosa.

—Pero... —replica Karen.

Calvin la mira inquisitivamente.

—Pero ¿qué?

—Yo no pude matarle —afirma Karen con vehemencia—. No podría —repite—. No me creo capaz de algo así.

Su abogado y su marido se quedan mirándola. Tom aparta los ojos rápidamente, casi avergonzado. El abogado, no.

—¿Quién cree que pudo matarle? —pregunta Calvin.

—No lo sé.

—¿Aunque sea una suposición?

Karen mira a Tom y de nuevo al abogado.

—Es posible que tuviera enemigos.

—¿Qué clase de enemigos?

—Enemigos en sus negocios.

—¿En qué tipo de negocios estaba metido? —pregunta el abogado.

—Era anticuario. Ignoro si todas sus transacciones se hacían siguiendo métodos honestos y respetables, pero yo sabía que no me convenía preguntarlo. Trataba con algunas personas de dudosa reputación.

Se hace un silencio en el despacho que parece prolongarse eternamente. Karen se queda absolutamente inmóvil. La idea de ir a juicio por asesinato le aterroriza. Viéndose en la oficina de su abogado, comprende que es demasiado tarde. «Debería haber huido», piensa.

—El inspector Rasbach me espera en la comisaría —dice al fin.

—No va a ir a comisaría —replica Calvin—. Cuando crean que tienen suficiente, que vengan a detenerla. Ahora, cuénteme cómo huyó de Robert Traynor.

Se lo explica todo: los meses planeándolo, cómo fue ahorrando dinero mientras iba a escondidas al albergue de mujeres para buscar apoyo, y finalmente lo que hizo aquel día en el puente de la presa Hoover. Con un hilo de voz, añade:

—En cierto modo fue fácil, porque no tenía que dejar atrás una familia. Mis padres estaban muertos y no tenía hermanos. Tampoco tenía seguro de vida a mi nombre, así que sabía que las aseguradoras no lo investigarían. Pensé que podía conseguirlo y estaba desesperada. No tenía nada que perder.

Cuando termina, se produce un largo silencio.

—¿Qué hizo con la mochila? —pregunta entonces Calvin.

—Ah, sí, eso. —Hace una pausa, recordando—. Tuve que deshacerme de ella, pero tampoco podía tirarla por la ventana. Todo lo que había en su interior podía relacionarse conmigo. Así que metí varias piedras pesadas dentro y la lancé en un lago desde un puente en plena noche.

Tom la observa mientras habla y aparta los ojos, como si no soportara imaginarla haciéndolo.

—Sé que me hace parecer una persona calculadora —admite Karen, lanzando una mirada casi desafiante a los dos—. Pero ¿qué hubieran hecho en mi lugar? —Cuando ninguno de los dos contesta, añade—: Claro, es que nunca podrían estar en mi lugar. Qué suerte: qué fácil debe de ser ser hombre.

Tom le lanza una mirada conciliadora como si quisiera compensarla por todos los hombres despreciables del planeta.

—Siempre pensé que te lo contaría algún día—le dice Karen. E ignorando al abogado, como si no estuviera en el despacho, le pregunta—: ¿Cuándo debería habértelo contado? ¿Al principio? ¿Habrías querido estar con una mujer que huyó de su vida anterior y tenía una identidad falsa? ¿Más adelante? Te habrías sentido dolido, engañado, como te sientes ahora mismo. La verdad es que nunca hubo un buen momento para contártelo. —Habla con un tono casi práctico. Tampoco se está disculpando. Hizo lo que tenía que hacer. Y este es el resultado.

Tom la coge de la mano. Pero no la mira. Está mirando la mano de Karen en la suya.

30

Cuando están saliendo del despacho de Calvin, el abogado les dice:

—Probablemente no tarden en identificar a la víctima y entonces las cosas se pondrán tensas. Tienen que estar preparados. —Los mira fijamente. Sus ojos se detienen más en Tom, como si presintiera que, de los dos, él está menos mentalizado para lo que va a ocurrir.

Tom sospecha que tiene razón. Su mujer es mucho más fuerte de lo que pensaba. No puede imaginar tener la sangre fría para fingir su propia muerte huyendo de un loco y empezar de nuevo como otra persona. Debe de tener nervios de acero, piensa. No sabe si le gusta pensar eso de ella.

Mientras caminan de vuelta al coche en el aparcamiento, Tom se ve invadido por un miedo terrible. Sus vidas están a punto de entrar en una nueva dimensión de horror. Probablemente acusen a Karen de asesinato. Tendrá que ir a juicio. Incluso cabe la posibilidad de que vaya a la cárcel. No sabe si es lo bastante fuerte como para soportarlo, si el amor que sienten el uno por el otro es capaz de superar lo que se avecina.

Tom conduce concentrándose en la carretera, ante todo porque no quiere mirar a su mujer. Pero siente que ella le observa.

—Lo siento mucho, Tom —dice Karen—. No quería hacerte esto.

No confía en su voz para contestar. Traga saliva y mantiene los ojos en la carretera.

—No debería haber accedido a casarme contigo sin contártelo todo —susurra, angustiada.

Y entonces Tom cae en la cuenta: no están realmente casados. El día de su boda, ella seguía legalmente casada con otra persona. La simple idea le marea. Ella estuvo a su lado jurando sus votos, cuando sabía que ya estaba casada con otro hombre. Sus votos no significan nada. Tiene que contener el impulso de parar el coche y decirle que se baje.

De algún modo, sigue conduciendo.

—Está bien —responde—. Todo va a ir bien. —Pero lo dice de manera automática; no lo cree.

Tal vez si la abrazara sin más, sin mirarla a los ojos, estaría mejor. Necesita serenarse de nuevo unos instantes para poder seguir adelante, pero está al volante.

El resto del trayecto transcurre en silencio. Cuando llegan a casa, Tom dice:

—Tengo que volver a la oficina un rato, no mucho. Regresaré pronto, para cenar.

Karen asiente.

—Vale.

Detiene el coche en el camino de entrada y, antes de que se baje, se inclina hacia ella y la abraza con fuerza. Durante ese momento, intenta olvidar todo lo que ha pasado y concentrarse en la sensación de tenerla en sus brazos. Luego se aparta y dice:

—No te vayas. Prométemelo.

—Lo juro.

Sostiene su mirada y ni siquiera ahora sabe si la cree. ¿Va a ser así la vida a partir de ahora?

Deja que Karen se baje, da marcha atrás y vuelve hacia el centro. No tiene intención de regresar al trabajo. Conduce hasta su rincón junto al río, para intentar quitarse de encima todo este sórdido asunto, aunque sabe que no puede. Ya no, nunca.

Brigid ha estado tejiendo un jerseicito de bebé amarillo claro para una amiga embarazada, pero después de un rato decidió que no aguantaba más, así que ahora se ha puesto con un colorido jersey de rayas que se está haciendo para el otoño. De repente, la prenda a medio terminar se queda colgando de su regazo mientras mira la casa de enfrente. Su cuerpo se tensa y se inclina ligeramente hacia delante.

Ve que Tom y Karen suben por el camino de entrada y se detienen, pero, en vez de bajarse del coche, se quedan unos momentos en su interior. Brigid espera expectante. Karen se baja y Tom no. Se pregunta dónde habrán estado. Piensa mucho en Tom y Karen, en dónde están y qué hacen, en su vida juntos. Es como si estuviera enganchada a una serie de televisión fabulosa y se muriera de ganas de saber qué pasa en el siguiente episodio.

Bob le dice que es obsesiva. Se queja de que no es normal. Argumenta que se ha obsesionado con la vida de los Krupp porque está sola y aburrida y no tiene nada que hacer en todo el día. Que es demasiado lista como para no hacer nada.

Pero él no lo entiende. No sabe.

Ve que Tom da marcha atrás y se aleja calle abajo; puede apreciar su expresión tensa y ceñuda a través de la ventanilla abierta. Se pregunta si habrán discutido. Vuelve a fijar su atención en Karen, que está abriendo la puerta de entrada. Brigid nota abatimiento en la postura de sus hombros. Quizá hayan discutido.

Deja las agujas a un lado, coge sus llaves y cierra la puerta detrás de sí. Cruza la calle hasta la casa de Karen y llama al timbre.

Cuando abre la puerta y la ve, parece un poco retraída, incluso disgustada de verla. ¿Por qué no se alegra de su visita?

—Hola, Brigid —saluda, sin abrir mucho la puerta—. Acabo de llegar a casa. Me duele la cabeza. De hecho, me iba a echar un rato antes de cenar.

—Ah —contesta Brigid—. Me dio la impresión de que te vendría bien una amiga. —Dibuja su sonrisa más cálida—. ¿Va todo bien?

—Sí, todo bien —responde Karen. Brigid no se mueve hasta que Karen abre un poco más la puerta y atraviesa el umbral.

Se sientan en el salón. Karen parece agotada. Tiene los ojos hinchados, como si hubiera estado llorando, y su cabello ha perdido el brillo. Cuánto ha cambiado en los últimos días, piensa Brigid.

—¿Por qué no me cuentas lo que está sucediendo? —dice—. A lo mejor te ayuda.

—No está ocurriendo nada —responde Karen, pasándose una mano por el pelo lacio.

Pero Brigid sabe que miente. Ha estado viendo cómo se desarrollaba todo desde el otro lado de la calle. Y Karen parece demasiado alterada para que no esté pasando nada. Brigid no es tonta; desearía que no la tratase como si lo fuera.

—¿Va todo bien entre Tom y tú? —pregunta sin miramientos.

—¿Cómo? ¿Qué quieres decir? —contesta Karen, claramente sorprendida.

—Bueno, acabo de verle marcharse y parecía enfadado. Y tú, disgustada. Debe de estar costándole todo esto —añade con delicadeza—, el accidente, la policía. —Al ver la mirada de Karen, Brigid rectifica—: Os debe de estar costando a los dos. —Karen desvía los ojos hacia la ventana. Tras un breve silencio, Brigid prosigue—: ¿Has recordado algo que pueda ser útil para la policía?

—No —responde Karen con una pizca de brusquedad—. Y tú, ¿qué tal? —pregunta, tratando de cambiar de tema.

—Karen, estás hablando conmigo. Me puedes contar cualquier cosa. —Lo dice en serio. Le molesta que sea tan cerrada; casi no cuenta intimidades de su vida. Ella le ha hablado de sus dificultades para quedarse embarazada y su fracaso con los tratamientos de fertilidad. Pero Karen nunca se abre. Incluso ahora, cuando las cosas no van nada bien, y uno esperaría que le viniera bien una amiga. De pronto piensa que debe de ser impactante para Karen que todo no sea perfecto.

Brigid cree que las cosas deberían ser más equilibradas entre amigas, y, en su opinión, Karen no ha hecho todo lo que podía por su amistad. Ella se ha esforzado mucho. Karen no tiene ni idea de lo duro que ha sido. Cuánto ha tenido que tragarse. No sabe lo que hubo entre Tom y ella, lo difícil que ha resultado verle con Karen durante todo este tiempo. Tener que fingir que no le molesta. Cuántas veces ha tenido el impulso de soltarlo, pero siempre se ha mordido la lengua.

Ahora que lo piensa, Karen nunca ha mostrado mucho interés por su vida. No tanto como Brigid por la de ella. Por ejemplo, nunca ha sentido mucha curiosidad por su blog de punto, y eso siempre le ha molestado. Brigid Cruikshank es una diosa entre las tejedoras online. Pero Karen no teje y le da igual.

En ese momento, Karen la mira y dice:

—Agradezco tu preocupación, Brigid, de veras. Eres una buena amiga. —Sonríe y Brigid le devuelve la sonrisa de manera mecánica—. Pero me está empeorando el dolor de cabeza. Debería tumbarme. —Se levanta del sofá y la acompaña hasta la puerta.

—Espero que te mejores pronto —responde Brigid y le da a Karen un breve abrazo.

Entonces cruza otra vez la calle hacia su casa vacía y vuelve a su sitio junto a la ventana, con sus agujas de punto, a esperar a que Tom regrese.

La tarde ya está muy avanzada y parece evidente que Karen Krupp no se va a presentar voluntariamente. Rasbach está considerando qué medidas tomar cuando Jennings entra en su despacho y anuncia:

—Puede que tengamos algo. —Rasbach levanta la mirada—. Me acaba de llamar el dueño de una tienda de empeños con el que hablé después de encontrar el cadáver. Dice que un chaval acaba de venderle un reloj y un anillo.

—¿Conoce al chico?

—Sí.

—Vamos —dice Rasbach, cogiendo su funda de hombro para la pistola y la chaqueta.

Cuando llegan a la Casa de Empeños Gus, no hay nadie más que el dueño detrás del mugriento mostrador. El hombre asiente al reconocer a Jennings y se muerde el interior de la mejilla.

—Este es Gus —dice Jennings, presentándole a Rasbach. El hombre asiente de nuevo—. ¿Quiere enseñarnos lo que tiene? —solicita Jennings.

El hombre se agacha bajo el mostrador, saca un reloj de hombre y lo coloca sobre la superficie de vidrio. Al lado deja un pesado anillo de oro.

Los inspectores se miran.

—Parece caro —comenta Rasbach.

—Sí. Un Rolex auténtico.

Rasbach saca un par de guantes de látex y examina el reloj primero y luego el anillo, buscando marcas o inscripciones identificadoras, pero no encuentra nada. Vuelve a dejar los artículos sobre el mostrador, decepcionado.

—¿Cómo dijo el chico que llegaron a su poder? —pregunta Rasbach.

—Aseguró que se los encontró.

—¿Cómo se llama?

—Ese es el problema —responde Gus—. Conozco al chaval. Solo tiene catorce años. No quiero que se meta en líos serios.

—Lo comprendo —contesta Rasbach—. Pero necesitamos saber si encontró algo más, alguna identificación además de las joyas. Algo que nos ayude en nuestra investigación. No creemos que el chico tenga nada que ver con el homicidio.

—Solo quiero que asusten al chaval —explica Gus—. Asustarle bien para que espabile, ¿vale? Por aquí ya hay demasiados chicos metidos en delitos. No quiero que vaya por ese camino.

—Claro, lo entiendo —dice Rasbach, asintiendo—. ¿Cómo se llama?

—Duncan Mackie. Vive en la calle Fenton. En el 153. Conozco a la familia. No le den mucha caña. Pero tampoco demasiado poca.

Rasbach y Jennings conducen hasta la dirección que les ha dado Gus. Rasbach espera que esta sea la pista que han estado esperando. Llama a la puerta de entrada de la casa destartalada. Siente alivio al ver que abre una mujer, porque no puede hablar con el chico sin estar presente un adulto a su cargo.

—¿Es usted la madre de Duncan Mackie? —le pregunta Rasbach. La mujer se alarma al instante. Cuando le enseña la placa, se pone peor.

—¿Qué ha hecho? —exclama, consternada.

—Solo queremos hablar con él —la tranquiliza Rasbach—. ¿Está en casa?

La mujer se aparta de la puerta para dejarlos entrar.

—¡Duncan! —grita escaleras arriba. Rasbach y Jennings toman asiento en la diminuta cocina y esperan.

El chico baja por las escaleras y al ver a los inspectores sentados en su cocina se queda clavado en el sitio. Mira a su madre, nervioso.

—Siéntate, Duncan —le ordena la mujer con gesto serio.

El chico toma asiento y se queda mirando a la mesa. Está sonrojado y taciturno.

—Duncan, somos inspectores de policía —le explica Rasbach—. No estás obligado a hablar con nosotros. Si quieres puedes pedirnos que nos marchemos. No estás detenido. —El chico no responde, pero le mira con recelo. Rasbach continúa—: Estamos interesados en el reloj y el anillo que le has dejado a Gus.

El chico se retuerce sin decir palabra, mientras su madre le mira encolerizada.

—Solo queremos saber si encontraste una cartera también. Algo que llevara alguna identificación.

—Puto Gus —murmura el chico.

—¡Duncan! —grita su madre con dureza.

—Si tienes la cartera —prosigue Rasbach—, tal vez podamos hacer la vista gorda.

La madre parece caer en la cuenta de qué va todo el asunto.

—No tendrá algo que ver con el hombre que encontraron muerto aquí cerca, ¿verdad? —Está angustiada.

El chico mira a su madre hecho un manojo de nervios, luego a los inspectores.

—El tipo ya estaba muerto cuando llegamos. Puedo conseguir la cartera.

Su madre se lleva una mano a la boca.

—Me parece buena idea —dice Rasbach—. Porque esto está disgustando mucho a tu madre, Duncan. Y creo que sería mejor confesar y pasar página antes de que sea demasiado tarde. No quieres que te detengan, ¿verdad?

El chico niega con la cabeza.

—Voy a buscarla. —Mira a su madre—. Tú quédate aquí. —Sale corriendo escaleras arriba, donde evidentemente tiene un escondite que no quiere que descubra su madre.

Tras unos momentos de tensión, le oyen bajar las escaleras con pasos pesados y reaparece en la cocina. Le entrega una cartera de cuero a Rasbach. Aún lleva billetes dentro.

Rasbach coge la cartera y la abre. Saca el carné de conducir.

—Gracias, Duncan. —Se pone en pie.

Jennings se vuelve hacia el chico mientras salen y le dirige una mirada amigable.

—No dejes las clases —le dice.

De camino al coche, Rasbach comenta con satisfacción:

—Ya le tenemos. Robert Traynor, de Las Vegas, Nevada. —Siente la misma inyección de adrenalina que le inunda cada vez que un caso empieza a avanzar. Se meten en el coche y salen hacia comisaría.

Poco después, Rasbach está examinando material muy interesante. La víctima, Robert J. Traynor, tenía treinta y nueve años, y era un exitoso vendedor de antigüedades. No tenía hijos. Su esposa, Georgina Traynor, falleció hace unos tres años. Rasbach mira una foto de Georgina. Se inclina hacia delante, la observa con atención. Se la imagina con el pelo más corto y oscuro. Comprueba las fechas.

«Bingo». Georgina Traynor no está muerta. Está vivita y coleando, y reside en el número 24 de Dogwood Drive.

31

Karen sube al piso de arriba y se tumba sobre la cama, aliviada de estar sola. Brigid le ha hecho sentir incómoda. Tal vez una siesta antes de que Tom vuelva a casa la libre del dolor de cabeza.

Yace rígida sobre la colcha, contemplando el techo. Van a acusarla de asesinato.

Con las lágrimas resbalando por sus mejillas, piensa con amargura que, si Robert no la hubiese encontrado, todo seguiría siendo perfecto. Se pregunta cómo lo hizo, tres años después. Cómo fue capaz de seguir sus pasos.

Finalmente, se mete bajo las sábanas y sucumbe a un sueño breve y exhausto.

Rasbach sigue sentado ante su escritorio, frotándose sus ojos cansados. Vuelve a coger la fotografía de Georgina Traynor y se acuerda de Karen Krupp, en su cómodo hogar en las afueras. Probablemente esté muerta de miedo, piensa.

Su siguiente reflexión es que ya ha estado asustada, y encontró una salida. Es una superviviente.

Analiza los hechos, tal y como le enseñaron: mujer casada finge su propia muerte, aparece en otro lugar con una identidad nueva. Tres años después, el marido que dejó atrás aparece muerto y da la impresión de que ella estuvo allí. Sabe lo que parece, pero no puede sacar conclusiones precipitadas.

Si era una mujer maltratada tratando de huir de una situación insoportable, todo sea dicho: la comprende. Entendería a cualquier mujer que se haya visto abocada a tomar medidas tan extremas para protegerse. No deberían ocurrir estas cosas. Pero sabe que suceden, y a diario. El sistema protege bastante mal a estas mujeres, y lo sabe. Es un mundo confuso y desquiciado.

Esta noche está muy pesimista; no es propio de él. Desea resolver el caso; siempre quiere hacerlo. Cree saber lo que ocurrió y también por qué. Pero luego pasará a manos de la justicia y a partir de ahí es imposible saber qué sucederá. Todo ello le deprime.

Piensa en Tom Krupp. Intenta imaginar por lo que estará pasando, pero no puede, no del todo. Rasbach nunca ha estado casado. En todos estos años no ha dado

UN EXTRAÑO EN CASA

con la mujer adecuada. Tal vez sea por su trabajo. Tal vez la conozca algún día. Y cuando lo haga, se dice a sí mismo mientras contempla de nuevo la foto de Georgina Traynor, comprobará sus antecedentes personalmente.

Tom ha vuelto a casa y han cenado juntos en un silencio roto tan solo por el rechinar de los cubiertos en los platos. Ahora Karen mira por la ventana del salón hacia la oscuridad, incapaz de irse a la cama. Solo conseguiría quedarse de nuevo mirando al techo. Se dice a sí misma que no hay nadie ahí fuera. Robert está muerto. Ya no hay nadie a quien temer.

Salvo ese inspector. Y la aterra.

Tom está arriba en su despacho, trabajando por la noche. No sabe cómo puede hacerlo en un momento como este. Tal vez sea su manera de no pensar. Prefiere ver columnas de cifras a su espantoso futuro. Y le entiende: a ella le están volviendo loca sus pensamientos.

Rasbach volverá. Lo sabe. Está terriblemente tensa, como preparada para huir. Pero le ha hecho una promesa a Tom. Debe tener fe en Jack Calvin.

Decide subir y darse un largo baño de agua caliente. Puede que la ayude a relajarse. Asoma la cabeza por el despacho y se lo dice a Tom. Él alza la vista un momento, asiente con la cabeza y vuelve a fijar su atención en la pantalla del ordenador. Karen da media vuelta, va hacia el cuarto de baño y abre el grifo de la bañera mientras intenta decidir entre un baño de burbujas o de sales de Epsom. Pero ¿qué más da? De todos modos, Rasbach la va a detener.

Sus ojos se detienen brevemente en el tocador y se queda paralizada. Algo va mal. Su pulso se acelera. El corazón le late dolorosamente contra las costillas y empieza a marearse. Revisa rápidamente el tocador, tratando de fijarse en los detalles. Es su perfume. Alguien ha destapado su perfume.

Sabe que ella no ha sido.

Se queda mirando el frasco, paralizada por el miedo, como si hubiera encontrado una serpiente enroscada en su tocador. Esta mañana no se ha puesto perfume, está segura de ello. Y ella nunca se dejaría el frasco sin tapar.

—¡Tom! —Grita su nombre frenéticamente. Pero él parece no oírla con el ruido del agua corriendo. Se apresura hacia su despacho por el pasillo, gritando su nombre.

Choca con él en la puerta del despacho.

—¿Qué pasa? —pregunta, con los ojos desorbitados. Antes de que encuentre palabras para decírselo, pasa por delante de ella y entra en el cuarto de baño. Karen le sigue—. ¿Qué? ¿Qué sucede? —dice. No ve lo que la ha asustado tanto, pero le ha contagiado su miedo.

Señala el frasco de perfume, con el tapón caído detrás, sobre el tocador.

—Mi perfume. Alguien lo ha dejado destapado. No he sido yo.

Tom mira el frasco de perfume, luego a ella, aliviado, pero también irritado.

—¿Ya está? ¿Estás segura? Puede que te lo hayas dejado destapado y se te haya olvidado.

—No, Tom, no lo hice —contesta bruscamente. Está claro que no la cree.

—Karen —dice él—, estás muy estresada. Puede que se te olviden algunas cosas. Ya sabes lo que dijo el médico. A mí también me cuesta concentrarme estos días. Ayer me dejé las llaves del coche en el despacho y tuve que volver a buscarlas.

—Pues eso te pasará a ti —replica—, a mí no. —Se queda mirándole y siente cómo sus ojos se endurecen—. No puedo permitirme no fijarme en detalles como este —continúa, con un tono de rabia escondido en la voz—. Porque, durante años, si no hacía algo «justo así», si las cosas no estaban «justo así», me caía una paliza de muerte. Así que sí: me fijo en los detalles. Y no me dejé el frasco de perfume destapado. Alguien ha estado en esta casa.

—De acuerdo, tranquilízate —dice Tom.

—¡No me digas que me tranquilice! —le grita.

Se quedan de pie en el pequeño cuarto de baño, cara a cara. Karen puede verle tan consternado como ella por su reacción. Su emoción desnuda les ha desconcertado y horrorizado a los dos. Nunca han sido así el uno con el otro. Entonces se da cuenta de que la bañera sigue llenándose y cierra rápidamente los grifos antes de que rebose.

Se endereza y le mira, más calmada, pero todavía asustada.

—Lo siento, Tom. No quiero gritarte. Pero alguien ha tenido que estar aquí.

—Karen —dice él. Emplea un tono suave, como si hablara con una niña—. Tu exmarido está muerto. ¿Quién más iba a entrar en nuestra casa? ¿Se te ocurre alguien? —Cuando ve que no contesta, le pregunta, con delicadeza—: ¿Quieres que llame a la policía?

No sabe si está siendo sarcástico —«¿Quieres que llame la policía por un frasco de perfume destapado?»— o es que está demasiado cansado y sobrepasado por todo lo que ha sucedido. Pero hay algo raro en su tono de voz.

—No, no llames a la policía —responde. Cuando ve que se queda ahí sin decir nada, añade—: Vete, voy a darme un baño.

Tom se va y Karen cierra la puerta con pestillo detrás de él.

32

βrigid está sentada mirando por la ventana; nunca se cansa de hacerlo. De vez en cuando, se huele delicadamente la muñeca. Se quedará despierta hasta que Tom y Karen se vayan a la cama, hasta que estén bien arropados y todas las luces estén apagadas.

Bob se ha pasado a cenar, pero luego ha vuelto a salir para otro funeral. Esta semana tiene uno todas las noches. Ella se pregunta si realmente es solo trabajo, o si está viéndose con alguien. Tampoco le importa. Sin embargo, siente una rabia hirviendo a fuego lento bajo su fría piel blanca, esa piel que su marido no ha tocado desde hace semanas, cuando se supone que están intentando tener un bebé. A veces odia a Bob. A veces odia su vida y a todos los que forman parte de ella. Aunque ya tampoco son tantos. Ha ido desprendiéndose de muchas cosas. Salvo de su blog de punto. Y de los Krupp.

Ante todo, se dedica a vigilar a Karen y Tom.

Desearía..., desearía ser otra persona, en otra vida. Eso es lo que de verdad desearía. Le sorprende un poco darse cuenta de que lo que más quiere en el mundo, al fin y al cabo, no es quedarse embarazada de Bob. Lo deseó durante tanto tiempo que el propio deseo, el fantasear con ello, se ha convertido en algo automático. Qué refrescante darse cuenta de que en realidad, sinceramente, quiere algo distinto para variar; que en realidad le gustaría ser otra persona, viviendo otra vida completamente distinta.

Alguien con un marido apuesto y cariñoso, un marido que le preste atención. Que vuelva a casa cada noche. Que la haga sentir especial, se la lleve de viaje a Europa, la bese en momentos inesperados sin ningún motivo concreto y la mire como Tom mira a Karen. Deja a un lado la labor de punto.

No ha sido capaz de resistir la atracción de la casa de los Krupp. No puede evitar cruzar la calle para colarse en su casa algunas veces y estar allí, sola, imaginando la vida con Tom. Tumbarse en su cama. Rebuscar entre las cosas de Karen y las de Tom. Acercarse la ropa de Tom a la cara y olerla... Un día incluso cogió una vieja camiseta de su cajón y la escondió en casa. Probarse la ropa de Karen delante del espejo. Usar su lápiz de labios, su perfume. Hacer como si fuera la esposa de Tom.

Es fácil: tiene llaves. Tom le dio un juego durante su breve aventura y ella hizo una copia en secreto antes de devolvérselo. Puede ir por el caminito que rodea la casa de los Krupp y que lleva al parque que hay al otro lado, y, si no hay nadie mirando, accede por la verja abierta y entra por la puerta trasera, sin ser vista.

Aquel día, fue ella quien se dejó el vaso sobre la encimera.

En realidad, nunca ha dejado de desear a Tom. Es solo cuestión de qué esté dispuesta a hacer para recuperarle.

Esta idea la golpea y contiene la respiración un segundo.

Últimamente no puede dejar de pensar en cómo eran juntos, cuando eran amantes. Tenían mucha química. Y era tan delicioso seducir a Tom, siempre abierto a probar cosas nuevas. Tan dispuesto a que ella llevara las riendas. Todo era perfecto, hasta que él le puso fin y empezó a salir con Karen.

Le incomodaba el hecho de que estuviera casada, pero aun así se había tragado su seductora mentirijilla y se había mostrado más que feliz de acostarse con ella. Eso cambió cuando supo la verdad. La dejó. Dios, cómo le dolió. Durante un tiempo le puso las cosas difíciles; no podía evitarlo, se sentía fuera de control. Bob no tenía ni idea de lo que pasaba, pero veía lo alterada e infeliz que estaba. Insistió en que fuera a ver a alguien. Al final, se adaptó. Llegó incluso a un acuerdo con Tom —un gesto bastante civilizado, en su opinión— para no hablar a nadie de su aventura. Durante todo este tiempo se lo han estado ocultando a Karen. ¡Ay, cuántas veces ha querido decírselo, frente a un café, contarle lo que Tom y ella hacían juntos!

Recuerda ahora la electricidad que recorrió su cuerpo la otra noche al tocar el brazo de Tom. Está segura de que él también la sintió, esa intensa energía sexual que tuvieron, prendiendo de nuevo. Seguro que por eso se apartó tan rápido. No puede admitir que aún siente algo por ella. Ahora está casado; es demasiado decente para eso. Pero está segura de que lo que sentía por ella sigue vivo.

Se pregunta si Tom se estará cansando ya de Karen. Se ha dado cuenta de la tensión que hay entre ellos.

Brigid sabe que Karen la considera su mejor amiga, aunque ella a veces no sepa comportarse como tal. La ha decepcionado, una y otra vez. Es difícil pensar en ella del mismo modo, después de lo ocurrido. Después de todo lo que ha hecho sufrir a Tom. Especialmente ahora que Brigid se ha dado cuenta de que tal vez pueda quedarse con Tom.

Karen no es su amiga; es su rival. Siempre lo ha sido.

Brigid siente como si un mundo nuevo se abriera ante ella, un nuevo futuro desplegándose.

Lleva los últimos días sentada junto a esta ventana, siguiendo ávidamente lo que ocurría al otro lado de la calle. Sabe que Karen tiene problemas serios. Tal vez la policía la detenga pronto por asesinato.

Y entonces Tom se quedará solo y destrozado, comprensiblemente. Dudará de Karen y de todo lo que compartían. Y Brigid estará ahí, ayudándole a recoger los pedazos. Empujándole en la dirección adecuada, lejos de Karen, hacia ella.

Volverán a sentir esa electricidad, está segura de ello. Y Tom no será capaz de resistirse a volver con ella. Están hechos para estar juntos.

Todo ocurre por una razón.

Dejará a Bob; él probablemente ni se inmute. Y se mudará a la casa de enfrente. Tendrá todo lo que siempre ha querido. La casa de Karen, con su preciosa decoración. Su ropa elegante —curiosamente, tienen la misma talla—, su apuesto y atento marido. Sospecha que Tom tiene un buen recuento de espermatozoides, no como el inútil de Bob.

Su corazón palpita anticipando el futuro, mientras observa las luces al otro lado de la calle.

Esa noche, Tom yace despierto, incapaz de conciliar el sueño. Karen se mueve agitada en la cama a su lado.

Hasta ese momento de crispación en el cuarto de baño, cuando le gritó, no había empezado a comprender lo que Karen ha tenido que sufrir y cómo eso la ha marcado. Por primera vez se ha dado cuenta de que hay partes de ella a las que nunca ha tenido acceso. Partes oscuras y furiosas, y una historia sórdida que nunca llegará a compartir del todo con él. Ahora conoce a grandes rasgos cómo vivía, pero no sabe los detalles más desagradables. Este repentino destello de su interior, de la oscuridad en el centro de su pasado, le ha inquietado profundamente. Karen no es la mujer que creía que era. Es mucho más fuerte, más dura, y está mucho más dañada de lo que nunca imaginó.

No es la mujer de la que se enamoró. La mujer de la que se enamoró, Karen Fairfield, era un espejismo.

Nunca conoció a Georgina Traynor. Si la hubiera conocido, ¿se habría enamorado de ella? ¿Habría sido lo bastante hombre como para enamorarse de una mujer con ese pasado? ¿O se habría mantenido bien lejos?

Quiere pensar que se habría enamorado de ella de todas formas, que la habría sacado de todo aquello.

Pero las mentiras... No sabe si es capaz de superar las mentiras.

Sí, Karen tenía sus motivos —motivos de peso— para hacer lo que hizo. Pero le engañó. Sus votos matrimoniales eran mentira. Y está seguro de que habría seguido mintiendo de no haber tropezado con la policía. Eso es lo que le inquieta.

No deja de repetirse la misma pregunta: si ella no hubiese tenido el accidente aquella noche, si hubiera logrado tranquilizarse y volver a casa, ¿se habría inventado alguna historia sobre una amiga en apuros, una coartada que él no habría puesto en duda? ¿Se habría metido en la cama con él esa noche y habría dormido, sabiendo que había matado a tiros a un hombre, sin que él se diera cuenta? Porque Tom tampoco la cree incapaz de matar a su exmarido; después del arrebato en el cuarto de baño, ahora sabe que es capaz de ello.

Si las cosas hubieran ocurrido de forma solo mínimamente diferente, tal vez habría seguido en su burbuja feliz de ignorancia, ajeno a su crimen. Pero ahora ya no puede ignorarlo.

Y el otro detalle que no puede olvidar. Los guantes. Ella se llevó los guantes.

Tom está seguro de que tenía la intención de matar a su exmarido. De lo contrario, ¿para qué llevarse los guantes? No le cabe duda de ello. Por lo que a la ley respecta, está bastante seguro de que Karen es culpable.

Si será capaz de vivir con ello o no..., eso está aún por ver.

33

Al día siguiente, poco antes del mediodía, Karen está sola en casa cuando oye que alguien llama con firmeza a la puerta. Al asomarse y ver a los inspectores, sabe que ha llegado el momento. Solo tiene unos instantes para tranquilizarse antes de abrir.

Rasbach está en el porche delantero, con gesto más serio que nunca. Por eso lo sabe: han descubierto quién era la víctima.

—¿Podemos entrar? —pregunta Rasbach, con un tono sorprendentemente amable.

Karen abre la puerta. Quiere que acabe ya. No puede aguantar más la tensión.

—¿Está su marido en casa? —inquiere Rasbach. Karen niega con la cabeza—. ¿Quiere llamarle? Esperaremos.

—No. No será necesario. —Está tranquila, distante, como si nada de esto estuviera ocurriendo. Es como un sueño, o como si le estuviera pasando a otra persona. Ha perdido su oportunidad de huir. Ahora ya es demasiado tarde.

—Karen Krupp —dice Rasbach—, queda detenida por el asesinato de Robert Traynor. Tiene derecho a permanecer en silencio. Todo lo que diga puede ser utilizado en su contra ante un tribunal. Tiene derecho a un abogado...

Ella extiende las manos y Jennings le pone las esposas. De repente le fallan las piernas. Se dice a sí misma que no va a desmayarse, pero oye —como si viniera de lejos—: «Cógela». Siente unos brazos fuertes a su espalda y luego nada.

Tom sale corriendo de la oficina y va hacia la comisaría a toda velocidad. Jack Calvin le ha llamado para decirle que Karen ya está allí, detenida. Él también va de camino.

Tiene los nudillos blancos de tanto apretar el volante y la mandíbula muy tensa. Su mundo se está haciendo pedazos completamente. No sabe qué hacer, cómo actuar. Confía en que Jack Calvin pueda aconsejarle.

Lo esperaba, pero aun así es un shock. Uno no pronuncia sus votos matrimoniales esperando ver algún día a su mujer en una comisaría de policía, detenida por asesinato.

Se para ante un semáforo en rojo. No entiende a Karen, no entiende por qué lo hizo. Había otras opciones. Podría habérselo contado. Podrían haber ido a la policía. «¿Por qué no fue a la policía?». Aquella noche no tenía por qué ir a aquel restaurante y matar a ese hijo de puta.

El semáforo se pone en verde y arranca impacientemente dando un tirón. Está furioso con ella. Por mentirle, por desatar esta locura en sus vidas sin necesidad. Va a ir a la cárcel. Tendrá que ir a visitarla allí. De repente siente que va a vomitar. Para en el aparcamiento de una tienda y espera a que se le pase.

Ahora se alegra de no haber tenido hijos. Menos mal, piensa con amargura, menos mal.

Karen está sentada en una sala de interrogatorios, con Calvin a su derecha, esperando a que lleguen los inspectores. Antes de que los hicieran entrar, su abogado le explicó qué puede suceder.

—Tiene derecho a permanecer en silencio y va a hacer uso de él —dijo sin rodeos—. Vamos a escuchar sus preguntas, para ver qué es lo que saben o sospechan. No va a decir nada. Eso vendrá más tarde, cuando esté lista para que le tomen declaración.

Ella asintió, nerviosa.

—Vale.

—El estado debe demostrar sus argumentos contra usted. Su misión es no ayudarles a hacerlo. Solo tiene que seguir mis instrucciones. Si me escucha y hace lo que yo le diga, puede que funcione. —Y luego añadió—: Aunque, evidentemente, no puedo prometerle nada.

Karen tragó saliva, tenía la garganta seca.

—Supongo que tendrán suficiente, de lo contrario no me habrían acusado —dijo, con voz tensa.

—La norma probatoria es más exigente en los tribunales —contestó Calvin—. Valor. Vayamos paso a paso.

Y entonces la trajeron a esta sala.

Ya le han quitado las esposas, tal vez por ser mujer, cree, o quizá por la naturaleza de su presunto crimen. Probablemente no la consideren peligrosa: creen que mató a su marido a sangre fría, pero seguro que no la ven capaz de matar a nadie más, ¿no?

Karen se sobresalta al oír que se abre la puerta. Rasbach y Jennings entran.

—¿Puedo traerle algo? —pregunta amablemente Rasbach—. ¿Agua? ¿Café?

Karen dice que no con la cabeza.

Tras los preámbulos obligados, empiezan a grabar en vídeo el interrogatorio.

—Sabemos que Karen Krupp es una identidad nueva que adoptó usted hace tres años aproximadamente —comienza Rasbach. Está sentado justo enfrente de ella, con una carpeta beis cerrada sobre la mesa. Mira la carpeta y la abre.

Karen ve inmediatamente su foto como Georgina; reconoce la imagen. Sabe que el inspector quiere que la vea. La mira por encima y vuelve a levantar la vista.

Rasbach revisa la carpeta en silencio durante un momento y mira a Karen.

—Sabemos que su verdadero nombre es Georgina Traynor, que estaba casada con Robert Traynor, el hombre que murió asesinado la semana pasada. Y podemos situarla en la escena del crimen.

Ella no dice nada. Calvin está sentado a su lado, en silencio. Parece completamente relajado, aunque alerta. Como el policía que la está interrogando. Menos mal que tiene a Calvin. Si estuviera sola en este espacio con Rasbach, es posible que cometiera algún error. Pero Calvin ha venido para asegurarse de que eso no ocurra.

—Vamos a hacer una cosa —dice Rasbach—. Yo le digo lo que pienso y usted asiente con la cabeza si voy bien encaminado.

—No es idiota —replica suavemente Calvin.

—Soy muy consciente de ello —contesta Rasbach con sequedad—. Es evidente que cualquiera que finge su propia muerte con éxito no es ningún idiota. —Vuelve a mirar a Karen—. Tal vez deberíamos hablar de eso primero. Me quito el sombrero. Está claro que es usted una mujer muy lista.

Está intentando que hable apelando a su ego, piensa Karen. No le va a funcionar. Hablará cuando le convenga, cuando esté lista. Sabe que va a ir a la cárcel, porque Calvin le ha dicho que no hay fianza para una acusación de asesinato. La idea de la cárcel la aterra.

—Cuénteme cómo lo hizo —dice Rasbach.

Ella no contesta.

—Bueno, pues dígame por qué lo hizo. ¿Por qué fingió una muerte tan convincente y elaborada y empezó de nuevo como otra persona? —Al ver que no responde, añade—: En mi opinión, huía de su marido. Creo que era una mujer maltratada y tenía que escapar. Él no la habría dejado irse. Y no podía divorciarse sin más; sabía que él vendría a buscarla. Así que fingió su propia muerte. Pero entonces, tres años después, la llama por teléfono. Usted está en su cocina, en su nueva vida. Y oye su voz. Está conmocionada, aterrada, le entra el pánico.

Karen deja que hable. Quiere escuchar lo que tiene que decir. Lo que cree saber.

—Le pide que se vean —continúa Rasbach—. Es posible que la amenace con que, si no acude a la cita, vendrá a por usted y la matará. Conoce su número de teléfono; está claro que sabe dónde vive. Así que accede a verle. Esa noche sale corriendo de casa. Está tan alterada que no se le ocurre dejar una nota a su marido, tampoco coge su teléfono ni su cartera. Ni siquiera cierra la puerta con llave. —Rasbach se reclina sobre la silla. Karen le observa; se miran fijamente a los ojos. Él tarda un buen rato en volver a hablar—. O tal vez pensara con mucha más claridad de la que todos creemos. —Hace una pausa efectista—. Puede que tuviera una razón para no coger el teléfono ni la cartera: no quería correr el riesgo de dejarse algo olvidado. Tal vez no llevó su teléfono porque temía que lo usaran para localizarla. Es posible que, al fin y al cabo, pensara con absoluta claridad, porque cogió un arma, una pistola del calibre 38, que por cierto aún estamos buscando, y se llevó unos guantes de goma. —Tras un instante añade—: Y todo ello me parece indicio de premeditación.

Rasbach se inclina hacia delante y la mira fijamente, penetrándola con sus ojos azules. Le asusta su mirada, pero no está dispuesta a mostrárselo. Rasbach ignora a su abogado y al otro inspector, como si estuvieran los dos solos en la sala. Karen tiene que recordarse que no está a solas con él. Pero sus ojos son hipnotizadores.

Calvin interrumpe.

—Usted se está imaginando lo de esa arma y no tiene ni idea de a quién pertenecen esos guantes. No pueden demostrar que fueran de mi clienta.

—Creo que sí puedo —contraataca Rasbach. No aparta los ojos de Karen, ni siquiera para mirar brevemente al abogado—. Creo que cogió un arma y esos guantes, condujo hasta ese restaurante abandonado en la calle Hoffman y dejó el coche en el pequeño aparcamiento que hay al lado. Luego entró en el restaurante vacío, donde la esperaba Robert Traynor, y le disparó a sangre fría.

Karen sigue obstinadamente callada y se dice a sí misma que no tienen el arma que le mató, y, aunque la encuentren, no la perjudicará. De la pistola está segura. No pueden demostrar que llevara una cuando entró en ese restaurante. Solo pueden probar que estuvo allí.

—¿Qué hizo con el arma? —pregunta Rasbach.

De repente siente una punzada de miedo y la ahoga inmediatamente. Él no *sabe* que hubiera un arma, piensa; puede sospecharlo o suponerlo, pero nada más.

—Es más que posible —continúa Rasbach—, incluso probable, que tuviera en su posesión un arma ilegal. Una mujer tan lista como usted, que fingió su propia muerte, engañando a todo el mundo, una mujer que empezó de nuevo con una identidad falsa y que no fue descubierta hasta que la encontró su marido... Por cierto, ¿cómo cree que la localizó?

Sus muslos se tensan bajo la mesa, pero no piensa dejarse arrastrar a entrar en la conversación.

Rasbach ladea la cabeza.

—Y entonces, después de dispararle, y solo en ese instante, fue cuando le entró el pánico. Vio que le había matado. ¿Soltó el arma? ¿Porque le entró el pánico? ¿O porque sabía que no podían relacionarla con usted, que no había dejado sus huellas en ella y entonces daba igual? ¿O se la llevó consigo y la arrojó por la ventanilla en algún sitio?

El inspector aparta la silla de la mesa de un empujón; el movimiento repentino la sobresalta y se encoge en el asiento. Rasbach se levanta y empieza a dar vueltas por la sala, como si pensara mientras habla. Pero no la engaña. Es todo teatro. Él es un actor, igual que ella. Cada uno es el público del otro. Tiene ensayado todo lo que va a decir.

—Cuando llega a su coche, se quita los guantes y los deja allí, en el aparcamiento. Por eso sé que le entró el pánico en ese momento, porque ¿para qué dejar allí los guantes? Podía haber rastros de su piel, de su ADN, dentro de ellos. —Se vuelve y la mira atentamente.

Karen aparta la mirada. Nota que empieza a temblar y tensa todo su cuerpo para evitarlo. No quiere que vea lo asustada que está.

—Y los dos sabemos lo importante que son esos guantes, ¿verdad, Georgina? —Se detiene delante de ella y la observa desde arriba. Ella se niega a alzar la vista para mirarle—. Porque si encontramos ADN en esos guantes, probarán sin lugar a dudas que usted estaba allí. Y porque esos guantes demuestran que hubo intención.

Retira la silla de nuevo, se sienta y espera hasta que ella le mira.

—Para entonces, estaba en tal estado de pánico por lo que había hecho que se metió en el coche y condujo tan rápido como pudo para alejarse de allí. Todos coinciden en que usted nunca rebasa el límite de velocidad. Todo el mundo se pasa del límite alguna vez, pero usted no. Nunca se salta un semáforo en rojo. ¿Por qué? Porque no quiere que le pare la policía. Porque la regla número uno para la gente que ha adoptado una identidad falsa es mantener un perfil bajo. Y eso es lo que hizo durante años. Todas las personas con las que hemos hablado no salían de su asombro al saber cómo conducía aquella noche. No era nada propio de usted. ¿Sabe qué? Me pregunto cómo es usted en realidad, cuando no finge ser otra persona.

La está calando. Se siente furiosa y acorralada, pero tiene que controlarse. Se pregunta por qué no dice nada su abogado. Sabe que no puede negar quién es. Pueden demostrar que es Georgina Traynor fácilmente. Saben que fingió su muerte, que huyó y adoptó una identidad falsa. Eso lo va a admitir. Es posible que también tenga que admitir que estuvo allí. Pero no pueden demostrar que le mató. No tienen el arma, ni testigos. Aunque es posible que tengan un móvil, y eso es lo que le da miedo. Tenía motivos de sobra para matar a su marido y ellos lo saben.

—Así que pongamos que le entró el pánico —continúa Rasbach—. Se metió en el coche, aceleró demasiado, perdió el control y chocó contra un poste. Mala suerte. Porque, de no haberle entrado el pánico, probablemente se habría salido con la suya.

Karen le mira; ahora mismo le odia.

—Si hubiera regresado tranquilamente a casa, si hubiese devuelto los guantes a la cocina e inventado alguna historia que contarle a su marido sobre dónde había estado, nadie la habría relacionado con el cadáver en aquel restaurante abandonado. Al final habríamos averiguado quién era. Y habríamos descubierto que su mujer murió tres años antes que él, pero nada más. Eso habría sido todo, por lo que a usted respecta. No habría saltado ninguna señal de alarma (ni accidente, ni huellas de neumático, ni guantes) que la conectara con el crimen. Nadie la habría investigado ni habría descubierto que no es quien dice ser. Habría seguido con su agradable vida en un barrio residencial de las afueras, con su nuevo y confiado marido.

Karen desearía abofetear su cara engreída y prepotente. Pero se clava las uñas en las palmas de las manos, bajo la mesa, donde él no puede verla.

—El caso es que puedo entender por qué hizo lo que hizo. De verdad. No quiere explicarme cómo era la vida con Robert Traynor, pero creo que saldrá todo en el juicio. Si el fiscal demuestra que le mató usted, seguro que entonces sí querrá que todos sepan *por qué* lo hizo. Querrá retratarle como un auténtico monstruo todo lo mejor que sepa. Eso le dará más poder. Probablemente *fuera* un monstruo, ya que llevó a una buena mujer como usted a cometer un asesinato.

Karen mira la pared que hay enfrente de ella, hundiendo las uñas en las palmas de sus manos.

—Creo que eso es todo, por ahora —dice Rasbach. El interrogatorio ha concluido.

34

Brigid sabe lo que ha pasado. Vio a los dos inspectores llegar sobre la hora de comer. Estaba esperando —deseando— que ocurriera. Al ver cómo sacaban a Karen de su casa esposada, apenas pudo contener la satisfacción.

Lleva todo el día vigilando la casa, nerviosa, esperando a que llegue Tom para consolarle. Ahora se quedará solo en casa, con su vida prácticamente destrozada. Brigid sabe que su relación con Karen ha acabado; la van a meter en la cárcel. Está segura. Y entonces Tom podrá empezar de nuevo, con ella. Serán felices juntos, más felices de lo que nunca ha sido con Karen. Y no le destrozará la vida, como ha hecho ella.

Algún día, comprenderá que el que se llevaran a Karen esposada fue lo mejor que le ha ocurrido nunca.

Tom vuelve a casa en estado de shock. Su mujer ha sido detenida por asesinato. Y está bastante convencido de que lo hizo.

Deambula hasta la cocina y abre la nevera. Se queda de pie, contemplando el interior, y de repente recuerda otro momento en que se quedó así, delante de la nevera con la mirada perdida. Fue la noche que desapareció Karen. La noche en que empezó todo.

Esto va a destruir su matrimonio. Va a destrozar sus vidas. Y ahora su mujer está atrapada en los entresijos del sistema legal. Le va a arruinar. Se inclina para coger una cerveza. La destapa casi con violencia, se vuelve y tira la chapa al otro lado de la cocina. Esta golpea un armario y rebota en varios puntos de la estancia hasta caer debajo de la mesa. ¿Qué coño va a hacer?

Recorre la casa con paso furioso. No puede hacer nada. Es increíble que haya llegado a este punto. Y está seguro de que la cosa empeorará en los próximos días, semanas y meses.

No se molesta en preparar algo de comer. No tiene hambre. Se acaba la primera cerveza deprisa y automáticamente vuelve a la nevera a por otra. Nunca le han puesto a prueba de este modo y no le gusta lo que ve. Es débil, cobarde, y lo sabe. Ha intentado ser fuerte por Karen. Pero su mujer es mucho más fuerte y valiente que él. Parece estar hecha de acero.

Se queda mirando el espejo que hay sobre la chimenea. Apenas se reconoce. Tiene el pelo desgreñado de tanto pasarse las manos por los nervios. Está ojeroso, casi cadavérico. Cuando se casó con Karen, esperaba que todo fuera sol y besos. Es como si la vida le hubiera hecho una promesa el día de su boda y ahora la hubiera roto. Siente una profunda lástima por sí mismo.

Sale por las puertas correderas de vidrio al patio trasero y se queda sentado en la noche de verano mientras la oscuridad se cierne sobre él.

Es curioso, piensa después de tres cervezas, que hasta ahora no se haya parado a pensar en lo mucho que le costó que Karen le dijera que sí. Ahora todo tiene sentido, claro. Ya estaba casada.

La primera vez que le pidió matrimonio ella se echó a reír, como si no pudiera decirlo en serio. Aunque intentó disimularlo, aquella reacción le sorprendió y le dolió. No sabía por qué Karen se había tomado la proposición tan a la ligera, cuando él se lo había pedido completamente en serio. Estaban tumbados envueltos en una manta de lana rasposa, mirando las estrellas. Habían ido a pasar el fin de semana en un hotelito en las montañas de Catskills, para ver los colores del otoño. Él había cogido la manta de la parte trasera del coche y había buscado un lugar aislado. Se habían recostado juntos y en un momento él se incorporó sobre un codo y la miró. Aún recuerda cómo la luna iluminaba su rostro, la felicidad en sus ojos.

—¿Quieres casarte conmigo? —le dijo.

Y ella se rio como si estuviera bromeando.

Tom levanta ahora la vista hacia esas mismas estrellas, que lanzan destellos en la oscuridad. Cómo ha cambiado todo.

Recuerda cómo escondió el dolor y la decepción, tanto en ese momento como en las semanas siguientes. Esperó un tiempo y después compró un anillo de diamantes grande y caro: quería demostrarle que iba en serio. Se lo dio el día de San Valentín tomando una copa de champán del bueno en su restaurante favorito. Tal vez fuera un error, lo de San Valentín. Pero ahora ya no importa. Su respuesta, piensa ahora, sentado a oscuras en el patio con la cerveza en la mano, fue: «¿Por qué no podemos tener una historia de amor, en vez de un matrimonio?».

Esta es su historia de amor viniéndose abajo.

¿Desearía ahora que no hubiera dicho que sí, que no hubiese accedido a casarse, por fin, ante su insistencia? No lo sabe, y de todos modos es demasiado tarde para cambiar nada.

Y, sin embargo, estos dos últimos años han sido los más felices de su vida.

Hasta que pasó todo esto.

Ve algo moviéndose en la oscuridad, en un lateral de la casa. Se queda helado. No ha encendido la luz de atrás para no atraer a los insectos, así que, aparte de las estrellas, está absolutamente a oscuras. Alguien se acerca, pero no es capaz de distinguir quién. No puede ser la policía. Ya se han llevado a su mujer. No vendrán a detenerle a él también, ¿verdad?

Puede que sea Dan, piensa, que viene a ver cómo está. Le llamó antes, pero Tom no le devolvió la llamada y debe de estar preocupado. Todo esto corre como el mercurio por su cabeza mientras se pone en pie. Deja la botella casi vacía en una mesita y entorna los ojos mirando a la oscuridad.

Consternado, comprende que no es Dan quien se acerca: es Brigid. No tiene ganas de hablar con ella. Quiere volver a entrar en casa y cerrar la puerta, pero no puede.

Brigid siempre le incomoda. Con ella había tenido una relación tan íntima, tan descontrolada. Tenía algo temerario y excitante que al principio le resultó irresistible y que a la vez despertaba algo temerario en él. Pero pronto se puso demasiado intensa, demasiado; era como si fuera a tragárselo entero. Nunca sabía qué esperar de ella; era muy emocional. Cuando puso fin a su historia, lo hizo después de varias semanas de ansiedad; temía que se lo contara a su marido, que él la echara de casa y que Brigid acudiera llamando a su puerta. O, más tarde, que se lo contara a Karen, embelleciendo lo ocurrido con mentiras, y destruyera su nueva y prometedora relación. Pero pareció tranquilizarse. Y de repente, de forma inesperada, se hizo buena amiga de su mujer. No pudo hacer nada al respecto.

—Hola, Brigid —la saluda. Lo dice secamente, pronunciando con cuidado. Aunque se ha bebido tres cervezas rápidamente y con el estómago vacío, no está borracho. Está lo que se suele decir «alegre», salvo que no lo está, en absoluto. De pronto, se da cuenta de que no quiere estar solo—. ¿Te apetece beber algo? —le ofrece.

Brigid le mira como sorprendida.

—He llamado a la puerta de entrada, pero no abría nadie. Venía a hablar con Karen —dice—. ¿Está en casa?

—No, me temo que no —contesta Tom y oye la amargura resonando alta y clara en su propia voz.

—¿Qué pasa? —pregunta Brigid. Tom ve cómo sus ojos perciben lo demacrado que está y luego pasan a la botella de cerveza sobre la mesita.

Sabe que sería una estupidez desahogarse con Brigid, pero en este preciso momento no tiene a nadie más. Se da cuenta de lo terriblemente solo que se siente sin Karen. Nunca se ha sentido tan solo.

Hace un gesto hacia la cocina.

—Deja que te ponga algo de beber. ¿Qué te apetece? ¿Una cerveza? O, si quieres, te preparo un combinado. —Ella le sigue al interior. Tom abre un armario, examinando las botellas de alcohol en el estante para ver qué le puede ofrecer.

Brigid está detrás de él. Al volverse para preguntar qué le apetece, ella le está observando con tal ansia que se asusta. Se vuelve otra vez a mirar en el armario.

—Tengo ron, vodka...

—¿Puedes hacerme un martini? —pregunta.

La mira un poco alelado. ¿Cuándo se ha vuelto tan sofisticada? No tiene ni idea de cómo se prepara un martini. No esperaba que le pidiera algo tan exótico.

—No sé hacerlo.

—Yo sí —contesta ella con suavidad y se pone a su lado para buscar en el armario. Empieza a sacar botellas: vodka, vermú—. Seguro que tienes una coctelera en algún sitio —añade, abriendo otro armario y mirando en la parte superior.

Sus ojos parecen encenderse al ver una coctelera de plata; Tom había olvidado que tenían una. Otro regalo que quedó de la boda. Nunca la utilizan: Karen y él son bastante sencillos y suelen beber cerveza o vino. Recuerda la otra noche, cuando ambos necesitaron un trago de whisky.

—¿Tienes hielo? —le pide Brigid.

Tom va al congelador y saca la cubitera. De paso, coge otra cerveza. Será la última de la noche, se promete a sí mismo mientras la destapa y observa a Brigid preparándose un martini en su cocina como si estuviera en su casa. Es raro tenerla ahí y no a Karen.

—Bueno, ¿dónde está Karen? —pregunta.

Ya ha terminado con la coctelera, ha cogido una copa de martini del armario —Tom también se había olvidado de ellas— y se sirve una. Se la acerca a los labios y da un sorbito, mirándole con coquetería por encima del borde.

Durante un segundo Tom se siente confuso. Le está preguntando por Karen, que está en un calabozo, pero su tono dice algo distinto. Parece como si estuviera flirteando con él, como solía hacer. De pronto, se arrepiente de haberla invitado a tomar una copa. Es demasiado peligroso.

—¿Algo va mal? —dice Brigid, con una expresión más adecuada para el momento, y Tom piensa que tal vez sean imaginaciones suyas.

Él niega con la cabeza.

—Nada —asegura. Y luego—: Todo.

—Cuéntame —dice ella.

—Karen está detenida.

—¡Detenida!

Tom asiente. Tiene que ocultar sus sentimientos. No conviene ponerse demasiado personal con Brigid. No debería contarle nada, pero la cerveza le ha soltado la lengua. Y, además, ¿qué más da? Mañana saldrá todo en los periódicos.

—¿Detenida por qué?

Tom se pregunta si parece tan cadavérico como se siente.

—Asesinato.

Brigid se lleva una mano a la boca mientras con la otra deja la copa sobre la encimera. Entonces aparta la cara, como si le pudiera la emoción.

Tom la observa, incómodo.

Finalmente, ella se estira para coger otra copa de martini del armario y sirve lo que queda en la coctelera. Le da la copa.

Él la mira con desconfianza. Y entonces piensa: «Qué demonios». Coge la copa, la levanta en un brindis silencioso y cínico, y se la bebe de un trago.

—Tom...

El alcohol le golpea rápido y duro, nublándolo todo, desdibujando los perfiles.

—Quizá deberías irte —dice. Intenta quitarle seriedad a la situación: solo quiere que se vaya, antes de decir o hacer algo que no debería—. La policía está agarrándose a un clavo ardiendo. No tienen más sospechosos y están intentando colgárselo a ella. Pero tiene un buen abogado. —Habla lentamente, con cuidado, porque se da cuenta de que está borracho—. Acabarán comprendiendo que ella no lo hizo. Me dijo que no lo hizo y la creo.

—Tom —repite Brigid.

La mira, nervioso. Puede ver el perfil de sus pechos bajo la camiseta. Conoce esos pechos. Por un momento le viene el recuerdo fresco de estar en la cama con ella, de cómo era. Muy distinta a Karen. Aparta el pensamiento.

—Hay algo que deberías saber.

No le gusta el tono de advertencia en su voz. No quiere saber ninguna confidencia que Karen le haya hecho a su amiga de enfrente. Y tampoco quiere que otra mujer, una mujer atractiva con la que comparte un pasado erótico, le ofrezca consuelo cuando se siente tan vulnerable. Nota que se está excitando teniéndola tan cerca. Debe de ser el alcohol. Ha bajado la guardia.

—Creo que debes irte. Por favor —dice por fin, mirando al suelo. Solo quiere que se vaya.

—Tienes que oírlo —insiste ella.

En este lugar es imposible pensar; es como estar en medio de una pelea constante. Karen se hace un ovillo en el incómodo catre dentro de su calabozo en el sótano de la comisaría de policía y trata de mantener la calma según avanza la noche interminable. Está rodeada de borrachos y prostitutas; el hedor es insoportable. Intenta respirar solamente por la boca. Por ahora tiene una celda solo para ella, pero cada vez que oye pasos o gritos, cuando los policías traen a alguien nuevo, teme que abran su puerta y le metan con ella.

Piensa en Tom, solo en su cama, en casa, e intenta no llorar. Si al menos estuviera con él, podrían consolarse el uno al otro. En este lugar no hay consuelo posible.

35

Tom mira a Brigid con recelo.

—Aquella noche, cuando Karen tuvo el accidente... —empieza Brigid—. Estaba en casa, sentada junto a la ventana. Eran sobre las ocho y veinte. Vi a Karen salir corriendo de casa.

—Todo esto ya lo sé —dice Tom malhumorado.

—La vi subirse al coche y marcharse a toda velocidad. Y pensé que tal vez algo iba mal.

Tom se queda mirándola, preguntándose adónde quiere ir a parar.

—Así que me metí en el coche y la seguí.

Tom siente como si se le hubiera parado el corazón. Esto no se lo esperaba. Va a ser peor de lo que pensaba. Quiere taparse los oídos para no escuchar, pero se queda ahí de pie y lo oye.

—Iba un poco deprisa, pero tuvo que detenerse en un par de semáforos, lo que me permitió no perderla de vista. Me preocupó verla salir corriendo de casa de esa manera. —Coge su copa de martini de la encimera y da un trago rápido, y luego otro, como si necesitara valor para continuar—. Me di cuenta de que iba hacia una parte peligrosa de la ciudad. No sabía por qué. Me preguntaba en qué andaba metida. Pensé que tal vez no le gustaría que la siguiera, pero es mi amiga, y estaba preocupada. Solo quería asegurarme de que estaba bien. Así que continué, pero a suficiente distancia como para que no me viera. Después de un rato, se metió en un pequeño aparcamiento que daba a la calle principal. Yo pasé de largo mientras aparcaba y luego di media vuelta y paré el coche al otro lado de la calle.

Tom la mira fijamente aunque sus ojos no logran enfocar; está tratando de averiguar si miente. Pero, a juzgar por su historial, se le da muy mal saber si alguien le está engañando. Teme que le esté contando la verdad. Brigid es una testigo, piensa, y eso le da un miedo pavoroso. Va a mandar a Karen a la cárcel.

—Casi tenía miedo de bajarme del coche. Pero estaba tan preocupada por Karen... La vi ir hacia la parte trasera de un restaurante sellado con tablas. Bajé del coche y me acerqué. Y, entonces, oí disparos. Tres. —Cierra los ojos por un instante y los abre de nuevo—. Me quedé petrificada. Parecían venir de dentro del restaurante. Entonces vi a Karen salir corriendo de allí hacia el coche. Llevaba unos guantes de goma rosas, me pareció extraño. Se los quitó antes de subirse al vehículo. Me quedé allí, en la oscuridad, apoyada contra la pared del edificio, estoy segura de que no me vio, y la vi abandonar el aparcamiento. Iba demasiado rápido. Pensé en seguirla, pero sabía que no la alcanzaría a esa velocidad. Así que... entré en el restaurante del que había salido. —Hace una pausa para recuperar el aliento.

El corazón de Tom late desbocado y lo único que puede pensar es: «No vio a Karen apretar el gatillo».

—Llegué a la puerta, la abrí y entré. Estaba bastante oscuro, pero vi que había un cuerpo, un hombre, muerto en el suelo. —Se estremece—. Fue horrible. Le habían disparado en la cara y en el pecho.

Brigid se acerca un poco a él, hasta quedar al alcance de sus brazos.

—Tom, ella le disparó. Ella *mató* a ese hombre.

—No, no lo hizo —contesta él.

—Tom, sé que es duro oír esto, pero yo estaba allí.

—No la viste disparar —insiste Tom con desesperación—. Oíste unos disparos. Viste huir a Karen. Es posible que hubiera alguien más en el restaurante. Tal vez solo estuviera en el lugar equivocado en el momento equivocado. —Sabe lo exasperado y absurdo que suena.

—Tom, no vi a nadie más salir del edificio. Y Karen llevaba un arma al entrar. La vi.

—No has dicho que la vieras con un arma cuando entró en el edificio.

—Pues la vi.

—¿La llevaba todavía cuando salió?

—No.

—¿Viste el arma dentro del restaurante, cuando entraste?

—Creo que no.

—¿Qué quieres decir con que crees que no?

—¡No lo sé, Tom! No me fijé en el arma. Estaba oscuro. Debió de dejarla allí, en algún sitio. Estaba demasiado asustada por el cadáver, por lo que había hecho, como para fijarme en el arma.

Dios. Tom piensa frenéticamente. Esto no es bueno. Esto es terrible. Necesita saber qué pretende hacer Brigid. La cabeza le da vueltas por el miedo y el alcohol.

—¿Qué vas a hacer, Brigid? —pregunta lentamente.

—¿Qué quieres decir?

—¿Vas a contarle a la policía lo que viste?

Le mira y se acerca un poco más. Su mirada se suaviza. Se muerde el labio inferior. Estira la mano y le acaricia la cara. Tom está clavado en el sitio, confuso, esperando una respuesta.

—No, claro que no —contesta al fin—. Karen es mi amiga. —Y le besa intensamente.

Tom la abraza y sucumbe sin poder resistirse al consuelo que le ofrece.

Karen no ha dormido nada. Esta mañana le leerán los cargos y, ahora mismo, su abogado está sentado frente a ella en una pequeña sala de interrogatorios, tratando de que beba una taza de café cargado. Pero le sabe amargo y agrio, y lo deja a un lado. Además, tampoco cree que pueda retener nada. Se siente sucia, mugrienta. Le duele la cabeza y los ojos le arden. Se pregunta si su vida va a ser así ahora. ¿Va a pasar el resto de sus días en la cárcel?

—Karen, tiene que concentrarse —le pide Calvin con tono de urgencia.

—¿Dónde está Tom? —pregunta ella de nuevo. Ya son las nueve en punto. La lectura de cargos es esta mañana. ¿Por qué no ha venido? Su ausencia la hace sentirse abandonada. No se ve capaz de hacer esto sin él a su lado.

—Estoy seguro de que vendrá —dice Calvin—. Puede que esté en un atasco.

Karen coge el café, como buena clienta. Ahora mismo, todo depende de lo que su abogado pueda hacer por ella.

—Las pruebas en su contra son circunstanciales —señala Calvin—, es decir, no hay pruebas directas: ni arma con sus huellas, ni rastros suyos que demuestren que estuviera en la escena del crimen, ni tampoco testigos que la relacionen con el asesinato. Al menos, que sepamos por ahora. Es posible que encuentren a alguien. La prueba de la huella del neumático no es concluyente. Los guantes están en el laboratorio, pero aún no han sacado ADN de ellos. Están muy ocupados, pero se pondrán con ello. Y es probable que encuentren ADN. Intentaré que no lo admitan como prueba por todos los medios que conozco. Pero es posible que puedan demostrar que eran suyos, y en ese caso tenemos un buen problema.

—No creo que le matara yo —insiste ella obstinadamente.

El abogado espera unos instantes.

—Pues entonces tenemos que intentar averiguar quién lo hizo: pensar en una teoría alternativa plausible. Porque, aunque fuese usted quien le mató... —añade cautelosamente, tratando de no alterarla—, no pueden condenarla a no ser que lo demuestren más allá de cualquier duda razonable. Nuestra labor será alimentar esa duda razonable. Tenemos que ofrecer una teoría creíble sobre quién pudo matarle, que no fuera usted.

—No sé. ¿Se volvió a casar? Porque, si tenía una nueva mujer, probablemente quisiera matarle. —Se ríe sin emoción.

—No, no tenía. —Calvin la presiona—. Me ha comentado que es posible que tuviera enemigos.

—No lo sé. Hace años que no le veía. Siempre pensé que trataba con algunas personas sospechosas, pero no sé quiénes eran. Me mantenía al margen del negocio. No quería tener nada que ver.

—Voy a hacer que indaguen en sus contactos profesionales, a ver si había cabreado a alguien.

Karen mira el reloj de la pared y se pregunta otra vez dónde estará Tom. Empieza a inquietarla. ¿Puede contar con él? Es posible que no la crea; tal vez piense que es una asesina. ¿Vendrá?

—¿Vio a alguien más allí? —pregunta Calvin—. Piense. ¿Oyó algo dentro del restaurante? ¿Es posible que hubiera alguien dentro, escondido entre las sombras?

Karen intenta concentrarse.

—No sé. No recuerdo nada. No recuerdo estar dentro. Puede que hubiera alguien allí. —Parpadea—. Tuvo que haberlo.

Calvin da un sorbo a su café en vaso desechable.

—Me ha dicho que tenía la sensación de que su marido había entrado en su casa en las semanas previas a la llamada.

—Sí, estoy segura —contesta Karen. Se estremece sin querer—. Cuando lo pienso ahora, me sigue perturbando. No sé si alguna vez dejaré de tenerle miedo, aunque sé que está...

—¿Sigue teniendo las fotos en su móvil? Las que hizo de la casa por las mañanas, antes de ir a trabajar.

—Sí, creo que sí.

—Bien. Esas fotos demuestran que estaba en un estado mental especial, que creía que él la estaba acosando en su propia casa. Tenía un miedo atroz. Hay que conservar esas fotos, por si las necesitamos.

—Pero ¿eso no es peor? —pregunta, con voz temblorosa—. Si creía que me había encontrado, y que estaba entrando en nuestra casa, acosándome, ¿no parece más probable que le matara?

—Sí —contesta el abogado. Hace una pausa—. Pero también le proporciona una defensa. Si podemos demostrar que estuvo en su casa... —Calvin anota algo en su cuaderno amarillo—. Necesitamos encontrar huellas dactilares. Me encargaré de que lo hagan.

Le mira consternada, pero no dice nada. Sabe lo mal que pinta todo. Nadie la creerá. Ni siquiera la cree su abogado. Y tampoco está segura de que su marido la crea.

Oye un ruido en el pasillo y levanta la vista rápidamente. La puerta se abre y un guardia hace pasar a Tom a la sala de interrogatorios.

Karen siente un inmenso alivio. Quiere preguntarle por qué demonios ha tardado tanto, pero una sola mirada la detiene. Tiene un aspecto espantoso. Y es ella quien ha pasado la noche en una celda. Siente un arranque de ira. Necesita que guarde la compostura; no puede hacer esto sola. No dice nada, pero le mira fijamente.

—Perdón, me he quedado dormido —explica él, sonrojándose—. No podía dormir, y cuando por fin caí... —No termina la frase.

—En breve Karen comparecerá ante el tribunal —le informa Calvin.

Tom asiente con la cabeza, como si fuera completamente normal que su mujer fuera a juicio acusada de asesinato.

Karen desearía zarandearle. Parece tan... distante.

—¿Podemos hablar a solas un momento? —pregunta ella, mirando a Calvin.

El abogado consulta rápidamente su reloj y contesta:

—Claro, unos minutos. —Se levanta haciendo rechinar su silla y sale, dejándolos solos.

Karen se pone de pie y avanza un paso hacia Tom. Se quedan mirándose. Karen es la primera en romper el silencio.

—Tienes un aspecto horrible.

—Tú tampoco tienes muy buena cara.

Se rompe la tensión y los dos sonríen levemente.

—Tom —dice Karen—, creo que Calvin no me cree. —Le está poniendo a prueba. Sabe que en realidad no importa lo que piense el abogado: su trabajo es defenderla de todos modos. Pero quiere oír que Tom sí la cree. Necesita escucharlo—. No creo que pudiera matarle, Tom, y si tú no me crees...

Él da un paso adelante, la abraza con fuerza y ella aprieta la cara contra su pecho para ahogar un sollozo.

—Chsss..., claro que te creo.

Es reconfortante estar en sus brazos, oír esas palabras. Aun así, Karen se echa a temblar descontroladamente. De repente, empieza a pasarle factura la enormidad de lo que se le viene encima.

36

En la casa de enfrente del número 24 de Dogwood Drive, el gran ventanal está vacío. Hoy
no hay nadie asomado.

Brigid tiene cosas que hacer. Anoche..., anoche fue
el principio de una nueva vida para ella. Siente que va a
estallar de felicidad.

Y si alguien tiene que sufrir para que ella sea feliz,
si alguien tiene que ir a la cárcel para el resto de su vida...,
bueno, así son las cosas. Al fin y al cabo, en la vida unos
ganan y otros pierden.

Brigid recuerda el día en que todo ocurrió, el día
que lo cambió todo. Empezó como cualquier otro en la
somnolienta Dogwood Drive. Estaba haciendo cosas en
casa, asomándose de vez en cuando, cuando vio que había un hombre de aspecto extraño rondando la casa de

los Krupp. Apagó la aspiradora y se quedó observándole. El hombre subió los escalones del porche y se asomó por la ventana en lo alto de la puerta. Pero no llamó ni hizo sonar el timbre. Parecía saber que no había nadie en casa. No había ningún coche aparcado en el camino de entrada. Luego fue hacia la parte de atrás. La curiosidad y la indignación de Brigid se despertaron. Quería saber quién era y qué estaba haciendo allí.

Cogió sus guantes de jardinería y fue al borde de su jardín delantero para arrancar las malas hierbas y vigilar al hombre que estaba fisgoneando en casa de los Krupp. Cuando volvió a aparecer en la parte delantera, se enderezó y le miró. Él la saludó con un gesto amistoso y cruzó la calle para hablar con ella.

—Buenas —saludó con tono relajado.

—Hola —contestó secamente Brigid, que no se iba a dejar embaucar por una sonrisa agradable y un aspecto apuesto. No sabía quién era aquel tipo. Tal vez fuera un perito del seguro o algo así, con un motivo perfectamente aceptable para estar echando un vistazo a la casa de los Krupp. Pero no tenía aspecto de perito de seguros.

—¿Vive aquí? —preguntó, señalando su casa.

—Sí —contestó.

—Entonces conocerá a los vecinos de enfrente —dijo, haciendo un gesto con la cabeza hacia la casa de los Krupp. Brigid asintió cautelosamente—. Soy un viejo amigo —le explicó—, de la mujer.

—Ah —respondió Brigid, sin saber si creerle—. ¿De dónde?

El hombre la miró, toda amabilidad desapareció y vio un destello de maldad en sus ojos.

—De otra vida. —Entonces se despidió con un gesto desdeñoso de la mano y se fue con paso enérgico.

La actitud de aquel hombre la inquietó. Una vez que se hubo marchado, volvió a entrar en casa, pensando en el extraño intercambio de palabras. Se puso a pensar en Karen. Nunca hablaba de su vida antes de estar con Tom, aparte de decir que era de Wisconsin y que no tenía familia. Y tampoco estaba en la red. Al buscar su nombre no salía nada. Ni siquiera tenía Facebook. Todo el mundo tiene Facebook.

Brigid aún recordaba el apellido de soltera de Karen, de cuando Tom y ella salían. Después de la boda, lo cambió a Krupp. Se metió en el ordenador y buscó Karen Fairfield en Google, pero no obtuvo ningún resultado. No era demasiado extraño. Pero cuanto más pensaba en aquel hombre, en su comentario de la «otra vida», más curiosidad sentía. Así fue como se metió en el sumidero de internet y empezó a investigar acerca de gente que desaparecía y volvía a aparecer con una vida nueva, como alguien distinto. No tardó en empezar a sospechar —a convencerse a sí misma— de que tal vez Karen no fuera quien decía ser. Fue entonces cuando llamó al despacho de Tom y quedaron para verse esa misma noche. Quería hablarle del hombre extraño y de sus sospechas sobre Karen.

Sin embargo, aquella noche, cuando estaba a punto de salir para encontrarse con Tom en su viejo rincón junto al río, vio a Karen salir corriendo de casa deprisa y alterada. Y eso, unido a la extraña visita del hombre aquella mañana, le hizo seguirla. Tom podía esperar.

Ella vio lo que vio. Y, ahora, todo es distinto.

Piensa en lo que ocurrió anoche con Tom, y un calor lánguido le brota desde abajo y se extiende por todo su cuerpo. ¡Cómo le ha echado de menos! Ni siquiera se había dado cuenta, hasta que le volvió a besar.

Aquel beso —sensual y oscuro— estaba lleno de todo tipo de corrientes subterráneas y recuerdos profundos y deliciosos. Su boca era y sabía tal y como la recordaba. El placer recorrió su cuerpo como un torrente. Aquel beso la dejó sin aliento. Compartían un pasado y en aquel beso revivió. Cuando terminó, y Tom se apartó de ella y la miró, sabía que se había quedado tan anonadado como ella.

Y entonces le cogió de la mano y le llevó arriba, al dormitorio, donde hicieron el amor en la cama de Karen y Tom. La misma cama donde se acostaban Tom y ella, antes de que se instalara Karen. Puta entrometida.

Brigid piensa en las lujuriosas cosas que hicieron anoche y le invade el mismo sentimiento de satisfacción. Recuerda que, después de terminar, le entró una sensación de enorme poder y maldad. Se incorporó sobre un codo, con los pechos al descubierto, y miró a Tom tumbado a su lado, desnudo y vulnerable. Recorrió su pierna lentamente con dos dedos y dijo:

—No quieres que le cuente a la policía lo que vi, ¿verdad?

La miró con miedo.

—No.

No cabe duda, piensa ahora, de la conexión que tienen. Tom la quiso una vez, está segura de ello, y volverá a hacerlo. Volverá a ser su cautivo. Ahora ya sabe lo que ha hecho Karen, que es una asesina, porque Brigid estaba allí y se lo ha contado.

Le ha prometido que no dirá nada a la policía.

Pero tiene un plan.

Ya no hay marcha atrás.

Todo será perfecto.

Tom sale profundamente afectado de la lectura de cargos. La sala del tribunal parecía un circo: había demasiado ruido para oír nada y pasaban demasiadas cosas, como si todo ocurriera demasiado deprisa. Esperaba que fuese mucho más solemne y fácil de seguir. Cuando dijeron su nombre, Karen se acercó al juez con Jack Calvin. Tom estaba sentado bastante atrás, en el único sitio que pudo encontrar. Solo veía a su mujer de espaldas. El tamaño de la sala y el tumulto la hacían parecer pequeña y derrotada. Tom tuvo que esforzarse para oír.

Todo pasó en un par de minutos y luego se la llevaron. Se levantó y Karen le miró, asustada, mientras la escoltaban fuera de la sala. Después se volvió a sentar en el banco, aturdido, sin saber qué hacer. Calvin le vio y se acercó.

—Ya puede irse a casa —dijo—. Se la llevan a la cárcel del condado. Podrá ir a verla hoy mismo.

Así que se ha venido a casa. No sabía qué otra cosa hacer. Ha llamado a la oficina para decir que se tomaba una baja indefinida por enfermedad. En cuanto salga la noticia, nadie creerá que está enfermo.

Entra en el dormitorio y se queda mirando horrorizado las sábanas arrugadas. No debería haberse acostado otra vez con Brigid. ¿Cómo pudo dejar que ocurriera?

Sabe cómo: se sentía muy solo y muy borracho, y ella se mostró compasiva. Además, Brigid podía ser irresistiblemente sexi y tenían todo un pasado juntos. Pero, después, ella le dejó bien claro que acostarse juntos había sido el precio de su silencio.

Ahora está asqueado y asustado. ¿Y si miente? ¿Qué pasa si Brigid no estuvo allí? Sea como fuere, le está manipulando para volver a meterse en su cama. ¿Y si Brigid va a ver a Karen a la cárcel y le cuenta lo que ha hecho? ¿Le creería Karen si tuviera que contarle que se acostó con Brigid para protegerla?

De pronto, Tom arranca las sábanas de la cama en un arrebato de furia y las tira al suelo hechas una bola. Las meterá en la lavadora y eliminará cualquier rastro de Brigid de su cama.

Pero deshacerse de Brigid... puede que no sea tan sencillo.

Jack Calvin coge un vuelo rápido a Las Vegas, Nevada, para visitar el centro de atención a mujeres maltratadas al que solía acudir Karen cuando estaba casada con Robert Traynor. Ya lo ha comprobado y sigue estando ahí. Y aún hay gente que se acuerda de Karen. Le están esperando.

También ha contratado a un detective privado en Las Vegas para investigar a los socios de Traynor. Es posible que encuentre algo, pero no alberga demasiadas esperanzas.

Nada más aterrizar coge un taxi a la ciudad. No tarda en llegar al albergue para mujeres y centro de atención Brazos Abiertos. Aunque el edificio está algo deteriorado, intenta parecer un lugar alegre, cálido y acogedor. Hay dibujos de niños colgados por todas partes.

Se acerca al mostrador de información. La directora de las instalaciones aparece instantes después para recibirle y llevarle a su despacho.

—Soy Theresa Wolcak —dice, ofreciéndole una silla.

—Jack Calvin —contesta—. Como le comenté por teléfono, represento a una mujer que ahora vive en el estado de Nueva York y venía a este centro para recibir asesoramiento, hará unos tres o cuatro años. Georgina Traynor.

Ella asiente.

—¿Puede enseñarme alguna identificación?

—Por supuesto. —Saca su carné de identidad. También abre su maletín y coge una carta que identifica a la autora como Georgina y da su consentimiento informado para revelar información a su abogado, Jack Calvin.

La directora reajusta las gafas un poco sobre su nariz y la lee. Hace un seco gesto de aprobación con la cabeza.

—De acuerdo. ¿En qué puedo ayudarle?

—Mi clienta, Georgina Traynor, ha sido acusada del asesinato de su marido, Robert Traynor.

Theresa le mira y asiente con un gesto cansino.

—¿Y ahora la ley necesita que se justifique?

—Está acusada de matar a un hombre. Se necesita que se haga justicia. Si lo que ella dice es cierto, no creo que al jurado le cueste demasiado verlo desde su punto de vista, que temía por su vida.

—La asistente social que veía a su clienta normalmente se llama Stacy Howell. Voy a llamarla.

Al poco tiempo, Calvin y la asistente social están en un pequeño despacho. Stacy, una afroamericana de maneras directas y voz suave, lleva consigo la carpeta de Georgina Traynor y la abre en cuanto lee la carta.

—Claro que la recuerdo. Habría sido fácil no hacerlo, teniendo en cuenta la cantidad de mujeres con las que trabajo, todas con la misma triste historia, pero sí me acuerdo de ella. Georgina no es un nombre muy común. Me caía muy bien. Estuve viéndola por lo menos un año.

—¿Cómo era?

—Como todas las mujeres que vienen aquí. Estaba acojonada. Siento ser tan directa. Pero nadie parece entender lo que viven estas mujeres. El hombre con el que estaba casada era un auténtico cabrón. Se sentía atrapada. Pensaba que, si contaba lo que él le hacía a cualquiera que no fuéramos nosotras, no la creerían.

—Y ustedes, ¿qué le decían? ¿Que le dejara?

—No es tan sencillo. Tenemos mujeres que viven aquí para protegerse. Es difícil conseguir apoyos. Las órdenes de alejamiento no parecen ayudar mucho. —Suspira abatida—. Le dije que ella tenía un poco de margen. El negocio de su marido iba bien. Le expliqué que, si quería, podía dejarle, pedir una orden de alejamiento y amenazarle con hacerlo público. Avergonzarlos funciona a veces. Pero ella tenía demasiado miedo.

Calvin asiente.

—Un día no vino a su cita. Oímos que se había tirado por el puente de la presa Hoover. No encontraron el cuerpo. Lo leí en el periódico. —Menea la cabeza con tristeza al recordarlo—. Yo estaba segura de que él la había matado y de que había intentado hacer que pareciera un suicidio.

—¿Fue a la policía?

—Claro que lo hice. Le investigaron, pero tenía una coartada perfecta. Estaba trabajando y mucha gente le había visto ese día. Al final archivaron el caso.

—No la mató —dice Calvin, señalando la carta.

—No, después de todo logró escapar. Me alegro por ella.

—Pero ahora se enfrenta a una acusación por asesinato.

—¿Le mató? —pregunta Stacy, sorprendida. Echa aire bruscamente por la nariz—. Se lo tenía merecido, el muy hijo de puta. —Y entonces le mira angustiada y añade—: ¿Qué va a ser de ella?

37

El inspector Rasbach está bastante seguro de que, a partir de ahora, el caso Krupp será bastante sencillo. Es como un rompecabezas, difícil al comienzo, pero, en cuanto tienes los bordes, todas las piezas empiezan a encajar ordenadamente en su sitio. Parece evidente que Karen Krupp es una asesina. Aunque lo siente por ella. En otras circunstancias, piensa, es poco probable que hubiera matado a nadie. Por ejemplo, si no hubiera conocido a Robert Traynor.

Ahora ya saben cómo la encontró Traynor. Han entrado en su ordenador, que les mandó la policía de Las Vegas. Traynor estuvo buscando de forma sistemática páginas web de compañías de contabilidad por todo Estados Unidos. Había guardado en favoritos una página del sitio web de Simpson & Merritt, donde trabaja Tom

Krupp. Y ahí estaba ella, en una foto de la fiesta de Navidad de la empresa, en segundo plano, al lado de Tom Krupp, que tenía un perfil en la misma página.

«¡Es tan difícil desaparecer del todo!», piensa Rasbach.

Se pregunta por qué Traynor se esforzó tanto en encontrarla. Estaba claro que no se tragó lo del suicidio. Tal vez porque nunca encontraron su cadáver.

Cree que tiene un caso sólido para presentar a la fiscal del distrito. Aunque las pruebas físicas aún no son concluyentes, las circunstancias sí son convincentes. Han estado yendo puerta por puerta a las tiendas y apartamentos de la zona, pero todavía no han encontrado ningún testigo del crimen.

Rasbach recuerda el interrogatorio poco productivo de Karen Krupp. Estaba claramente aterrada. También lo siente por Tom Krupp. Por Robert Traynor no siente ni la más mínima lástima.

El inspector Jennings llama a la puerta abierta y entra en el despacho de Rasbach. Lleva una bolsa de papel con sándwiches envueltos. Le ofrece uno y se sienta.

—Alguien ha llamado para dar un soplo sobre el caso Krupp —comenta.

—Un soplo —dice Rasbach, irónicamente. Mira el periódico abierto sobre su mesa.

Un ama de casa de la ciudad, Karen Krupp, ha sido detenida por el asesinato de un hombre previamente sin identificar en un restaurante abandonado de la calle Hoffman. El hombre acaba de ser identificado como Robert Traynor, de Las Vegas, Nevada. Por ahora, no se conocen más detalles.

Karen y Tom Krupp no han hablado con los medios y la policía hizo una declaración muy escueta sobre su detención, dando los nombres de las personas involucradas. Sin ofrecer más detalles. Pero que una mujer atractiva y respetable de un barrio residencial de las afueras sea acusada de asesinato no es algo que ocurra todos los días. La prensa va a estar muy pendiente. Aún no saben que Karen Krupp era otra persona, que fingió su muerte, ni que estuvo casada con la víctima.

—Ya, lo sé —replica Jennings, siguiendo la mirada de Rasbach al periódico—. Hay mucho loco por ahí. Es probable que empiecen a llover llamadas.

—¿Y qué dijo el que llamó?

—Era una mujer.

—¿Dio su nombre?

—No.

—Nunca lo hacen —responde Rasbach.

Jennings termina de masticar un trozo de sándwich y traga.

—Dijo que deberíamos buscar el arma del crimen en casa de los Krupp.

Rasbach arquea las cejas y agita su sándwich en el aire.

—Karen Krupp dispara al tipo, le entra el pánico y sale corriendo. El arma no estaba en la escena del crimen, ni en el coche. Entonces, ¿dónde está? Estaría bien encontrarla, poder demostrar que fue esa pistola la que le mató, y conectarla con Karen Krupp. Pero si aún llevaba el arma encima cuando dejó la escena del crimen, o bien la escondió en algún sitio cercano, y no parece probable porque aparentemente le dio un ataque de pánico, y la habríamos encontrado, o la arrojó por la ventanilla del coche. Y luego, después de salir del hospital, volvió a recogerla, o a buscarla, y la escondió otra vez en algún lugar de su casa. No sé, en el cajón de su ropa interior, por ejemplo. —Empieza a desenvolver el sándwich—. Sería una maniobra increíblemente estúpida. Y esa mujer no lo es.

—Sí, parece poco probable.

—No creo que vayamos a necesitar información ciudadana para resolver este caso —dice Rasbach y da un bocado al pan integral con ensalada de atún.

Esa misma tarde, Tom va a visitar a Karen a la cárcel del condado.

Se queda un minuto junto a su coche en el aparcamiento, contemplando el inmenso edificio de ladrillo con una sensación de mareo. No quiere entrar. Pero entonces piensa en Karen y se arma de valor. Si ella es capaz de sobrevivir ahí dentro, lo mínimo que puede hacer él es poner buena cara cuando venga a visitarla.

Atraviesa la entrada principal de la cárcel, pasa por delante de los guardias y va al control de seguridad.

Debe acostumbrarse a todas estas barreras —puerta, guardias, trámites y registros— para poder hablar con su mujer. Piensa en cómo estará. ¿Aguantando o derrumbándose? Cuando se lo pregunte, ¿le dirá la verdad? ¿O tratará de protegerle asegurándole que lo lleva bien?

Por fin llega hasta ella, en una sala enorme llena de mesas. La ve sentada en una y se sienta enfrente, bajo la atenta mirada de los guardias a la entrada de la sala. Hay otras visitas a su alrededor, en otras mesas, pero, si bajan la voz, tienen suficiente intimidad para hablar.

—Karen... —dice y su voz se quiebra al verla. Los ojos le escuecen por las lágrimas. Se las enjuga, tratando de sonreír.

A ella se le saltan las lágrimas también y caen por sus mejillas.

—¡Tom! —Traga saliva—. Me alegro tanto de verte. Pensé que tal vez no vendrías.

—¡Pues claro! Siempre voy a venir a verte, siempre que pueda, Karen, te lo prometo —asegura Tom, desconsolado—. Hasta que te saquemos de aquí. —Está abrumado por sus sentimientos de culpa y vergüenza por lo que ha hecho con Brigid, mientras Karen estaba en una celda.

—Tengo miedo, Tom —susurra ella. No parece haber dormido nada. Tiene el pelo sucio. De pronto, parece notar cómo la mira y señala—: Aquí no puedo darme una ducha siempre que me apetezca, ¿sabes?

—¿Hay algo que pueda hacer? —pregunta él, desesperado. Se siente totalmente impotente—. ¿Puedo traerte algo?

—No creo que esté permitido.

Su respuesta termina de desmoronarle. Tiene que contener un sollozo. Le encantaba darle sorpresas: bombones, flores. No soporta la idea del espartano futuro que la aguarda ahí dentro: siempre le han gustado sus pequeños lujos. No está hecha para la cárcel. Si es que alguien lo está.

—Me informaré, ¿vale?

Karen ladea la cabeza.

—Eh, anímate. Voy a salir de aquí. Eso dice mi abogado.

Tom duda que Calvin le haya asegurado tal cosa, pero finge que todos creen que saldrá pronto. Solo tienen que ser fuertes y aguantar. Pero hay algo que debe contarle.

—Karen —dice cautelosamente, bajando mucho la voz—. Anoche estuve hablando con Brigid.

—¿Brigid? —repite ella, sorprendida.

Espera que Karen no note que se está sonrojando. La culpa. Baja la mirada a la mesa por un instante, evitando los ojos de su mujer, y vuelve a levantarla.

—Sí. Vino a hablar contigo. No sabía que te habían detenido.

—Vale...

—Pero me contó algo.

—¿Qué? —pregunta Karen, también en voz baja, pero ahora recelosa.

—Dijo que la noche de tu accidente te vio salir por la puerta. —Mira fijamente a los preciosos y mentirosos ojos de su mujer. Mantiene la voz baja—. Me contó que te siguió.

Karen se pone alerta de pronto.

—¿Cómo?

—Dice que te siguió en su coche, lo bastante lejos como para que no la vieras. —Ella se queda completamente inmóvil y a Tom se le cae el alma a los pies viendo su rostro atravesado por complejas emociones. «Brigid decía la verdad», piensa.

—¿Qué más te contó?

—Dijo que te siguió hasta que aparcaste y ella dejó su coche al otro lado de la calle. Te vio entrar por la parte trasera del restaurante. Oyó disparos. Tres disparos. Y entonces te vio salir del edificio y correr hasta tu coche. Asegura que vio cómo te quitabas los guantes y luego te subías al coche y salías a toda velocidad.

Su mujer no dice nada. Es evidente que la noticia la ha conmocionado.

—Karen —susurra Tom.

Ella sigue sin decir palabra.

—¡Karen! —insiste Tom con urgencia. Baja la voz, mirando a su alrededor de forma instintiva para asegurarse de que nadie los escucha. Pero con el barullo que hay en la sala es imposible oírles—. ¡Ella estaba allí!

—Puede que esté mintiendo.

—No lo creo —contesta él muy bajito—. ¿Cómo iba a saber lo de los guantes? —Karen escucha callada, con los ojos muy abiertos. Tom ve que le late una vena en la garganta. Nadie sabe lo de los guantes, excepto la policía. Tom sacude la cabeza—. Creo que estaba allí. Creo que te vio. Dice que al entrar llevabas un arma en la mano y que al salir solo llevabas los guantes.

—¿Y qué hizo luego? —pregunta Karen, agarrándose al borde de la mesa con ambas manos.

—Entró en el restaurante y vio el cuerpo —contesta Tom. Ve cómo su mujer palidece y siente la bilis subiéndole por la garganta—. Se asustó y salió de allí corriendo. Se fue a casa. —Se acerca a ella lo más que se atreve ante la atenta mirada del guardia, preocupado por lo que su expresión le está revelando—. Karen, dime la verdad. ¿Realmente no te acuerdas? —Lo dice con suavidad, de manera convincente. La perdona, pero desearía que le contara la verdad. Por su mirada comprende lo aterrada que debía de estar. Está seguro de que el jurado también lo verá.

—*Es una testigo* —murmura Karen, como si no pudiera creerlo.

—¿Le mataste? —la presiona Tom, con voz tan baja que es casi inaudible. Vuelve a mirar a su alrededor. Nadie les presta atención—. Puedes decírmelo —insiste—. Solo a mí.

Ella le mira y contesta:

—No me acuerdo. Pero no me creo capaz de disparar a nadie.

Ojalá pudiera creerla. Se reclina en la silla, lleno de desesperación. Es posible que el jurado entienda por qué lo hizo. Aun así, pasará años en la cárcel, piensa desolado. No es justo, cuando la culpa es de Robert Traynor.

Si no hubiera vuelto a por ella, si la hubiese dejado en paz, ahora mismo no estarían aquí, en la cárcel del condado, aterrados y destrozados.

Aunque Karen no pueda admitir la verdad ante él —tal vez tampoco pueda admitirla ante sí misma, tal vez lo haya reprimido completamente de su mente consciente—, cree que aún la quiere, a esta Karen distinta y terriblemente agraviada. No puede dejar que vaya a la cárcel para el resto de su vida. Vivir sin ella días vacíos, noches vacías, pensando en ella encerrada en una jaula: es inimaginable.

—Es una testigo —repite Karen, recobrando el dominio de sí misma e inclinándose hacia él—. Aunque puedan demostrar que los guantes son míos, sigue sin ser prueba de que le matara. Solo demuestra que estuve allí. Y lo estuve, pero yo... —Le mira, desesperada—. Si fuera capaz de matarle, lo habría hecho cuando estaba casada con él, ¿no crees? Si Brigid dice que oyó disparos y me vio salir corriendo inmediatamente después, ¡tiene que estar mintiendo! —Karen le mira con ojos aterrados—. ¿Por qué iba a mentir?

Tom niega con la cabeza sin decir nada. No cree que Brigid esté mintiendo. Lo que piensa es que es Karen quien miente o, en el mejor de los casos, no sabe realmente lo que pasó.

—No creo que diga nada —contesta por fin.

—¿Cómo puedes estar tan seguro? —responde susurrando, con tono angustiado.

—Es tu amiga —dice él, nervioso.

—¿Qué clase de amiga se inventa una mentira como esa? Es posible que me siguiera, y tal vez estuviera allí, pero quizá no ocurrió como ella asegura.

Tom la mira con tristeza. Se inclina de nuevo hacia ella y susurra:

—Tenemos que asegurarnos de que nunca sepan que estaba allí. No tienen ningún motivo para sospechar que ella sepa nada del asunto. Ni tampoco para llamarla como testigo. No va a decir nada.

—Espero que tengas razón —replica Karen, con aprensión—. Pero ya no me fío de ella.

Tom tampoco confía en Brigid, pero cree que dice la verdad.

38

Haren empieza a temblar cuando se va Tom. Al verle marchar, es como si desapareciera su último vínculo con el mundo exterior. Ahí dentro, teme que su verdadero yo se disuelva sin más. Le ve alejarse y está a punto de gritar: «¡No me dejes aquí!». Pero entonces un guardia viene a por ella y tiene que controlarse, porque si no lo hace, si muestra debilidad, nunca sobrevivirá allí.

Es posible que todo se solucione, eso ha dicho Calvin. Pero cada vez es más difícil creerlo. Le ha impactado saber que Brigid la siguió aquella noche. De repente, recuerda que vio algo con el rabillo del ojo, en el centro comercial, algo que le resultó familiar, pero que no llegó a registrar: era el coche de Brigid. Ahora se acuerda. ¿Por qué no puede recordar el resto? Le está volviendo loca.

¿Por qué la siguió Brigid? ¿Qué motivo podía tener? Lo único que se le ocurre es que la vio salir corriendo de casa de aquel modo, presintió un drama y no pudo resistirse.

Qué mala suerte, tener a Brigid como vecina de enfrente.

Tom va de camino a su coche cuando recibe una llamada de la oficina. Se le hace un nudo en el estómago. No quiere lidiar con asuntos del trabajo. Va a tener que decirles que necesita cogerse una baja. No ha ido a la oficina desde que Karen fue detenida ayer. Cuando Jack Calvin le telefoneó, salió corriendo de su despacho. Y ahora la noticia aparece en todos los periódicos.

A regañadientes, contesta.

—Tom. —Es James Merritt, socio mayoritario de Simpson & Merritt. Nunca le ha caído demasiado bien.

—¿Sí? —responde con impaciencia.

—Necesitamos que vengas a la oficina —dice con su profundo tono de voz suave e imperativo.

—¿Ahora? Tengo..., tengo que resolver unos asuntos...

—En media hora, en la sala de juntas. —La llamada se corta.

—¡Joder! —Por supuesto que saben que han detenido a Karen por asesinato. A los clientes no les va a gustar.

Vuelve rápidamente a casa para ponerse un traje y sale hacia la oficina. Aparca en su plaza habitual y se queda un minuto dentro del coche, preparándose. Con un fuerte presentimiento, se baja del coche y camina hacia el edificio. Coge el ascensor hasta la duodécima planta, donde está la sala de juntas, un lugar que casi nunca pisa.

Al entrar, ve a todos los socios sentados alrededor de la larga mesa pulida. Los murmullos cesan de pronto y de forma inquietante, y Tom comprende que estaban hablando de él, por supuesto. De su mujer.

—Siéntate, Tom —ordena Merritt, señalándole una silla libre.

Tom toma asiento, mirando a su alrededor a los miembros de la compañía reunidos en la sala. Algunos le devuelven la mirada con curiosidad, otros ni siquiera.

—¿De qué se trata? —pregunta Tom con valentía.

—Teníamos la esperanza de que nos lo explicaras tú —dice Merritt.

Está tenso. En realidad, nunca ha encajado allí. No tiene los orígenes adecuados. No proviene de una familia con dinero, ni juega al golf en los clubes buenos. Si ha llegado tan lejos es por ser un excelente contable. Y por trabajar como un demonio, sin quejarse. Pero probablemente nunca fueran a hacerle socio. Y ahora esto.

—Si es sobre mi mujer, no creo que sea asunto suyo —replica Tom.

—Al contrario: creemos que sí lo es —contesta Merritt. Le mira con frialdad—. Lamentamos los problemas que estás atravesando —continúa, aunque no parece sentirlo demasiado. Los demás socios y él parecen más horrorizados que otra cosa—. Pero, naturalmente, nos preocupa la imagen. —Merritt recorre con los ojos al resto de los socios sentados a lo largo de la mesa, la mayoría de los cuales asienten en silencio.

Tom se los queda mirando, uno a uno, silenciosamente furioso.

—No cabe duda de que eres un contable brillante, Tom —asegura Merritt—. Pero debes entender nuestra posición. Tenemos que pensar en nuestros clientes, en su sensibilidad. Me temo que tenemos que suspenderte sin sueldo hasta que se retiren los cargos presentados contra tu mujer. —Espera a que lo asimile—. Evidentemente —añade—, eres libre de aceptar ofertas en otro sitio. Estaremos encantados de recomendarte.

Tom parpadea rápidamente. Le están despidiendo. Se levanta sin decir palabra, deja la sala de juntas y da un sonoro portazo.

Sale del aparcamiento hecho una furia. Necesitará dinero para las facturas legales de Karen, que van a ser enormes. Y ahora no tiene cómo pagarlas.

Brigid ve llegar a Tom. Le observa bajarse del coche y dar un portazo, como si estuviera enfadado. Sube los escalones del porche a grandes zancadas y desaparece dentro de casa.

Su corazón se acelera. Se pregunta qué habrá pasado ahora.

Cuanto antes se libre Tom de Karen, cuanto antes pase ella a formar parte de su vida, más feliz será. Brigid lo cree de todo corazón.

Es perfecto que Karen ya no esté en medio, que esté en la cárcel. Cuando Tom la va a visitar, debe de estar muy distinta, piensa Brigid, con el pelo sin lavar y esa ropa de reclusa tan fea. Siempre ha sido una mujer muy atractiva, con sus rasgos perfectos y ese corte de pelo pixie de peluquería cara que resalta su fina estructura ósea. Ese corte tan favorecedor no le va a durar mucho. Se imagina lo divertido que sería ir a verla. Le gustaría ir a visitarla a la cárcel y ver a la nueva y poco atractiva Karen personalmente. Qué satisfacción le daría. Brigid siempre ha pensado que Karen era una privilegiada. Pero, ahora, es ella la que tiene derecho a todos esos privilegios, incluido Tom. Tendrá todas las cosas bonitas de Karen, entre ellas su marido. Karen no tardará en comprenderlo y tampoco podrá hacer nada para evitarlo.

Brigid prefiere esperar hasta más tarde, cuando Bob haya pasado a comerse su cena y vuelva a salir. Solo viene a casa a comer y a dormir. Y ahora se alegra, porque le permite hacer lo que le apetezca.

Esta tarde ha ido a cortarse el pelo, con el mismo corte pixie que lleva Karen. También se ha hecho la manicura y la pedicura. Brigid sabe que Karen se las hace regularmente. O, al menos, solía hacerlo. Ahora ya no lo hará. Sonríe cuando piensa que, en vez de eso, es probable que Karen empiece a hacerse tatuajes caseros en prisión. Incluso sabe a qué salón de manicura iba Karen y quién le cortaba el pelo, porque ella misma se lo contó. Se mira en el espejo del cuarto de baño y le gusta lo que ve. Aquella melena morena por el hombro, con esa raya en medio tan aburrida, ya es historia. Este nuevo peinado corto y coqueto le da un aspecto totalmente distinto. Le encanta. Mientras estaba en el sillón de la peluquería y veía su pelo caer al suelo a mechones, sentía como si estuviera desapareciendo su antigua vida, su antiguo yo. Ahora se siente como una preciosa mariposa saliendo de un largo sueño.

Si va a meterse en la vida de Karen Krupp, tiene que hacerlo bien. Será todo lo que Tom quiera que sea y más. Extiende las manos y admira sus uñas trabajadas profesionalmente.

En un rato, cruzará la calle y volverá a ver a Tom. Tiembla de la emoción. No será capaz de rechazarla.

39

Jennings vuelve a asomar la cabeza por la puerta de Rasbach al terminar la jornada. El inspector alza la vista.

—¿Qué pasa? —pregunta.

—Hemos recibido otra llamada sobre el caso Krupp. De la misma mujer.

—¿Ya? ¿Y qué ha dicho esta vez?

—Preguntó por qué no estábamos buscando el arma del crimen en casa de los Krupp.

Rasbach se reclina en su silla, mientras Jennings se sienta en el sitio de siempre delante del escritorio.

—O sea, que sabe que no estamos ahí, buscando. Debe de estar vigilando la casa. Tal vez sea una vecina.

—Sí. No te habría molestado con esto, pero es que dijo algo que hizo saltar las alarmas.

—¿Qué? —pregunta Rasbach bruscamente.

—Me preguntó si habíamos encontrado los guantes.

Rasbach se inclina hacia delante prestando toda su atención.

—Nadie sabe lo de los guantes. —Solo la policía, y Tom y Karen Krupp. Los periódicos no han dicho nada sobre los guantes.

—Esta mujer, sí.

—Es posible que tengamos una testigo —dice Rasbach—, o al menos alguien que sabe algo. —Siente una pequeña descarga de adrenalina—. Es imposible que Karen Krupp volviera a dejar el arma del crimen en su casa —prosigue—. Ya hemos hablado hoy de esto. No estaba en el coche cuando chocó y, si la hubiera escondido o la hubiera tirado por la ventanilla, la habríamos encontrado.

—Es posible que no fuera la única que estaba allí —sugiere Jennings—. Es posible que hubiera otra persona y que cogiera el arma.

Rasbach le mira y asiente.

—Sí. Más vale que pidamos una orden judicial.

Una de las cosas que más le cuesta a Tom es no poder hablar con Karen siempre que quiere. No se había dado cuenta de lo mucho que dependía de escuchar su voz a lo largo del día y de los correos y mensajes que se enviaban. Ella siempre estaba ahí. Y ahora ya no lo está. Solo podrá hablar con ella cuando le dejen utilizar el teléfono de la cárcel, y Tom no sabe cuándo y con qué frecuencia va a ser. Y tampoco podrán decirse mucho. Solo podrá verla durante las horas de visita.

La han *recluido*. Qué expresión tan adecuada.

Y aquí está, solo en casa. Siente que está perdiendo el juicio, pero para ella debe de ser mucho más difícil. Estar atrapada allí como un animal, con tanta gente, gente que no es como ella. Gente que ha hecho cosas malas. En realidad, Karen no ha hecho nada malo, solo defenderse, ¿no? Pero, aunque haya suerte y sean indulgentes con ella, probablemente pase años en la cárcel, sufriendo mucho, aunque lo que hizo estuviera justificado.

Y, cuando por fin salga, los dos estarán muy cambiados.

Tom piensa con inquietud en Brigid. Teme que vuelva. Y no puede permitirse cabrearla.

Tiene la esperanza de que solo quisiera pasar una noche con él, por los viejos tiempos, que se contente con eso y vuelva con su marido. Pero, como si sus pensamientos la hubieran atraído, de pronto oye golpes en la puerta. Se asusta.

Tom comprende demasiado tarde que debería haber pasado la noche en un hotel. O haberse ido a casa de su hermano. No debería estar aquí, donde Brigid puede encontrarle. Debería quedarse con su hermano durante una temporada. De ese modo, Brigid dejaría de venir. Pero no sabe si se atreve, o si eso la enfurecería hasta el punto de hacerles daño a él y a Karen.

Habrá visto su coche en el camino de entrada. A regañadientes, abre la puerta. Cuando la ve, se queda pasmado, horrorizado.

—Te has cortado el pelo —dice sin pararse a pensar.

—¿Te gusta? —pregunta ella con coquetería.

Tom siente náuseas. Se ha cortado el pelo exactamente igual que Karen. «¿Qué le pasa?». Y su tono de voz es muy desagradable, completamente inadecuado dadas las circunstancias. Si hubiera venido y le hubiera dicho: «Acuéstate conmigo o le contaré a la policía lo de tu mujer», le habría dado menos asco. Pero que finja que son de nuevo amantes le produce arcadas. Le entran ganas de darle un portazo en las narices y echar el cerrojo. Nadie puede ocupar el lugar de Karen, nadie. Y menos aún, Brigid.

—¿Qué pasa? —pregunta ella.

—Nada —contesta, recobrando la compostura rápidamente. No sabe cómo manejarla. Brigid cambia muy deprisa de estado de ánimo; ahora recuerda lo volátil que es. No quiere volver a acostarse con ella. No quiere tocarla. No quiere tener nada que ver con ella. Solo quiere que se vaya.

—Entonces —dice Brigid, entrando en el salón y volviéndose para mirarle mientras cierra la puerta—, ¿por qué no me sirves algo de beber?

O sea, que quiere repetir lo de anoche. Tom no tiene estómago para ello. De hecho, duda que fuera capaz de satisfacerla. Puede que esa sea una salida. Si no es capaz de empalmarse, es posible que ella se ría de él, se burle y le deje en paz. Eso sería perfecto. Pero ¿y si eso la enfada y le cuenta a la policía lo que vio?

Nota el sudor haciéndole cosquillas en la nuca. El corazón le late a golpes contra el pecho. Sabe que se ha metido en un lío. Y no se lo puede contar a Karen.

—Brigid —dice, dejando que en su voz se asomen todo el cansancio y la desesperación que siente—, no creo estar para nada esta noche. Estoy exhausto.

Ella le mira, entornando los ojos, decepcionada.

—Y... estoy muy preocupado por Karen —añade. Al momento se da cuenta de que no debería haberlo dicho y se maldice por dentro por ser tan tonto.

—Tienes que dejar de preocuparte por Karen —replica Brigid, con la voz crispada—. Está en la cárcel. No puedes hacer nada por ella. Tú, ella y yo sabemos que mató a un hombre. La van a encerrar. No saldrá en mucho, mucho tiempo. —Y añade con aún más dureza—: Se merece lo que le espera.

Tom no da crédito a lo que está oyendo. Y le asusta el odio que rezuma de repente la expresión de Brigid.

—Brigid, es tu amiga —le recuerda—. ¿Cómo puedes pensar así? —la reprende con el corazón palpitando. Su voz empieza a sonar suplicante.

—Dejó de ser mi amiga el día en que mató a ese hombre, te mintió y destrozó tu vida. ¿Qué clase de mujer hace algo así al hombre al que ama? Mereces algo mucho mejor.

Se acerca mucho a él. Le pone las manos en la nuca. Tom intenta no apartar la cabeza del asco. Ahora se da cuenta, mirándola con el mismo corte de pelo que Karen, de que delira: está desquiciada. No piensa como una persona normal.

—Brigid —dice, mirándola a los ojos fijamente—. No sé qué estás pensando...

—Uy, yo creo que sí lo sabes —responde, con voz sensual y jadeante. Quiere apartarse de ella, pero no se atreve.

Tom coge sus manos y las retira suavemente de su nuca.

—Brigid, puede que lo de anoche fuera un error...

—¡No digas eso! —exclama. Su cara es repugnante, retorcida por la ira.

—Pero, Brigid —insiste Tom, desesperado—, los dos estamos casados: ahora mismo estoy casado con Karen y no puedo abandonarla, aunque quisiera. Y tú estás casada con Bob...

—No importa —protesta ella—. Te quiero, Tom. Todo este tiempo te he querido: desde que me dejaste y empezaste a ver a Karen. Te he estado observando desde enfrente. Me siento tan conectada a ti... ¿Es que tú no lo notas? Este asunto de Karen puede que tuviera que suceder. ¿No crees en el destino? A lo mejor tenía que pasar esto para que tú y yo pudiéramos estar juntos.

Tom la mira, horrorizado. No es posible que lo diga en serio. Pero así es. Está tratando con una mujer que está claramente loca.

Se siente tan manipulado, tan furioso por el poder que Brigid tiene ahora mismo sobre Karen y sobre él, y sobre su felicidad juntos, que podría rodear su garganta con las manos y apretar.

40

A la mañana siguiente, Tom se despierta sobresalta-
do. Mira al otro lado de la cama, el de Karen. Está
vacío, por supuesto. Karen está en la cárcel. Cada mañana
siempre le lleva un segundo recordar lo ocurrido, despertar
del todo a la pesadilla en que se ha convertido su vida.
Y otro segundo acordarse de los detalles más recientes y
escalofriantes. Brigid. Anoche estuvo otra vez en su cama.

Luego volvió a su casa, con su marido. Menos mal.

Oye fuertes golpes en la puerta de entrada. Mira el
despertador sobre la mesilla. Son las 9:26. A estas horas
normalmente estaría ya en la oficina, pero ya no tiene
trabajo al que acudir.

Se pone una bata rápidamente y baja las escaleras
enmoquetadas atenazado por los nervios para ver de
quién se trata. Es el inspector Rasbach. Por supuesto.

¿Quién va a llamar a su puerta aparte de ese maldito inspector y la loca de enfrente? Esta vez trae todo un equipo consigo. Tom siente la cabeza a punto de estallar.

Abre la puerta.

—¿Qué quieren? —No puede ocultar la amargura en su voz. Este hombre, más que nadie, aparte de Robert Traynor, ha destrozado su vida. Y se avergüenza de su aspecto desastrado y de estar en bata a las 9:30 de la mañana, mientras que el inspector viene bien afeitado, elegantemente vestido y deseoso de empezar.

—Tengo una orden para registrar su casa —le informa Rasbach, enseñándole una hoja de papel.

Tom se la quita y la mira. Se la devuelve.

—Adelante —responde. No es más que una molestia. No encontrarán nada. Tom ya ha mirado—. ¿Cuánto van a tardar? —pregunta a Rasbach mientras el inspector entra en la casa y comienza a dar instrucciones a su equipo.

—Eso depende —contesta sin darle ninguna pista.

—Voy arriba a ducharme —dice Tom.

Rasbach asiente con la cabeza y vuelve a sus asuntos.

Tom regresa al dormitorio. Coge su teléfono móvil y llama a Jack Calvin.

—¿Qué hay? —pregunta Calvin, con la sequedad de costumbre.

—Rasbach está aquí, con una orden de registro. —Se hace un breve silencio al otro lado de la línea—. ¿Qué hago? —pregunta.

—No puede hacer nada —contesta el abogado—. Déjeles que busquen. Pero manténgase cerca por si encuentran algo.

—No van a hallar nada —insiste Tom.

—Llegué anoche de Las Vegas, tarde. Dentro de un rato iré a ver a Karen. Manténgame informado. —Y con esto termina la conversación.

Tom se da una ducha, se afeita y se viste con vaqueros y una camisa limpia. Cuando termina, baja al piso de abajo. Se aferra obstinadamente a su rutina habitual. Pone una cafetera. Se hace un *bagel* tostado y se sirve un poco de zumo, mientras observa cómo la policía desmonta su cocina con guantes en las manos. Le gustaría preguntarles: «¿Se divierten?», pero no lo hace. Una vez registrada la cocina, los sigue por toda la casa, con su taza de café en la mano, vigilándolos. Por una vez, no está nervioso. Sabe que no hay nada que encontrar.

—¿Qué buscan? —pregunta a Rasbach con curiosidad, conforme avanza la mañana. Rasbach solo le mira y no contesta.

Finalmente, parecen haber acabado. No han hallado nada. Tom está deseando que se marchen.

—Bueno, ¿ya hemos terminado? —quiere saber.

—Aún no. Todavía tenemos que registrar el patio trasero y el garaje.

A Tom le preocupa que el registro se haga demasiado público. Pero, en cuanto sale afuera, ve que frente a su casa hay no solo coches patrulla aparcados, sino también furgonetas de cadenas de televisión, periodistas y curiosos que se han acercado. Y entonces comprende que ya da igual; cualquier intimidad desapareció la noche en que Karen mató a una persona.

De ninguna manera piensa hablar con la prensa.

El equipo de Rasbach empieza por el garaje. Es de dos plazas y en este momento del año suele estar vacío, pues únicamente aparcan dentro en invierno. Ahora solo hay el desorden habitual de herramientas y utensilios de jardín que tendrán que revisar y ese olor familiar a aceite sobre cemento. No pueden tardar mucho y se librará de ellos.

Hay una policía agachada junto al banco de trabajo. Está examinando cuidadosamente una caja de herramientas con una bandeja superior extraíble y un cierre en la parte inferior. Tom la revisó personalmente cuando Karen estaba en el hospital.

—Aquí hay algo —dice la agente.

Rasbach se acerca y se agacha a su lado.

—Muy bien, veamos —contesta. No parece sorprendido.

A Tom le pica la curiosidad, aunque también tiene miedo. «¿Qué han encontrado?».

Con la mano protegida con un guante de látex, usando dos dedos, la agente saca una pistola.

Tom siente que se le va toda la sangre de la cabeza. No comprende nada.

—¿Qué es eso? —pregunta tontamente.

—Yo diría que el arma del crimen —responde Rasbach con tono sereno, mientras la agente mete la prueba en una bolsa y la etiqueta.

Una vez examinado el patio trasero, la policía da por concluido el registro. Han encontrado lo que buscaban, piensa Tom sin emoción. Su mente da vueltas, incrédula.

En cuanto se van, prepara una bolsa de viaje y la mete en el coche. Se queda junto a la puerta un instante y mira hacia el otro lado de la calle, a casa de Brigid. Está junto a la ventana, observándole. Siente un escalofrío bajándole por la espalda.

Entonces se mete en el coche y llama a Jack Calvin. El abogado contesta.

—Calvin.

—¡Han encontrado un arma! —Está gritando prácticamente—. ¡Han encontrado una pistola en el garaje! ¡Creen que es el arma del crimen!

—¡Tom, cálmese, por favor! —le pide—. ¿Dónde está?

—Acabo de meterme en el coche. Voy hacia su despacho.

—Voy de camino a ver a Karen. Quedamos allí y hablamos.

Tom intenta tranquilizarse mientras conduce hacia la cárcel. Si la pistola que han hallado es el arma del crimen —y sabe que las pruebas pueden demostrar de forma concluyente si lo es—, no estaba allí cuando registró la casa después del accidente. Así que, si es de Karen, ¿cómo llegó hasta allí? Ella no la escondería en el garaje.

No pudo hacerlo. Lo cual significa que otra persona tuvo que ponerla allí.

Solo se le ocurre una persona capaz de hacer algo así. Y se está acostando con ella.

41

El ruido constante que rodea a Karen en la cárcel durante toda la noche no la deja dormir. Es incapaz de abstraerse del barullo, ni siquiera poniéndose la almohada sobre la cabeza. Se pregunta cómo lo harán las demás. Cuando llega la mañana, se nota ojerosa y exhausta, y la sensación empeora según avanza el día.

Aquí dentro está muy sola y asustada; la cárcel le ha destrozado el ánimo muy deprisa. Si quiere sobrevivir, tiene que ser más fuerte. Se recuerda a sí misma que es una superviviente. Ahora tiene que ser realista y dura. De esto no va a poder huir sin más.

Una celadora se acerca a su celda y anuncia:

—Tienes visita.

Karen se levanta del catre con tal sensación de alivio que le dan ganas de llorar y sigue a la mujer hasta la sala donde esperan Calvin y Tom. Le cuesta contener las lágrimas al abrazar a Tom con ferocidad. Siente sus brazos rodeándola y apretándola con fuerza. Huele al mundo exterior, no a la cárcel, y lo aspira profundamente. No quiere soltarle. Rompe a llorar sobre su cuello. Finalmente, Tom se aparta ligeramente y la mira. Ve que él también tiene lágrimas en los ojos. Su aspecto es espantoso.

Calvin se aclara la garganta; es evidente que quiere ir al grano.

—Tenemos que hablar.

Karen observa angustiada a su abogado mientras se sientan los tres. Todo su futuro parece depender de este hombre. Busca la mano de Tom; necesita sacar fuerzas de él.

—¿Fue a Las Vegas? ¿Visitó el albergue? —pregunta.

—Sí —contesta Calvin—. Me confirmaron que estuvo yendo allí durante más de un año en busca de ayuda por los malos tratos que recibía de su marido. —Hace una pausa—. Pero hay otra novedad.

Karen mira con inquietud a Tom. Él aprieta su mano.

Calvin continúa.

—Esta mañana han ejecutado una orden de registro en su casa.

Los ojos de Karen van de su abogado a su marido, una y otra vez; los dos parecen tensos.

—¿Y? —dice.

—Y... han encontrado una pistola —responde Calvin.

Se queda estupefacta.

—¿Qué? ¿Cómo es posible? —pregunta. Mira a Tom para confirmarlo.

—Creen que es el arma del crimen —dice Calvin—. Acabo de hablar con el inspector Rasbach. Están haciendo pruebas.

—¡Eso es imposible! —afirma Karen tajantemente. Nota cómo el pánico la va inundando, amenazando con asfixiarla.

Calvin se inclina hacia delante y la mira directamente a los ojos.

—Hablemos hipotéticamente por un momento. ¿Cabe alguna posibilidad, hipotéticamente hablando, de que la pistola hallada en su garaje sea el arma del crimen?

Karen niega con la cabeza.

—No, no puede serlo.

—Entonces, ¿qué demonios está pasando aquí? —Calvin vuelve la mirada hacia Tom—. ¿Lo sabe usted?

Tom respira hondo y contesta:

—Puede que tenga una idea. —Mira a su mujer con aprensión—. Es posible que alguien la colocara allí.

—¿Y por qué lo cree? —pregunta cuidadosamente el abogado.

—Porque sé que no estaba allí cuando registré la casa después del accidente, mientras Karen estaba en el hospital. Puse la casa patas arriba, incluido el garaje. También miré en esa caja de herramientas y no había ninguna pistola.

Karen le mira sorprendida. Registró la casa mientras ella estaba en el hospital. Y no se lo había contado.

—Pero la pistola sí estaba hoy —señala Calvin—. Así que ¿cómo llegó hasta allí? ¿Karen?

—No sé —susurra ella—. Yo no la puse ahí.

—Piénselo —dice Tom dirigiéndose a Calvin—. Karen tuvo el accidente. No encontraron el arma en el coche. Evidentemente no la llevaba encima cuando llegó al hospital. ¿Cómo se supone que pudo usar el arma y luego esconderla en su propio garaje? ¿Y por qué demonios iba a hacer tal cosa?

Los tres se quedan callados un instante.

—A mí se me ocurre una posibilidad —sugiere Tom. Karen le mira, asustada, sin apenas respirar.

Calvin los observa cansado.

—¿En serio? ¿Y de qué se trata?

—Nuestra vecina de enfrente, Brigid Cruikshank.

Van a tener que contárselo, piensa Karen.

Calvin parece ligeramente interesado.

—¿Y por qué iba a colocar su vecina un arma en el garaje?

—Porque está loca —contesta Tom.

Karen dirige la mirada de su marido al abogado y respira hondo.

—Y porque estaba allí.

—¿Cómo? —dice Calvin, claramente sorprendido.

—Le dijo a Tom que aquella noche me siguió —explica Karen.

—¿Y por qué iba a hacer algo así? —pregunta el abogado con recelo.

—No lo sé —contesta Karen.

—Yo sí lo sé —exclama Tom de pronto, volviéndose hacia ella—. Está obsesionada contigo, Karen, y todavía más obsesionada conmigo. Se sienta junto al ventanal de su salón y nos vigila todo el día, vigila todo lo que hacemos, porque está enamorada de mí. Y te odia, Karen.

—¿Qué? —Karen está anonadada.

—No la conoces —dice Tom con tono tenso—, no tanto como yo.

—¿De qué estás hablando? Ella no me odia —protesta Karen—. Eso es ridículo. Y tú casi no la conoces.

Tom niega con la cabeza.

—No.

—Tom, es mi mejor amiga.

—No, no lo es —responde bruscamente—. Cuando vino a casa y me contó que te había seguido la noche del accidente... —Se queda dudando.

Karen le mira fijamente, preguntándose angustiada qué va a pasar, qué es lo que sabe y que ella ignora. ¿Qué es lo que no le quiere contar?

Tom aparta la vista, como si no pudiera mirarla a los ojos.

—Tengo que contarte algo, Karen. Antes de conocerte, Brigid y yo... tuvimos una aventura. Fue un error. Le puse fin justo antes de conocerte. —La mira avergonzado.

Karen le observa con incredulidad, completamente inmóvil. Por un instante, ni siquiera puede hablar. Por fin pregunta:

—¿Y nunca se te ha ocurrido decírmelo?

—No era relevante para nosotros —contesta Tom, con una desesperación silenciosa—. Aquello acabó antes de conocernos.

Sigue con la mirada clavada en él, pensando en todos los ratos que ha pasado con Brigid, sin saber que se había acostado con su marido. Siente náuseas.

—Acordamos no hablar de ello —añade Tom— porque..., porque habría sido incómodo, para todos.

Karen le mira con algo parecido al odio.

—Está casada, Tom.

—Lo sé, pero me mintió: me dijo que se estaban separando, que estaban viendo a otras personas. Es muy manipuladora, no tienes ni idea. La noche que vino a casa y me contó que te había seguido, se me insinuó, y dijo que si..., que si no me acostaba con ella, le contaría a la policía que aquella noche estaba allí y te vio, que oyó los disparos y te vio salir corriendo del edificio justo después.

Karen está aturdida.

—¿Te acostaste con ella... esa noche? ¿Con Brigid? ¿Mientras yo estaba encerrada en una celda? —Por un segundo, ni siquiera se le ocurre apartar su mano de la de él, pero luego lo hace. Tom se sonroja hasta la raíz del pelo. Odia hacerle tanto daño.

—¡Yo no quería! ¡Lo hice para protegerte! —exclama Tom—. Y se le ha metido en la cabeza la absurda idea de que ella y yo estamos hechos el uno para el otro y que, ahora que estás en la cárcel, podemos estar juntos. Cree que es el destino. ¿No lo ves? Fue ella quien tuvo que colocar el arma en nuestro garaje. ¡Está intentando asegurarse de que vayas a la cárcel por asesinato!

Karen trata de pensar, con el corazón desbocado.

—Brigid estaba allí..., debió de recoger la pistola.

Tom asiente con la cabeza.

—Eso es lo que estoy diciendo.

—Es posible que dejara alguna huella en la escena del crimen —le dice a Tom según le da vueltas—. Por lo que cuentas, dijo que abrió la puerta. —Se vuelve al abogado—. ¿Va a hacer que busquen huellas de Robert en nuestra casa? —Calvin asiente—. Pues ya que están, puede que encuentren alguna de Brigid. Tiene que haberlas. Y que las comparen con las que encontraron en la escena del crimen.

Tom y Calvin la observan atentamente.

Karen levanta la mirada hacia los dos.

—Ahí tienen nuestra duda razonable —dice—. La loca de mi vecina de enfrente me está tendiendo una trampa. Porque está enamorada de mi marido.

42

Por segunda vez en el día, el inspector Rasbach está en casa de los Krupp.

«Qué deprisa cambian las cosas», piensa. Ayer mismo, el caso le parecía bastante sencillo, creía que todas las piezas del rompecabezas estaban encajando fácilmente. Pero ahora tiene la sensación de que la imagen que va saliendo no es la misma que la que aparece en la caja.

Desde un principio desconfió de la mujer que llamó para colaborar. Estaba claro que era alguien con información privilegiada, porque sabía lo de los guantes. Tal vez, una testigo. Podía ser alguien que estaba allí, y vio a Karen Krupp quitándose los guantes y huir. Alguien que tal vez la vio disparar a la víctima, y después entró y cogió el arma. ¿Quién? Creía que quizá alguna persona del barrio recogiera la pistola antes de que se denunciase el hallazgo del cadáver. Pero puede que no sea tan sencillo.

Si el arma ha aparecido en la caja de herramientas de los Krupp, alguien más tuvo que estar en la escena del crimen y recogerla. Alguien que quiere ver a Karen Krupp en la cárcel. De lo contrario, ¿por qué no dejó el arma allí, donde sucedió todo? ¿Para qué la cogió, a no ser que tuviera un plan para ella?

Rasbach ve a Jack Calvin acercándose desde la cocina, con Tom Krupp detrás de él. Siente respeto por Calvin; ya ha tratado con él en el pasado y es un tipo honesto.

—¿De qué se trata, exactamente?

—Mi clienta cree que alguien la ha estado acosando durante las últimas semanas, entrando en la casa y rebuscando entre sus cosas mientras estaban fuera. Cree que fue Robert Traynor. Evidentemente, la siguió hasta aquí. Si encontramos las huellas de Traynor en la casa, es una prueba sólida del peligro que corría mi clienta. Y también afectaría a su estado mental.

Rasbach asiente.

—Está bien. Tomamos las huellas del cadáver. Echaremos un vistazo. Si están aquí, las encontraremos.

Calvin asiente.

—Y una cosa más —dice.

—¿Qué?

—*Alguien* ha estado colándose en la casa. Si no era Traynor, tenemos que averiguar quién. Mi clienta no metió esa pistola en la caja de herramientas. Tuvo que hacerlo otra persona. Tenemos que saber quién fue. —Hace una pausa y luego añade con cautela—: Necesitamos saber si hay más huellas en la casa que coincidan con cualquiera de las que se hallaron en la escena del crimen.

Rasbach se queda mirando al abogado: Calvin está intentando decirle algo. Asiente y responde:

—De acuerdo. A ver qué encontramos.

El inspector también quiere saber quién pudo entrar en la vivienda. Le da la sensación de haber vuelto a la casilla de salida. Tiene un cadáver y un montón de preguntas sin respuesta.

Karen recorre la celda de arriba abajo, pensando en lo que ocurre en su casa. Calvin ha llamado a la policía para que busquen pruebas de que Robert estuvo allí. Tiene la esperanza de que encuentren sus huellas, porque eso reforzaría su argumento de que era una mujer maltratada, acosada por un marido violento y que temía por su vida. Si es necesario, lo utilizará para reducir su condena. Pero ahora mismo espera que haya algo más, algo que le evite la cárcel.

Brigid. Brigid será su billete de salida de prisión. Porque puede que esté loca, o enamorada de su marido, pero ante todo es tonta. Tan tonta como para colocar el arma del crimen en su garaje.

Karen no habría podido imaginar que Brigid la seguiría esa noche. Tampoco que cogería el arma. Aún está conmocionada por todo eso. Pero no hay mal que por bien no venga, y aunque Brigid es una testigo y, con el peso de todas las otras pruebas, podría hacer que la encarcelen, lo ha hecho todo mal. Ha sido muy torpe. Dejando ahí la pistola. Diciéndoselo a la policía. Presionando a Tom para que se acostase con ella.

Piensa en Brigid en su cama, retozando con su marido mientras ella estaba hecha un ovillo en un catre miserable, en una miserable celda, en el sótano de la comisaría, envuelta por el ruido y el hedor. Piensa en cómo los dos han estado conspirando todo este tiempo para ocultarle el secreto de su aventura.

Aunque le enfurece que su marido se volviera a acostar con Brigid esa noche, es lo mejor que podía pasar. Porque Tom puede decirle a la policía que Brigid le chantajeó para que durmiera con ella, que está enamorada de él y quiere deshacerse de Karen. Y para corroborarlo, encontrarán huellas de Brigid en su casa, en sitios donde no deberían estar si fuera solamente una amiga de Karen. Estarán en el dormitorio.

Es una suerte que Karen no haya contado nada a la policía todavía. Ahora tiene que tomar una decisión. ¿Cuenta la verdad, que aún no recuerda nada después de llegar a la puerta del restaurante? ¿O debería mentir y decir que se acuerda de todo, que discutió con Robert en el restaurante y huyó para salvar su vida? ¿Que no le disparó y estaba vivo cuando se fue? Eso implicaría que Brigid la siguió, lo oyó todo y debió de matarle después de huir ella, y conservó el arma, pensando que podía tenderle una trampa a Karen para que la culparan por asesinato.

No necesita demostrar que Brigid mató a Robert, aunque eso estaría bien. Se pregunta cómo llamó a la policía para decirles lo de la pistola. Seguro que no lo hizo desde su propio móvil, ¿no? Eso sería fabuloso. Pero tampoco importa. Lo único que tienen que hacer es despertar suficientes dudas, sembrar suficiente confusión, para que retiren los cargos contra ella.

Y Tom no volverá a acostarse con Brigid. Ahora ya no tiene nada para manipularlos, porque ellos contarán a la policía que Brigid estaba en la escena del crimen aquella noche. Karen sabe que Tom ha hecho una maleta y se va a quedar en casa de su hermano por el momento. Brigid debe de estar furiosa al ver que no está. Pobrecita, triste y sola, sentada junto a su ventanal, observando la casa de enfrente vacía.

«Te lo mereces», piensa Karen.

Rasbach ha metido prisa para que le entreguen los resultados de las huellas. A primera hora de la mañana, está con el experto en huellas dactilares examinando las muestras de Robert Traynor, varias que se obtuvieron ayer en casa de los Krupp y otras recogidas en la escena del crimen.

—No hay ni una sola huella de la víctima del crimen dentro de la casa —le dice el experto—. Nada. No estuvo allí. Al menos, sin guantes. Es posible que Traynor entrara en la casa en algún momento, pero no pueden asegurarlo.

—A Jack Calvin no le va a gustar —murmura Rasbach.

—Entonces, cuando dice que alguien estuvo rebuscando en su casa, ¿eran imaginaciones suyas? —pregunta Jennings, que se encuentra al lado de Rasbach.

El experto en huellas niega con la cabeza.

—Como he dicho, es posible que llevara guantes. Sí hemos encontrado muchas huellas de una persona sin identificar por toda la casa —contesta.

—¿En qué partes de la casa? —quiere saber Rasbach.

—Por todas partes. En el salón, en la cocina, en los cuartos de baño, en el dormitorio... Vamos, es como si esa persona viviera allí. Y fuera quien fuera, era muy táctil, siempre estaba tocando y cogiendo cosas. Encontramos sus huellas hasta dentro del cajón de la ropa interior de Karen Krupp. Dentro de los armarios del cuarto de baño. En sus frascos de perfume. En los archivadores.

—¿Y en el garaje? —pregunta Rasbach.

—No, en el garaje, no.

—Interesante —dice Rasbach.

—No. Lo verdaderamente interesante —continúa el experto con una chispa en la mirada— es que las huellas coinciden con las que encontramos en la escena del crimen, en la puerta trasera del restaurante. Quienquiera que entrara a husmear en casa de los Krupp también estuvo en la escena del crimen, al menos en algún momento.

—Eso sí que es interesante —exclama Rasbach.

—No nos sale nada en las bases de datos. Sean de quien sean, no tiene antecedentes.

—Creo que seremos capaces de hacer una criba. Muy buen trabajo. Gracias —dice Rasbach y hace un gesto a Jennings para que le siga—. Es cierto que alguien la acosaba, simplemente no es quien ella creía.

—La vida es una caja de sorpresas —contesta Jennings. Para ser inspector de policía, es extrañamente optimista.

—Tenemos que volver a hablar con Karen Krupp —comenta Rasbach—, es posible que esta vez hable.

43

Mi clienta está lista para prestar declaración —anuncia Calvin.

Karen está sentada junto a su abogado en una sala de interrogatorios de la cárcel. Tom no está. Rasbach se sienta enfrente de ellos, con Jennings a su lado. Hay una cámara de vídeo en la sala para grabar cada palabra, cada movimiento que haga, mientras se remueve incómoda con el interrogatorio.

Sabe que tiene que hacerlo bien. Su vida depende de ello.

Tras unas cuantas formalidades, comienzan.

—Me llamaba Georgina Traynor —dice—. Estaba casada con Robert Traynor, anticuario de Las Vegas. —Les cuenta todo: su vida con él, cómo escapó, todos los detalles desagradables. Les habla de cómo creyó que

Robert había entrado en su casa, de lo asustada que estaba. Y de la noche en que recibió la llamada telefónica.

Bebe un sorbo de agua porque tiene la voz quebrada. Revivir aquello es espantoso; se siente físicamente enferma.

—Accedí a encontrarme con él. Me aterraba que pudiera hacer daño a Tom. —Flaquea, pero luego continúa—. Tenía un arma que compré cuando le dejé, para protegerme en caso de que viniera a por mí. Y la escondí en el cuarto de la caldera. Así que, cuando me llamó, cogí la pistola y los guantes de goma de la cocina, y fui a su encuentro.

Mira al inspector Rasbach sin pestañear.

—Durante mucho tiempo, no pude recordar lo que ocurrió aquella noche, creo que por lo traumático que fue. Pero ahora me acuerdo de todo. —Respira hondo para serenarse antes de continuar—. Cuando llegué, ya había oscurecido. Entré en el restaurante abandonado y Robert estaba allí, esperándome. Al principio, no parecía enfadado, lo cual me sorprendió. Puede que al ver que yo llevaba un arma fuera con más cuidado. Pero luego empezó a amenazarme, como siempre. Me dijo que le había ocasionado muchos problemas y muchos gastos para encontrarme, y que, si él no podía tenerme, nadie lo haría. Me aseguró que, si no me iba con él, hallaría la manera de matarnos a mí y a mi nuevo marido, y que nadie lo descubriría nunca, porque yo ya estaba oficialmente muerta y él no tenía ninguna conexión con

Tom. Dijo que serían los crímenes perfectos y yo le creí. —Hace una pausa—. Yo era la que llevaba el arma y aun así era él el que me estaba amenazando a mí. Sabía que no tenía agallas para dispararle. Se echó a reír.

Rasbach la observa, inexpresivo. Karen no puede adivinar lo que piensa; nunca ha podido.

—No sabía qué hacer. Sabía que no podría dispararle. Me entró el pánico. Di media vuelta y hui. Cuando llegué al coche, solté la pistola y me quité los guantes. Recuerdo que tenía el arma en la mano y los guantes puestos y no podía sacar las llaves del bolsillo. Así que dejé caer la pistola y me deshice de los guantes. Y entonces me subí al coche, salí lo más rápido que pude, conduje a toda velocidad y choqué contra un poste. —Mira a Rasbach a los ojos—. Le juro que, cuando le dejé, Robert estaba vivo. No vino detrás de mí. Pensaba que lo haría, creía que en cualquier momento me agarraría por el pelo, pero me dejó marchar. Al fin y al cabo, sabía dónde vivíamos Tom y yo. —Se estremece, como si estuviera soltando el miedo.

—Entonces, ¿cómo cree que fue asesinado su marido? —pregunta Rasbach.

—No estoy segura.

—Pero ¿tiene alguna idea?

—Sí.

—Cuénteme.

Karen no mira a Calvin.

—Mi vecina de enfrente. Brigid Cruikshank. Le dijo a Tom que me había seguido esa noche, que nos oyó a Robert y a mí en el restaurante. —Ve que la atención del inspector se agudiza.

—¿Por qué iba a seguirla?

—Porque está enamorada de mi marido. —Cree que ha logrado el tono perfecto de indignación, amargura y sufrimiento.

—¿Y qué piensa que pasó?

—Creo que cogió el arma de donde yo la solté en el aparcamiento, entró en el edificio y disparó a Robert. —Su voz se ha reducido a un susurro.

—¿Por qué iba a hacer algo así? —pregunta Rasbach, con evidente escepticismo.

—Para que me encerraran por asesinato. Vio la oportunidad perfecta para librarse de mí y quitarme a mi marido. —Rasbach no parece convencido. Sus cejas se han arqueado de un modo elocuente. Karen continúa—: Tom y ella tuvieron una aventura justo antes de conocernos. Ella quiere recuperarle y deshacerse de mí. Tom me dijo que le había chantajeado para acostarse con él otra vez: le aseguró que, si lo hacía, no les contaría que aquella noche estaba allí y que me vio discutiendo con Robert. Debió de oír todo lo que decíamos.

Karen ve la mirada que Rasbach dirige a Jennings, como si todo esto le resultara tremendamente inverosímil.

Los ojos de Karen van de un inspector al otro.

—Ella debió de esconder la pistola en nuestro garaje. Yo no la puse allí. Y, si buscan, creo que encontrarán sus huellas en la escena del crimen. Según Tom, Brigid le dijo que abrió la puerta. Deberían comprobarlo. —Su voz está adoptando un tono ligeramente frenético. No parecen creer lo que dice.

—Entiendo —responde Rasbach, como si no creyera una sola palabra.

—¡Ella estuvo allí! Seguro que pueden encontrar testigos que la vieron salir detrás de mí con su coche aquella noche —insiste desesperadamente—. Los mismos que me vieron salir de casa y marcharme tuvieron que verla a ella. ¿Se lo ha preguntado?

—Lo investigaremos —contesta Rasbach—. ¿Brigid era amiga suya?

—Lo era.

—¿La invitaba a su casa cuando eran amigas?

—Sí. A veces.

—¿Qué hacían cuando iba a su casa? —pregunta Rasbach.

—Tomábamos café, normalmente en la cocina o en el salón, y charlábamos. —Está cansada y ahora ya quiere volver a su celda.

—De acuerdo —dice Rasbach sin alterarse—. Repasémoslo todo, paso por paso.

Rasbach se reclina en la silla y contempla a Karen Krupp, sentada frente a él. Parece agotada y un poco desaliñada, pero le mantiene la mirada con bastante firmeza, como si estuviera desafiándole a encontrar una grieta en su historia. Se imagina que lo habrá urdido todo con mucho cuidado, casi tanto como cuando planeó su fuga. Y aunque siente bastante empatía por cómo huyó de su esposo —entiende por qué hizo lo que hizo—, esta historia no le termina de encajar. Es lo de la amnesia.

—Es un poco raro, ¿no cree? —dice—, que haya recuperado la memoria de repente. Justo antes de este interrogatorio.

—Si habla con mi médico, verá que no es en absoluto extraño —contesta Karen, bastante serena—. Así es como funciona. Vuelve cuando le viene en gana. O no.

—He hablado con un experto en amnesia —le informa, esperando la reacción de Karen. No la hay. Se le da bastante bien esto—. Parece bastante coincidencia que lo recuerde todo ahora. Quiero decir, «hoy». —Sonríe—. Hace un par de días no se acordaba de nada. Lo encuentro un poco oportuno, eso es todo.

Karen se cruza de brazos reclinándose en la silla. No dice nada.

—Verá, me resulta algo difícil creer su versión de los hechos —señala Rasbach con tono amable. Espera un momento a que ella lo asimile. El silencio se prolonga—. Lo que más me cuesta creer es lo de que quedara con Robert Traynor esa noche, después de tres largos años buscándola, que usted le apuntara con un arma y él la dejara marchar.

Karen se queda mirándole, impávida.

—Por experiencia, sé que los hombres violentos y enfadados que han sido engañados no muestran tanto autocontrol —continúa Rasbach—. De hecho, me sorprende que saliera viva de allí, si todo lo que cuenta es verdad.

—Ya se lo he dicho —responde Karen, con la voz algo temblorosa—. Creo que me dejó ir porque sabía dónde vivía y quién era mi marido. Planeaba matarnos a los dos si no hacía lo que él quería, así que no tenía por qué matarme en ese momento y allí mismo.

Rasbach la mira con suspicacia.

—Pero seguro que no pensaba que usted volvería a casa a esperar a que los matara a los dos y se saliera con la suya. Usted es una mujer inteligente. Si los iba matar, ¿no habría ido usted a la policía?

—Me entró el pánico. Ya se lo he dicho. Salí corriendo de allí, no pensaba con claridad.

—Lo que quiero decir —continúa Rasbach, inclinándose un poco hacia delante— es que Robert Traynor *esperaría* que usted fuera a la policía. O que volviera a desaparecer. Entonces, ¿por qué demonios la dejó marchar?

Karen está pálida, más nerviosa.

—No lo sé. No sé qué estaba pensando.

—No creo que la hubiera dejado marchar. Creo que ya estaba muerto cuando usted salió corriendo de allí. —Ella le mira serenamente, sin vacilar. Rasbach cambia de estrategia—. ¿Hace cuánto que sabe que su marido tuvo una aventura con su vecina, Brigid Cruikshank?

—Me lo acaba de contar.

Rasbach asiente con la cabeza.

—Sí, se lo ocultó, ¿no? ¿Por qué cree que lo hizo, si la aventura ya había acabado, como dice, cuando se conocieron?

—¿Por qué no se lo pregunta a él? —replica, claramente irritada por la pregunta.

—Lo he hecho. Quiero saber lo que piensa usted. Le mira furiosa.

—Le dijo que su marido y ella se estaban separando. Él la creyó. De lo contrario no se habría acostado con ella.

—Entonces, ¿por qué no se lo contó desde el principio? ¿Cree que podría ser porque temía que usted no creyera una explicación que le excusaba?

Karen le mira con acritud y Rasbach decide dejar el tema.

—Su matrimonio no se construye precisamente sobre una sinceridad absoluta —señala—, pero en fin...

—Usted no sabe nada de nuestro matrimonio —contesta Karen bruscamente.

Rasbach nota que se está empezando a alterar.

—Una cosa más —añade el inspector—. También me cuesta imaginar que Brigid cogiera espontáneamente el arma que dejó en el aparcamiento y luego entrara en el restaurante y matase a Robert Traynor.

—¿Por qué? —rebate Karen—. A mí no me cuesta nada imaginarlo. Está como una cabra. Tiene una obsesión con mi marido. Quiere que yo vaya a la cárcel. Pregúntele a Tom. Está completamente loca.

—Lo haré —dice Rasbach—. Y también hablaré con ella.

Rasbach y Jennings vuelven de la cárcel a la comisaría. El caso, que había llegado a parecer tan sencillo, podría ser ahora cualquier cosa menos eso. Rasbach ya no sabe qué creer.

—Voy a hacer de abogado del diablo. ¿Qué pasa si tiene razón? —dice Jennings—. ¿Si tomamos las huellas a esta tal Brigid y coinciden con las que encontramos por toda la casa de los Krupp y las de la escena del crimen? Es posible que tengamos a la persona equivocada en la cárcel.

—Es posible. Quienquiera que puso el arma en el garaje tuvo que estar en la escena del crimen. Tal vez fuera Brigid. Tal vez fuera otra persona. También es posible que Tom estuviera en la escena. Quizá ha estado teniendo una aventura con la vecina de enfrente durante todo este tiempo y por eso hay huellas por toda la casa.

Rasbach mira contemplativamente el paisaje por la ventanilla.

—Los resultados de las pruebas sobre la pistola deben de estar al caer —añade finalmente—. Es posible que ni siquiera sea el arma del crimen, y, en tal caso, cualquier pirado de la ciudad podría haberla puesto allí para jugar con nosotros. Vamos a hablar con el de balística y a tomarle las huellas dactilares a la tal Brigid, a ver qué pruebas tenemos realmente.

Cuando llegan a comisaría, Rasbach llama al experto de balística forense y confirma que la pistola hallada en el garaje de los Krupp es definitivamente la misma con la que mataron a Robert Traynor.

—Bueno, pues al menos sabemos algo con certeza —comenta Rasbach—. Vamos a hablar con Brigid Cruikshank.

44

Brigid observa la casa de enfrente con el ceño fruncido como si así pudiera hacerle volver. El coche de Tom no está. No lo ve desde ayer. La policía volvió a registrar la casa el día anterior y eso la desconcertó. ¿No habían encontrado todavía el arma del crimen? Estaba casi segura de ello. Los había visto rebuscar en el garaje desde ese mismo sillón; era imposible que no la hubieran localizado.

Al fin se fueron y, poco después, vio a Tom marcharse. Antes, ese mismo día, le había visto meter una bolsa de viaje en su coche. Luego se quedó junto a la puerta y la miró furiosamente desde el otro lado de la calle. Se le encogió el corazón. ¿Por qué se iba? ¿No tenían un acuerdo? ¿No sentía lo mismo que ella, ahora que volvían a ser amantes?

Sin embargo, anoche no volvió a casa. Se quedó a dormir en casa de alguien y a Brigid se le cayó el mundo encima. Estaba evitándola. ¿Qué puede hacer para recuperarle?

Contiene las lágrimas de frustración. Tom no puede estar fuera indefinidamente con solo una bolsa de viaje. Tendrá que ir a trabajar, necesitará sus trajes. Tendrá que volver a casa y ella estará vigilando: no se le escapará. Hará que comprenda que tienen que estar juntos. Y se asegurará de que Karen nunca salga de la cárcel.

Si hace falta, testificará contra ella, aunque Tom no quiera, aunque la odie durante un tiempo. Porque, mientras Karen siga existiendo, Tom no la elegirá a ella. Eso es lo que más la enfurece.

Ve que un coche se acerca por la calle y aparca frente a su casa. Conoce ese coche. Y también a los dos inspectores que se bajan de él. ¿Qué hacen aquí? Su cuerpo se tensa inconscientemente.

Suena el timbre. De repente está nerviosa y piensa en ignorarlo, pero probablemente la hayan visto junto a la ventana. De todos modos, volverán. Se levanta a abrir la puerta. Justo antes de hacerlo, recompone el gesto, esbozando lo que espera que sea una sonrisa tranquila.

—¿Sí? —dice.

—Buenas tardes —la saluda el inspector Rasbach, mostrándole su placa.

—Sé quién es, inspector —contesta Brigid—, los recuerdo de la última vez que estuvieron aquí.

—¿Podemos pasar? —pregunta él.

—Por supuesto —responde Brigid, abriendo más la puerta. Los invita a acomodarse en el salón. Jennings toma asiento, pero Rasbach va hacia el ventanal y se queda de pie detrás del sillón preferido de Brigid, mirando la casa de los Krupp.

—Bonita vista —comenta.

Entonces se acerca a sentarse enfrente de ella. Sus penetrantes ojos azules son desconcertantes. Debe de haber notado que se ha cambiado de peinado. Brigid contiene el impulso de tocárselo.

—¿En qué puedo ayudarles? —inquiere.

—Tenemos unas cuantas preguntas —dice Rasbach— sobre su vecina de enfrente, Karen Krupp. Ha sido detenida como parte de la investigación de un asesinato.

Brigid se cruza de piernas y entrelaza las manos con fuerza sobre su regazo.

—Lo sé. Es espantoso. Creía que la conocía bien, pero no tenía ni idea de cómo era en realidad. O sea, supongo que ninguno lo sabíamos. Estoy segura de que su marido tampoco.

—Aún no se la ha declarado culpable —señala Rasbach con delicadeza.

Brigid nota que se sonroja un poco.

—No, claro. —Vuelve a cruzar las piernas y añade—: Antes de que la detuvieran, Karen me contó que creía que debía de haber presenciado algo, un asesinato, y que ustedes estaban intentando hacerle recordar aquella noche para que ayudara con la investigación. —Mira fijamente al apuesto inspector—. Pero eso no es del todo cierto, ¿verdad? —Cuando ve que Rasbach no contesta, mira de un policía al otro con gesto de complicidad—. Yo sabía que algo más pasaba, con tanta policía yendo y viniendo. —Se inclina hacia delante en el sofá, tratando de transmitir preocupación al preguntar—: ¿Quién era ese hombre? ¿Saben por qué lo hizo?

—Ahora mismo, solo estamos investigando todas las posibilidades —contesta Rasbach con suavidad—. Y esperamos que usted pueda ayudarnos.

—Por supuesto —responde ella, echándose un poco hacia atrás.

—¿Le contó Karen Krupp alguna vez que tuviera miedo de alguien, o que le preocupara su seguridad?

Brigid niega con la cabeza.

—No.

—¿Dijo alguna vez que tuviera un arma?

Le mira sorprendida.

—No.

—¿Vio usted algún sospechoso rondando la casa de los Krupp?

Brigid vuelve a negar con la cabeza.

—No, ¿por qué?

—Los Krupp afirman que alguien estuvo entrando en su casa durante varias semanas. Creemos que puede estar relacionado con lo ocurrido aquella noche. Por eso hemos tomado huellas dactilares dentro de la casa, y, como sabemos que de vez en cuando usted iba a visitar a Karen, nos gustaría tener las suyas para eliminarlas de nuestra lista. ¿Le importaría venir a comisaría para que se las tomemos? Nos sería muy útil.

Brigid le mira y trata de pensar rápidamente. Sabe que limpió las huellas del arma, incluso buscó cómo hacerlo correctamente en Google, y se puso guantes cuando la escondió en el garaje. Está segura de que sus huellas no están en la pistola. Y existe una buena razón para que encuentren sus huellas en casa de los Krupp: es una amiga. Así que no hay nada por lo que alarmarse.

Salvo una cosa que le ha estado preocupando últimamente. Está bastante segura de que aquella noche abrió la puerta del restaurante con la mano desnuda. Pero no pasa nada. Porque, si hace falta, admitirá que estaba allí y que vio a Karen matar a ese hombre. Tom se cabreará, pero Karen desaparecerá para siempre, y tarde o temprano él entrará en razón. Ahora, con lo de las huellas dactilares, no parece tener otra elección. Y si tiene que admitir que estaba allí…, bueno, aún no ha dicho nada sobre aquella noche bajo juramento. Simplemente les dijo que no estaba en casa. Puede cambiar su relato. Es posible que tenga que decir la verdad sobre lo que vio. Rasbach espera una respuesta.

—De acuerdo —acepta—. ¿Ahora mismo?

—Si no le importa —contesta el inspector educadamente.

Se oye un ruido cerca de la puerta de entrada y todos vuelven la cabeza en esa dirección. Bob Cruikshank entra inesperadamente en el salón, con gesto de sorpresa.

—¿Qué está pasando? —pregunta—. ¿Quiénes son ustedes? —dice dirigiéndose a los inspectores.

—¿Qué haces aquí? —exclama Brigid, igualmente sorprendida. No quiere a Bob allí.

—No me encuentro bien —contesta su marido—. He venido a tumbarme un rato.

Rasbach se levanta, le enseña la placa y se presenta:

—Soy el inspector Rasbach y este es el inspector Jennings. Estamos investigando un asesinato y hemos venido a hacer unas preguntas a su esposa.

—Pero ¿qué tiene que ver ella con todo esto? —pregunta suspicazmente—. Se trata de la vecina de enfrente, ¿no? Son amigas, pero dudo que Brigid pueda serles de gran ayuda.

Brigid le fulmina con la mirada.

—Es posible que no sea tan inútil como crees —señala.

Bob se queda mirándola sorprendido, mientras los dos inspectores los observan en silencio.

—Vamos —dice Brigid a los inspectores, pasando por delante de su marido.

Bob insiste, alzando la voz:

—¿Adónde vais?

Se vuelve a mirarle y responde:

—Me van a tomar las huellas. —Disfruta al ver su expresión confundida. «Que lo madure un ratito», piensa.

A última hora de la tarde, Rasbach recibe los resultados de las huellas del laboratorio. Jennings y él están en su despacho, comiendo pizza, hablando de los resultados y de qué hacer a partir de aquí.

—Brigid Cruikshank estuvo en la escena del crimen. Se han encontrado sus huellas sobre la puerta —dice Rasbach. No le sorprende en absoluto, porque, mientras esperaban a que llegaran los resultados, Jennings y él volvieron al barrio y entrevistaron otra vez a los vecinos, preguntándoles si vieron a Brigid esa noche. Y las dos mujeres que habían visto a Karen conduciendo a toda velocidad aquella noche también vieron salir a Brigid con el coche poco después en la misma dirección. Así que ahora pueden estar bastante seguros de que Brigid siguió a Karen Krupp.

—Y sus huellas están por toda la casa de los Krupp —añade Jennings.

—Brigid es la acosadora —señala Rasbach—. Por ejemplo, es la única cuyas huellas han aparecido en el cajón de la ropa interior de Karen. Ni siquiera hemos encontrado las de Tom Krupp en ese cajón.

—Pero ¿qué hacía rebuscando entre la ropa interior de Karen Krupp? —murmura Jennings—. Es un comportamiento bastante extraño.

—Lo más probable es que Brigid fuera quien cogió el arma y la dejara en el garaje —observa Rasbach—. Karen dice que Brigid está enamorada de Tom y quiere tenderle una trampa para que la condenen por asesinato. —Respira hondo y espira—. ¿Qué está pasando aquí? —pregunta.

—Puede que Brigid de verdad esté enamorada de Tom —comenta Jennings—. Tal vez esté loca. Puede que siguiera a Karen, disparase a Traynor y escondiera el arma en el garaje.

—Las dos estuvieron allí —contesta Rasbach, con tono reflexivo—. Cualquiera de las dos pudo hacerlo. Ambas tenían un móvil. No vamos a poder procesar a ninguna de las dos, porque ambas señalarán a la otra. —Se reclina en su silla, tirando un trozo del borde de la pizza, frustrado—. Es casi como si lo hubieran planeado juntas, el crimen perfecto.

—Entonces, ¿buscamos una acusación de conspiración, intención conjunta? —pregunta Jennings.

—No creo que podamos encontrarla —dice Rasbach. Se queda pensando un minuto—. Porque ¿qué saca Brigid de todo esto? Para Karen, es fantástico. La amenaza, Robert, ha desaparecido. Ella sale impune. Todo perfecto. Pero ¿y Brigid? Brigid no saca nada de todo el asunto. —Rasbach mira a Jennings—. ¿Tú harías eso por un amigo?

—No, no lo haría —admite Jennings. Entonces sugiere—: Puede que Brigid y Karen sean más que amigas. Es posible que sean amantes y planearan todo esto juntas para librarse de Robert. Y que Tom Krupp no tenga ni idea de lo que está pasando.

Rasbach le mira ladeando la cabeza.

—Eso sí que es pensamiento creativo, Jennings. —Este se encoge de hombros divertido. Rasbach se pasa la mano por la cara en un gesto de cansancio. Luego niega con la cabeza—. No lo creo.

—Yo tampoco.

—No creo que lo planeasen juntas. Pienso que las dos tienen objetivos opuestos —dice Rasbach enderezándose en la silla—. Tenemos que llamar a Brigid para interrogarla. Pero que venga Tom Krupp primero.

45

A la mañana siguiente, Tom espera en tensión a que empiece el interrogatorio. Preferiría estar en cualquier otro lugar antes que en esta sala de la comisaría. Hace calor, parece como si el aire acondicionado estuviera apagado o se hubiera estropeado. ¿Lo harán a propósito, para verle sudar? Rasbach no parece notarlo. Tom se remueve con nerviosismo sobre su asiento al empezar.

—¿Qué relación tiene con Brigid Cruikshank? —pregunta Rasbach, sin perder tiempo.

Tom se sonroja.

—Ya se lo he dicho.

—Por favor, repítalo.

No sabe si han hablado con Brigid, ni lo que les habrá dicho. Le preocupa que ella no lo haya contado igual que él. Vuelve a hablarles de su breve aventura y de cómo le puso fin.

—Creía que ahí se había terminado todo. No pensaba que siguiera sintiendo algo por mí. Pero, después de que detuvieran a Karen, vino a nuestra casa y... —Hace una pausa.

—¿Y qué? —pregunta Rasbach pacientemente.

—Mi mujer ya les ha contado todo esto. —Tom sabe lo que Karen les dijo a los inspectores ayer, hasta el último detalle; Calvin se lo ha explicado. También sabe que Karen mintió a su abogado y a la policía sobre haber recuperado la memoria. Ojalá no lo hubiera hecho.

—Queremos oírselo a usted —insiste Rasbach.

Tom suelta un profundo suspiro.

—Brigid me dijo que siguió a Karen aquella noche y que, si no me acostaba con ella, le contaría a la policía que estuvo allí y...

—¿Y qué?

—Y que oyó disparos y vio a Karen salir corriendo del restaurante justo después.

Rasbach asiente con la cabeza pensativo.

—Entiendo. ¿Se acostó con ella esa noche, cuando le amenazó de esa manera?

—Sí —admite Tom. Sabe que suena triste, avergonzado; sabe que está retorciendo la verdad. Levanta la cabeza y mira a los ojos al inspector.

—Así que, cuando le dijo que Karen había cometido un asesinato, usted la creyó —señala el inspector.

—¡No! No, no la creí —protesta Tom, nervioso—. Pensé que se lo estaba inventando, pero, si iba a la policía con sus mentiras, empeoraría las cosas para Karen. —Se retuerce en la silla, notando el sudor bajo la camisa.

—¿Por qué cree que Brigid le amenazó de esa forma? —pregunta Rasbach.

—Está loca —contesta—. ¡Está loca, por eso! Se sienta delante del ventanal y vigila todo lo que hacemos. Tiene una obsesión con nosotros y está enamorada de mí. Es como si tuviera algo retorcido en su cabeza y nosotros estuviéramos atrapados en ello, como si formáramos parte de una fantasía suya. —No le cuesta nada decirlo, porque es la espantosa verdad. Calvin les ha contado a Karen y a él lo que la policía científica encontró en su casa; sabe lo de las huellas dactilares. Tom se inclina sobre la mesa y clava la mirada en el inspector—. Todos sabemos que ha estado entrando en nuestra casa cuando no estamos. Todos sabemos lo que demuestran las huellas. Debió de estar fisgando en nuestra casa durante semanas. Tumbándose en nuestra cama. Rebuscando entre la ropa interior de Karen. Y ahora se ha cortado el pelo igual que ella. ¡No me digan que no es de locos! ¿Quién hace algo así? —Tom se da cuenta de que está gesticulando mucho con los brazos; vuelve a reclinarse en la silla, intentando serenarse.

Rasbach le observa sin decir nada.

—Hace unos días —añade Tom—, Karen me dijo que creía que alguien le había quitado el tapón a su frasco de perfume y lo había dejado sobre el tocador. Yo pensé que habría sido ella misma. Pero adivinen qué huellas encontraron en el frasco de perfume. ¡Las de Brigid!

—¿Cómo cree que entró? —pregunta Rasbach.

—Sí, he estado pensando en eso —dice Tom—. Cuando nos estábamos viendo, le dejé un juego de llaves de sobra. Me lo devolvió. Pero creo que debió de hacer una copia antes de dármelo.

—¿Y no cambió usted las cerraduras?

—No. ¿Por qué iba a hacerlo? No esperaba que ocurriera esto. —Pero debería haberlo hecho. Claro que debería haber cambiado las cerraduras.

Rasbach sigue mirándole atentamente.

—¿Algo más?

—Sí. Ella es la única que pudo colocar el arma en nuestro garaje. Tuvo que estar allí la noche del accidente, como dice; debió de seguir a Karen. Y luego debió de coger la pistola. —Se reclina de nuevo en la silla cruzándose de brazos—. Bueno, ¿van a detenerla?

—Detenerla, ¿por qué, exactamente? —pregunta Rasbach.

Tom le mira con incredulidad.

—No sé —dice sarcásticamente—. ¿Qué le parece por acoso, por colocar pruebas para incriminar...?

—No tengo ninguna prueba que demuestre que ella pusiera la pistola allí —replica Rasbach.

Tom siente que el corazón se le encoge de miedo.

—Entonces, ¿quién lo pudo hacer? —pregunta, consternado.

343

—No lo sé. Es posible que fuese cualquiera. Las llamadas procedían de un teléfono público.

Tom le mira sin dar crédito y cada vez más angustiado. «Joder. Si Rasbach no cree que Brigid puso la pistola ahí...». Nota cómo se le tensa el estómago ante la mirada fija del inspector.

—Es probable que pueda —dice Rasbach— detenerla por allanamiento de morada. —Se levanta y añade—: Por ahora no tengo más preguntas. Puede irse.

Tom se levanta despacio, tratando de conservar la dignidad.

—Muy conveniente, que su mujer recupere la memoria de repente —comenta Rasbach con tono despreocupado.

Tom se queda inmóvil y trata de ignorar el comentario. No va a decir nada.

—Ah, una cosa más —agrega Rasbach—. ¿Por qué quería verle Brigid aquella noche?

Tom vuelve a sentarse muy lentamente.

—Se lo pregunté esa misma noche, cuando la llamé para ver si sabía dónde estaba Karen. Le pregunté por qué quería verme y por qué me había dado plantón. Pero dijo que lo olvidara, que no era importante, que le había surgido algo. —Hace una pausa, recordando—. Yo estaba tan preocupado por Karen que tampoco insistí. Pero más adelante... —Se queda dudando.

—Más adelante... —Rasbach le presiona.

Tom no sabe si debería contárselo. Pero ¿y si se lo cuenta Brigid?

—Me dijo que aquella noche quería verme para contarme que esa misma mañana había visto a alguien husmeando por nuestra casa.

—¿A quién?

—No estoy seguro, pero, por su descripción, parecía Robert Traynor.

46

βob intentó convencer a Brigid de que le deja-
se acompañarla a la comisaría, pero ella no
quiso. Cuando llegó a casa anoche, después de que le
tomaran las huellas dactilares, se deshizo en preguntas.
¿Por qué le habían tomado las huellas? ¿Era un proce-
dimiento policial habitual? La miraba como si creyera
que había cometido algún crimen. Ella le dejó sufrir un
rato antes de explicarle que solo querían sus huellas para
excluirla de la lista de sospechosos.

Pero cuando esta tarde los inspectores llamaron
para pedirle que fuera a contestar unas preguntas —Bob
seguía en casa, no se encontraba bien—, le preguntó qué
demonios estaba pasando. Le contó que iba a la comisaría para que la interrogaran. Él la miró otra vez de ese
modo, como si de pronto estuviera muy preocupado por

algo. Quería vestirse y acompañarla, pero Brigid le dijo que no y cogió el coche sin darle tiempo a reaccionar. Y ahora está encerrado en casa, esperando intranquilo. Ella lo está disfrutando. «Imagínate. Bob interesándose por ella». Sonríe fríamente. Es demasiado tarde. Brigid ya ha pasado página.

Se presenta en el mostrador de la entrada y la llevan inmediatamente a una sala de interrogatorios. Los dos inspectores, Rasbach y Jennings, aparecen poco después. Le explican lo de la cámara de vídeo. Le gusta cómo la tratan: son amables pero respetuosos, intentan que se sienta cómoda. Como si les estuviera haciendo un favor. Porque, de hecho, les está haciendo un favor. Incluso le traen café y ella lo acepta educadamente. Aquí todos son amigos, está claro que tienen el mismo objetivo. Quieren coger a la asesina y ella también.

—Brigid, ¿qué relación tiene con Karen Krupp? —empieza Rasbach.

—Somos vecinas y buenas amigas —contesta—. Desde hace unos dos años, desde que se casó con Tom y se mudó a la casa de enfrente.

Rasbach asiente con la cabeza para animarla.

—¿Y qué le parece su marido, Tom Krupp?

Se sonroja sin querer y se enfada consigo misma por ello. Coge el café.

—Quisiera pensar que también somos amigos —dice, recobrando la compostura.

—¿Es todo lo que son, amigos? —pregunta Rasbach, con tono incisivo.

Ahora se sonroja de verdad. No sabe qué contestar. ¿Les ha hablado Tom de su aventura en el pasado? ¿Y de que han empezado a acostarse otra vez? Seguro que no. Si lo ha hecho, es que ya no teme que ella les cuente que vio a Karen en la escena del crimen esa noche. ¿Ha llegado Karen a algún acuerdo con la policía?

—¿Por qué me pregunta eso? —dice al fin.

—Limítese a responder a la pregunta, por favor —le indica Rasbach con firmeza.

—No voy a contestar a esa pregunta —replica Brigid. No está detenida. No tiene que responder a ninguna de sus preguntas. Le preocupa que Tom haya hablado a los inspectores sobre su relación. No le gusta perder la iniciativa. Ahora tiene que ir con más cuidado, tanteando el terreno.

El inspector cambia de tema.

—¿Dónde estaba el 13 de agosto, la noche del accidente de Karen, alrededor de las 20:20 horas?

—No lo recuerdo exactamente.

—Tom Krupp dice que le llamó ese día y quedaron para encontrarse a las 20:30, pero que usted no apareció. —Brigid cambia de posición en la silla, sorprendida—. ¿Para qué quería verle?

Sus ojos van de Rasbach a Jennings y de nuevo a Rasbach. No quiere meterse en un lío por no haberlo mencionado antes.

—De hecho, se me había olvidado por el accidente. Pero sí, esa mañana vi a un hombre extraño husmeando por casa de los Krupp, asomándose a las ventanas. Llamé

a Tom a la oficina y le pedí que nos viéramos esa noche.
—Se detiene.

—¿Y creyó necesario quedar en persona para ello, esa misma noche? —pregunta Rasbach.

—Es que la cosa no acaba ahí —explica Brigid—. Aquel hombre me habló. Parecía... un poco amenazante. Dijo que conocía a Karen de otra vida. Esas fueron sus palabras exactas. Por eso llamé a Tom y le pedí que nos viéramos. Pensé que debía saberlo y no quería contárselo por teléfono.

—Pero no acudió a la cita con Tom Krupp, ¿por qué?

Brigid duda. Prefiere no decirles dónde estuvo esa noche. Será mejor que condenen a Karen sin su testimonio ocular. Mejor para Tom y ella, para su futuro juntos. Por eso colocó la pistola en el garaje.

Rasbach insiste.

—Cuando fuimos a su casa después del accidente, nos dijo que aquella noche no estaba en casa y por eso no vio a Karen salir de la suya. ¿Dónde estaba?

—No lo recuerdo.

—¿De verdad? —se extraña Rasbach—. Tenemos dos testigos que la vieron conducir con su coche calle abajo, un par de minutos después de salir Karen, e ir en la misma dirección que ella.

Brigid traga saliva.

—Y encontramos huellas dactilares y de la palma de su mano en la puerta del restaurante donde se halló el cadáver. —Rasbach ha abandonado el tono cordial.

Brigid empieza a sentirse inquieta.

—¿Cómo lo explica? —presiona el inspector.

No puede explicarlo a no ser que diga la verdad. Sabía que esto podía pasar.

—De acuerdo. Les contaré la verdad —contesta rápidamente, mirando de un inspector a otro—. ¿Necesito un abogado?

—No está detenida. Pero, si lo desea, puede llamar a uno, por supuesto.

Niega con la cabeza y se humedece los labios, con nerviosismo.

—No, está bien. Me gustaría contarles lo que realmente pasó. —Respira hondo y espira—. Aquella noche sí que estaba en casa. Estaba a punto de marcharme para encontrarme con Tom cuando vi a Karen salir de su casa. Me pareció extraño, como si tuviera algún problema, porque iba con mucha prisa, así que cogí el coche y decidí seguirla, en vez de ir a ver a Tom. Había visto a aquel hombre por la mañana. Pensé que tal vez necesitaba ayuda, y es mi amiga. —Hace una pausa; los inspectores la observan atentamente. Se retuerce las manos bajo la mesa mientras cuenta la historia—. La seguí hasta esa parte horrible de la ciudad. Dejó su coche en un pequeño aparcamiento junto al restaurante y yo, en un centro comercial al otro lado de la calle. La vi. Llevaba esos guantes rosas de goma y una pistola. Desapareció detrás del restaurante. Estaba acercándome hacia allí cuando de repente oí tres disparos. Entonces la vi salir corriendo del edificio hacia su coche. Se quitó los guantes, subió al coche y salió a toda velocidad.

—Y usted ¿qué hizo?

Brigid respira hondo.

—Fui a la puerta de atrás del restaurante y entré. Había un hombre tirado en el suelo, muerto. —Se lleva una mano a la boca, como si fuera a vomitar—. No podía creerlo. Estaba horrorizada. Corrí hasta mi coche y volví a casa. —Mira directamente a los penetrantes ojos azules del inspector—. Llevaba en casa un rato, pensando qué hacer, cuando Tom llamó para preguntarme si sabía dónde estaba Karen y le contesté que no. —Empieza a llorar—. No supe qué decirle. No podía contarle que su mujer acababa de matar a alguien. —Deja que le caigan las lágrimas. Jennings desliza una caja de pañuelos de papel hacia ella y coge uno agradecida.

—¿Por qué no vino a la policía para decir que estaba allí y lo que sabía? ¿Que era testigo? —Rasbach la observa con una mirada acusadora, inquietante—. ¿Por qué no nos contó la verdad cuando se lo preguntamos en su casa?

—Era mi amiga —susurra—. Sé que debería haber dicho algo, pero ella era mi amiga.

—¿Cogió el arma?

—¿Cómo? —Cada vez está más nerviosa.

—¿Cogió usted el arma que soltó Karen?

No puede permitir que sepan que ella colocó el arma en el garaje.

—No, no vi ningún arma. Estaba muy oscuro y yo estaba alterada. Simplemente salí corriendo.

—Entonces, ¿no cogió el arma, se la llevó consigo y la colocó después en el garaje de los Krupp?

Brigid se ruboriza y trata de parecer indignada, mientras comprende que tal vez debería haber solicitado un abogado.

—No, no lo hice. —Levanta el tono de voz—. ¿Por qué iba a hacer tal cosa?

—¿Tampoco llamó a comisaría, no una, sino dos veces, para sugerirnos que buscáramos el arma del crimen en casa de los Krupp?

—No, no lo hice.

—Entonces, si analizamos sus registros telefónicos, ¿no encontraremos esas llamadas?

—No.

—Tiene razón, porque las llamadas se efectuaron desde un teléfono público, como bien sabe, porque usted las realizó. Encontramos sus huellas dactilares en esa cabina.

Se queda completamente pálida y lo nota. No puede pensar con claridad, no sabe cómo salir de todo esto.

—¿Está enamorada de Tom Krupp?

Titubea sin querer, por una milésima de segundo, sorprendida por la pregunta.

—No.

—Él afirma que sí lo está.

—Ah, ¿sí? —Está confundida—. ¿Qué les ha dicho?

—Asegura que está enamorada de él. Que intentó chantajearle diciéndole que aquella noche siguió a Karen y vio lo ocurrido, y que si se acostaba con usted, no le contaría a la policía lo que había presenciado. ¿Es eso cierto?

Brigid está furiosa. ¿Cómo se atreve Tom a decirles eso, cómo se atreve contárselo de ese modo? Tom no haría algo así, seguro. Es este inspector, que está deformando sus palabras. Se queda inmóvil, sin responder.

—Karen Krupp dice que Robert Traynor seguía vivo cuando salió del restaurante.

—¡No es verdad! —exclama Brigid.

—Según ella, soltó la pistola y los guantes junto a su coche y se marchó. Asegura que usted debió de coger el arma, volver al restaurante y matar a Robert Traynor, y después se llevó la pistola y más tarde la colocó en su garaje.

—¿Cómo? —Brigid ahoga un grito, consternada.

—Porque lo que usted quiere es verla en la cárcel, porque está enamorada de su marido. —Rasbach se inclina hasta que su rostro está cerca del de Brigid—. Sabemos lo de su aventura con Tom. Él mismo nos lo contó, hasta el último detalle. —La mira con sus punzantes ojos azules—. Y sabemos que ha estado colándose en su casa y rebuscando entre sus cosas. Sus huellas están por todas partes. Sabemos que tiene llaves.

Brigid endereza la espalda y dice:

—Eso es una gilipollez. Quiero hablar con un abogado.

47

Rasbach deja marchar a Brigid, consciente de que lo primero que hará será buscar un abogado y no le van a sacar más información. Vuelve a su despacho con Jennings para hablar del caso.

—¿Qué te parece? —pregunta Jennings, mientras toman asiento.

—Me parece que todo esto es un puto lío —protesta Rasbach, dejando ver su frustración. Se quedan en silencio un minuto. Por fin, Rasbach pregunta—: ¿Qué te ha parecido Brigid?

—Creo que es posible que le falte un tornillo, como dicen los Krupp.

—Pero ¿es una asesina?

Jennings ladea la cabeza.

—Puede.

—Y ese es el problema. —Rasbach suspira profundamente y añade—: Yo sigo creyendo que Karen Krupp mató a Traynor. No me creo su historia. Todo el asunto de la amnesia... ¿y de repente recuerda lo que sucedió? No me lo trago.

—Yo tampoco.

—Es curioso que Tom Krupp no tuviera nada que decir al respecto. Me pregunto qué piensa en realidad —comenta Rasbach.

—Me encantaría saberlo —coincide Jennings—. Pobre imbécil, esperando en la orilla del río mientras todo esto ocurría, sin tener ni idea.

Rasbach asiente con la cabeza.

—No me creo que Karen huyera de Robert Traynor, que soltara la pistola y luego Brigid la recogiera, entrara y le disparara. No lo veo. No creo que Traynor hubiera dejado marchar a Karen, ni tampoco que Brigid improvise lo bastante rápido como para diseñar ese plan en el momento. Yo creo que Karen le disparó, Brigid lo presenció y solo entonces vio una oportunidad y cogió el arma para usarla más adelante.

Jennings asiente reflexivamente.

—Lo más probable es que la fiscal del distrito desista y retire los cargos contra Karen Krupp —dice Rasbach—. No le quedará otra opción. No podrá demostrar nada, si había dos personas en la escena del crimen y ambas tenían un buen motivo, y además dejaron pruebas.

—Lo archivará —se muestra de acuerdo Jennings.

—Una de esas dos mujeres mató a Robert Traynor, yo creo que fue Karen Krupp. Pero las únicas que lo saben con certeza son ellas dos. —Rasbach mira a Jennings y añade—: Y aparentemente las dos están enamoradas del mismo hombre. Lo normal es que la cosa se complique.

—Desde luego, me alegro de no ser Tom Krupp —dice Jennings.

Susan Grimes es una fiscal del distrito competente. Es lista y práctica, y por ello Rasbach sabe que se enfrenta a una batalla difícil.

Le ha expuesto todas las pruebas minuciosamente. Ahora está de pie junto a la ventana de su despacho, observándola mientras se reclina en la silla de su amplio escritorio; Jennings está sentado frente a ella. Es el momento de la verdad.

—Están de broma... —dice Susan Grimes.

—Lamentablemente, no —contesta Rasbach.

—Usted cree que lo hizo Karen Krupp —señala Grimes.

—Sí —responde Rasbach—. Pero entiendo que va a ser difícil de demostrar.

—¿Difícil de demostrar? Más bien, para qué molestarse. —Suelta un profundo suspiro, se quita las gafas y se frota los ojos cansados—. Krupp tiene el mejor móvil, un motivo muy poderoso. Sabemos que estaba allí: tenemos pruebas físicas que la sitúan allí y el testimonio ocular condenatorio de la otra mujer. ¿Cómo se llamaba?

—Brigid Cruikshank —responde Rasbach.

—Y está claro que huyó de la escena del crimen.
—Rasbach asiente. La fiscal ladea la cabeza y continúa—. Pero tenemos las huellas de Brigid en la puerta del restaurante. Los Krupp afirman que Brigid está enamorada de Tom Krupp y está intentando que encarcelen a Karen por asesinato. ¿Qué pruebas tienen de ello?

—Brigid no admite estar enamorada de Tom Krupp; ni siquiera ha reconocido que tuvieran una aventura hace años —explica Rasbach—. Así que es su palabra contra la de ellos. Pero sus huellas están por toda la casa de los Krupp. Y luego está la pistola.

—La pistola —repite la fiscal—. Ese es el verdadero problema. Evidentemente, los Krupp no la pusieron en su garaje. Y pueden demostrar que Brigid llamó a la policía para decir que estaba allí, porque dejó sus huellas en el teléfono público.

Rasbach asiente.

—Sí.

—Y ella estuvo en la escena del crimen. Así que es posible que cogiera el arma. —Se queda pensando un largo instante—. Si Brigid hubiera dejado las cosas como estaban, si solo hubiera testificado contra ella, podríamos haber demostrado la culpabilidad de Krupp. Si no hubiese colocado el arma en el garaje. Pero eso demuestra que tenía un móvil.

—He ahí el problema.

Lanza una mirada penetrante a Rasbach.

—¿Y está seguro de que no hay pruebas de que estas dos mujeres tramaran todo esto juntas? En cierto momento fueron amigas, ¿no?

—Sí, pero no encontramos indicios de que lo planearan juntas.

La fiscal menea la cabeza, abatida.

—Ni el abogado más incompetente tendría la más mínima dificultad en suscitar una duda razonable en este caso —dice—. Lo siento, vamos a tener que dejarlo.

—Eso es lo que pensaba que diría —comenta Rasbach y mira por la ventana, malhumorado.

48

Es extraño y maravilloso estar en casa de nuevo después de las incomodidades de la cárcel. Karen disfruta del lujo de estar sola, de tener tranquilidad, de no verse constantemente asaltada por miradas hostiles, hedores y una comida repugnante. Estos primeros días de regreso en su hogar son como las mejores vacaciones que ha tenido. Duerme hasta tarde, se da largos y perfumados baños de burbujas, cocina sus platos preferidos. Le encantan sus comodidades; no tenerlas fue una tortura.

Y luego está la sensación de alivio. Han retirado la acusación por asesinato. Aún tiene que enfrentarse a los cargos de conducción temeraria y a los derivados de su identidad falsa, pero son relativamente leves, dadas las circunstancias. Jack Calvin se está encargando de todo.

La sensación de alivio es... increíble.

Tampoco tiene que preocuparse de que Robert Traynor venga en su busca y la mate.

Ya no le inquieta que Tom se entere de su identidad falsa.

No tiene que preocuparse porque un desconocido entrara en su casa. Ahora ya saben quién era. Y no lo volverá a hacer. Han cambiado las cerraduras. También han instalado un nuevo sistema de seguridad que dejan conectado a todas horas, incluso cuando están dentro. Es incómodo, una molestia, pero lo tienen que hacer. A pesar de la orden de alejamiento que han pedido contra Brigid.

Porque ¿quién acata una orden de alejamiento?

Las cosas van bien otra vez entre Tom y ella. Al principio, temía que no fueran capaces de superar todo lo ocurrido. A él no le gustó que mintiera a la policía, fingiendo recordar lo que pasó aquella noche.

—¿Por qué lo hiciste? —le preguntó, cuando estaban a solas—. Si no te acuerdas, ¿por qué no les cuentas simplemente la verdad, que no lo recuerdas? —Estaba visiblemente disgustado.

—Creí que sería mejor así —contestó—. Que nos ayudaría.

Tom la fulminó con la mirada.

—No me gustan todas estas mentiras, Karen. Odio las mentiras.

Estuvo disgustado por ello, pero luego retiraron los cargos y parece haberlo superado. Karen no sabe quién cree Tom que mató a Robert Traynor. No hablan de ello. Sabe que su mujer no se acuerda. Evidentemente, piensa que Brigid está desequilibrada. Tiene miedo de ella. Karen cree que si Tom piensa que ella mató a su exmarido, es que entiende por qué lo hizo y la ha perdonado. No la tiene miedo.

Parece que aún la quiere, aunque sea con un amor distinto, más cauto. Cuando Karen salió de la cárcel y volvieron a casa juntos, nada más atravesar la entrada, Tom cerró la puerta rotundamente y se volvió hacia ella con gesto solemne.

—Quiero que empecemos de nuevo —dijo. Nunca le había visto tan serio. La cogió por ambos brazos, acercó su cara y añadió—: No más mentiras. Prométemelo, Karen.

La estaba agarrando fuerte. Ella le miró fijamente.

—Te lo prometo, Tom —contestó Karen—, no habrá más engaños. Lo juro.

—Ahora ya no hay secretos entre nosotros —señaló él—, y va a seguir siendo así. Para los dos. Siempre.

—Sí, Tom, lo prometo —dijo ella, con lágrimas en los ojos.

—Yo también te lo prometo —añadió y entonces le dio un beso intenso, profundo y largo.

Mientras recoge la cocina, Karen se pregunta cómo estará Brigid, sentada en su sillón al otro lado de la calle, observándolos con las agujas de tejer en su regazo. La jugada no le salió bien. Pobre Brigid. Y Karen ha oído que Bob la ha dejado. Menudo shock debió de ser para él, enterarse por la policía de que su mujer había estado acosando a los vecinos de enfrente, colándose en su hogar mientras no estaban, jugando a las casitas. Que aquella noche estaba en la escena del crimen. Que tal vez fuera la asesina y que la policía cree que colocó un arma en su garaje. No es de extrañar que la haya dejado. Está loca. Es posible que tema por su vida. Tal vez debería. No se sabe de lo que es capaz.

Karen no quiere saber nada más de Brigid, su antigua mejor amiga. La ha apartado de su vida. Ahora va a disfrutar. Por fin es libre.

Brigid está sentada en su casa vacía, ya casi a oscuras. Lanza una mirada asesina hacia el otro lado de la calle, a las cortinas cerradas del número 24 de Dogwood Drive. Hay un leve resplandor detrás de las cortinas, un calor, una felicidad que sabe que nunca tendrá, por mucho que la desee. Por mucho que esté dispuesta a hacer para conseguirla. Sus agujas de tejer chocan violentamente; está amargada, furiosa y resentida.

Piensa obsesivamente en todo lo que ha pasado. Al menos ha sacado algo positivo de ello: Bob la ha dejado. Cuando supo lo que había pasado delante de sus narices, se quedó horrorizado. No estaba prestando atención. Tal vez, si hubiera puesto interés, nada de esto habría ocurrido. Aun así, se alegra de que se haya ido. Menos mal. No necesita su desconfianza, su desdén. Tampoco necesita sus calcetines tirados por el suelo, su cepillo de dientes en el lavabo; no necesita su desorden, sus exigencias, su presencia en la casa. Mientras siga pagando las facturas, está feliz de que se haya marchado.

Por ahora, le gusta estar sola. Si no puede estar con Tom, no quiere a nadie. Esperará su momento.

Pasan las semanas y el verano se adentra lentamente en el otoño. Las hojas se han vuelto naranjas, amarillas y rojas, y el aire es fresco, especialmente por las mañanas. Tom ha encontrado trabajo en una empresa de contabilidad competencia de la antigua y está otra vez en el centro financiero de la ciudad, en un rascacielos, haciendo una excelente labor como jefe de contabilidad. Incluso ve posibilidades de convertirse en socio. Es posible que el año que viene saque tiempo para empezar a jugar al golf.

Karen es feliz de nuevo y Tom lo agradece. Él también lo es, al menos todo lo feliz que puede ser ahora mismo, después de ver lo que la vida te puede hacer. Nunca más vivirá en una burbuja cómoda y confiada, pensando que nada malo le puede pasar. Ha aprendido la lección. A veces le preocupa que Brigid le plante cara, que venga corriendo desde su casa con el pelo enmarañado y cara de loca, para sacarle los ojos con sus agujas de tejer.

Están esperando a ver un cartel en el jardín delantero de la casa de enfrente. Ahora que Bob la ha dejado, Tom y Karen esperan que obligue a Brigid a vender la casa y ella deba marcharse a un sitio más pequeño, a otro lugar. Tom se ha armado de valor y ha llamado dos veces a Bob a su despacho para preguntarle qué intenciones tienen con la casa. Pero Bob se niega a contestar sus llamadas. A veces piensa en él, siempre con sentimiento de culpa y arrepentimiento. Si los Cruikshank no ponen su casa en venta, es posible que ellos tengan que vender la suya. ¿Cómo van a vivir enfrente de una loca que está obsesionada con él? Es desasosegante. A Tom le gustaría mudarse, pero ahora mismo el mercado inmobiliario está parado y perderían mucho dinero. Es mejor que los Cruikshank pongan la suya en venta, ya que se van a divorciar de todos modos. Así que, por ahora, Tom y Karen no han hecho nada.

Pero no es lo ideal.

49

Haren se despide de Tom cuando sale hacia el trabajo y vuelve a la cocina a terminarse el café. Está de un humor excelente. Va a coger el tren a Nueva York para regalarse un día de compras.

Coge la cartera y las llaves y una chaqueta de otoño, y enciende cuidadosamente el sistema de seguridad. Mira la casa de enfrente. Ahora ya es algo automático, esa mirada a casa de Brigid, para comprobar que no hay nadie a la vista. Lo último que quiere es encontrarse con ella.

Coge un autobús municipal hasta la estación. Va a tomar el tren rápido hasta la ciudad. Le encanta el tren. Una de las cosas que más le gusta es contemplar el paisaje correr mientras el tren va tragando kilómetros, pensando, planeando, soñando. Le gusta fingir que podría estar yendo a cualquier parte, ser cualquier persona. Siempre le ha atraído pensar en todos los caminos que no cogió.

Compra el billete y mira a su alrededor, para cerciorarse de que Brigid no está ahí, acechando en algún sitio. Se asusta. Esa mujer junto al puesto de revistas, ¿podría ser Brigid, con otra ropa? Todo su cuerpo se tensa. La mujer se vuelve y Karen ve su perfil. No, es alguien completamente distinto. Intenta relajarse.

Por fin está sentada en el tren, junto a la ventana. No va muy lleno y el asiento a su lado está vacío. Karen deja su bolso encima, con la esperanza de que nadie venga y quiera sentarse allí. Desea estar sola.

En las últimas semanas ha recuperado completamente la memoria. Al principio fue por partes y luego le vino como un torrente. Ahora puede mirar atrás, empujar esa puerta mugrienta en su mente y ver cómo ocurrió todo en realidad. La verdad. El doctor Fulton tenía razón; al final volvió, simplemente tardó un poco.

Observa el paisaje pasando a toda velocidad y piensa en Tom, en lo mucho que la quiere, en lo mucho que confía en ella. La verdad es que no le merece.

Es tan bonito que crea todo lo que le dice. Es tan protector: su caballero de brillante armadura. Si Robert no estuviera ya muerto, está casi segura de que Tom iría a por él, tal es su indignación por cómo la trató. Pero Karen no necesita que la proteja un hombre. Nunca ha sido de esa clase de mujeres. Es de ella de quien los hombres tienen que protegerse. Sonríe de solo pensarlo.

que él no denunciaría el dinero robado, no podía. Pero tampoco quería que fuera en su busca. Planeó minuciosamente su aparente suicidio y su resurrección como Karen Fairfield. Sabía que si Robert venía a por ella para recuperar su dinero, tendría que matarle y, si la descubrían, tendría preparada la coartada cuidadosamente urdida del maltrato.

Pero no debería haber llegado a ese punto. Debería haber salido bien. Lo planeó con antelación por si surgía un imprevisto como ese. Compró un arma sin registrar y se cuidó de no dejar sus huellas en ella. Y también tenía los guantes. Si aquella noche no hubiera perdido la calma, todo habría ido bien. Tal y como dijo el inspector Rasbach, se habría salido con la suya sin que nadie lo supiera.

Sin embargo, cuando oyó la voz de Robert aquella noche al otro lado del teléfono, se alteró más de lo esperado. Y cuando llegó el momento de enfrentarse cara a cara con él y tuvo que matarle..., no resultó tan fácil como creía. En absoluto. Ella nunca había sido una persona violenta. Codiciosa sí, pero no violenta. Se sorprendió mucho al verla sacar la pistola y apuntarle. Le temblaba la mano y ambos lo notaron. Él no creía que tuviera agallas. No era capaz. Se rio. Estaba a punto de bajar el arma cuando se abalanzó sobre ella y, presa del pánico —no quería hacerlo—, apretó el gatillo. Y luego otra vez, y otra. Aún recuerda el retroceso del arma en su mano, la explosión de los disparos en su pecho y su cara, las náuseas que le provocaron. El olor de los guantes de goma cuando se llevó la mano a la boca para no vomitar.

¡Si tan solo no le hubiera entrado pánico! Si hubiera conservado la calma, podría haber ido en su coche a arrojar el arma al río. Podría haber vuelto a dejar los guantes en la cocina y haberle contado a Tom una mentira sencilla sobre dónde había estado. La policía habría encontrado a Robert, habría descubierto quién era y que su mujer había muerto años antes. Pero no habría habido absolutamente nada que la relacionara a ella —Karen Krupp— con la muerte de Robert. Si no le hubiera entrado pánico, si no hubiese soltado los guantes ni hubiese tenido ese estúpido accidente...

Si Rasbach no fuera tan listo.

Y si Brigid no la hubiera seguido. Eso también estuvo a punto de delatarla.

No lo vio venir.

Pero al final todo se solucionó. De hecho, está agradecida a Brigid. Si no hubiera deseado tanto a Tom, si no la hubiera seguido, y si no hubiera colocado el arma en su garaje, Karen seguiría en la cárcel.

Y ahora Tom nunca sabrá la verdad, porque Robert está muerto.

Se siente completamente feliz. Va a la ciudad a comprobar su caja de seguridad y luego se irá de compras. Le comprará un regalito a Tom. La vida le sonríe. Quiere a Tom y espera que su historia de amor dure para siempre. Tal vez se pongan en serio con lo de tener un hijo.

En algún momento tendrá que encontrar una manera de hacer que parezca que ha heredado una gran cantidad de dinero para que Tom y ella puedan disfrutar de verdad de la cantidad que tanto le costó conseguir, o, al menos, de parte de ella.

Seguro que se le ocurre algo.

Brigid está sola en su casa vacía, sentada junto a la ventana, observando y esperando. Aguarda su momento. Lo único que oye es el ruido de sus agujas, que no paran de tejer. Está tan furiosa...

Sabe que Karen mató a ese hombre —ella estaba allí— y, sin embargo, se salió con la suya. Salió impune de un asesinato, aunque ella contara la verdad sobre lo que vio y oyó aquella noche. Pero Karen intentó darle la vuelta para inculparla a ella. «Cómo se atreve».

Y ahora Karen tiene todo lo que quiere. No solo ha salido impune de un asesinato, sino que todavía tiene a Tom en la palma de su mano. Al menos, eso parece. Pero tal vez no; desde aquí cuesta saberlo. Brigid desearía ser una mosca en la pared para observar lo que sucede en esa casa. Sin embargo, cree que, a pesar de todo, Tom aún quiere a Karen. ¿Cómo es capaz, se lamenta, con el corazón latiendo angustiado, después de todo lo que ha hecho, después de todas sus mentiras? Es indignante. ¿Cómo es posible que no sepa que es una asesina? ¿Cómo puede creerla?

Brigid sabe que lo echó todo a perder cuando puso el arma en el garaje. Debería haberlo dejado estar. Su testimonio ocular habría bastado. Y ahora Karen se ha salido con la suya y la ha humillado. Ante los ojos de la policía, de su marido, de sus amigos, de todo el mundo. Acusándola de asesinato a ella, diciendo que colocó el arma allí y la acosó dentro de su propia casa. Denunciándola por allanamiento de morada, pidiendo esa ridícula orden de alejamiento.

Es evidente que Karen se cree mucho más lista que ella. Bueno, ya lo veremos.

Brigid no se va a dar por vencida. Y no se va a retirar. Tiene un nuevo plan. Se las va a hacer pagar.

Además, tiene un secreto. Sonríe y mira la prenda que está tejiendo con todo su mimo: un diminuto jersey de bebé hecho con la lana de color marfil más suave que ha podido encontrar. Ahora tiene que tejer muchas cosas. Un gorrito y patucos a juego con el jersey que tiene en su regazo. También acaba de terminar un jersey de bebé color mantequilla que estaba haciendo para otra persona, pero que tuvo que dejar hace unas semanas porque tejerlo la ponía furiosa.

Ya no la pone furiosa.

Se queda admirando el adorable jerseicito que tiene en las manos y se le hincha el corazón. Alza la vista hacia la casa de enfrente.

Todo va a ser perfecto.

Agradecimientos

Debo una inmensa gratitud a tanta gente. Lanzar al mercado un *thriller* requiere a muchas personas de talento, ¡y tengo la suerte de trabajar con los mejores en este campo!

Gracias a Helen Heller; tu perspicacia, ánimo, ingenio y resistencia son justo lo que necesito. Estoy en deuda contigo. Mis más sinceras gracias también a todos los integrantes de la Agencia Marsh, por su excelente labor de representación por todo el mundo.

Mi enorme agradecimiento a mis fantásticos editores. Inmensas gracias a Brian Tart, Pamela Dorman y al equipo de primera de Viking Penguin (Estados Unidos). Inmensas gracias también a Larry Finlay y Frankie Gray de Transworld UK y a su formidable equipo. Mi más sincero agradecimiento a Kristin Cochrane, Amy

Black y Bhavna Chauhan, y al magnífico equipo de Doubleday Canada. Soy muy afortunada por contar con unos equipos de edición, marketing y publicidad tan maravillosos a ambos lados del Atlántico. Vuestro entusiasmo, profesionalidad y compromiso me dejan sin palabras.

Gracias a mis primeras lectoras —Leslie Mutic, Sandra Ostler, Cathie Colombo y Julia Lapena—, vuestras sugerencias y opiniones siempre son de un enorme valor.

Por último, nada de esto sería posible sin el apoyo incondicional de mi marido, Manuel, y de mis entusiastas y generosos hijos, Christopher y Julia, ambos ávidos lectores.

SHARI LAPENA
trabajó como abogada y profesora
de inglés antes de dedicarse a escribir.
Su primera novela de intriga, *La pareja de
al lado*, se convirtió en un best seller internacional.